Honoré de Balzac

Le Colonel Chabert

SUIVI DE

El Verdugo
Adieu
Le Réquisitionnaire

Préface
de Pierre Gascar
Édition établie
et annotée par Patrick Berthier
Professeur à l'Université de Nantes

DEUXIÈME ÉDITION REVUE

Gallimard

PRÉFACE

Balzac a entre trente et trente trois ans quand il écrit les quatre nouvelles réunies dans ce volume. Ce serait cependant une erreur d'y voir les exercices, les galops d'essai, que ce genre littéraire permet traditionnellement aux jeunes talents d'accomplir. A cette époque, le futur auteur de La Comédie humaine *a déjà derrière lui* Les Chouans, *œuvre qui, par son ampleur, sinon par son sujet, ouvre la grande série romanesque. Avec ces nouvelles, il poursuit et achève une entreprise de liquidation historique au terme de laquelle il pourra s'attaquer à la peinture de la société de son temps. Ce à quoi la Restauration puis la Monarchie de Juillet tendent politiquement, à savoir éliminer les séquelles morales de la Révolution et de l'Empire, Balzac essaie d'y parvenir littérairement et, dans ces nouvelles, s'emploie à exorciser les mânes de ce proche passé, comme pour en protéger le monde nouveau qu'il s'apprête à décrire.*

Il est significatif que Le Colonel Chabert *et* Adieu *soient des histoires de morts vivants, de*

revenants, de personnages rescapés par accident
(on ne saurait dire par miracle) d'une aventure
ou d'un drame qui, au moment où Balzac écrit,
appartient à un temps qu'on veut tout à fait
révolu et dont, en se prolongeant, les derniers
échos troublent ou irritent. Repousser fermement
ces fantômes dans leur époque, la refermer sur
eux, au moyen du récit historique, tel semble être
le dessein de l'écrivain, qui cède ainsi, à sa
manière, au réflexe de la plupart de ses contem-
porains. L'autonomie, dans son œuvre, des récits
ayant pour sujet des épisodes de la Terreur ou des
guerres de l'Empire, récits qui ne se rattacheront
à peu près jamais à La Comédie humaine, pas
même par la descendance des personnages qu'ils
font vivre sous nos yeux, marque la coupure
volontairement établie entre ces deux époques,
pourtant très rapprochées dans la chronologie.
En vérité, cette distance qui, dans l'histoire,
sépare les débuts de Louis-Philippe de Thermidor
ou même des Adieux de Fontainebleau, et que
n'expliquent pas les dates, n'est pas due à une
transformation morale spontanée de la population française. Elle est consécutive à la révolution
économique, à l'apparition de l'industrie, au
réalisme grandissant d'une bourgeoisie qui refuse
un héritage historique où l'on trouve à la fois trop
d'idéalisme et trop de sang.

   La monarchie restaurée mène une politique de
paix, l'expédition d'Espagne puis la prise d'Alger
n'étant que de simples promenades militaires.

Royaliste, même sous la Monarchie de Juillet qui heurte ses sentiments légitimistes, et croyant au progrès matériel par le développement de la libre entreprise, credo qu'il exposera, non sans une certaine emphase prudhommesque, dans Le Médecin de campagne, *Balzac est attaché à cette politique de paix autant par conviction que par tempérament. Son aspect physique même, sa corpulence débonnaire, proche, très tôt, de la flaccidité hydropique, la mollesse de ses traits, tout indique chez lui une détestation de la violence qui le conduira, dans* La Comédie humaine, *à une grande économie d'événements sanglants. Aussi ceux qui sont nécessairement décrits dans ces quatre nouvelles ayant trait l'une à la Révolution, les autres aux guerres de l'Empire composent-ils moins une fresque héroïque que le plus sombre des tableaux dénonciateurs.*

Le réalisme, sans précédent dans l'histoire de la littérature, avec lequel la guerre est présentée ici, ne résulte pas toutefois de la seule sensibilité de l'écrivain qui en fait la peinture. Il lui est imposé par le nouvel aspect des affrontements armés. Avec Napoléon, c'est-à-dire avec l'utilisation, grâce à la conscription, de véritables masses humaines, avec les progrès de l'armement, l'emploi des boulets creux, du canon de 4, du fusil modèle An XI, innovations et perfectionnements qui trouvent leur équivalent chez nos adversaires, les batailles tournent facilement au carnage. Dix mille Français tombent à la bataille d'Eylau, à laquelle prend part le colonel Chabert et qui fera dire à Napoléon, versant des larmes de crocodile : « Ce spectacle est fait pour inspirer aux princes l'amour de la paix et l'horreur de la guerre. » Les pertes en hommes, rien que dans notre camp, s'élèvent à trente mille, à la bataille de la Moskova qui, Michelet le rappelle, fait, en quelques heures, plus de victimes que la Révolution française en cinq ans.

Avec ces nouvelles de Balzac, l'image de la multitude, des vagues d'assaut où chaque combattant n'est plus qu'un élément indifférencié, pris dans le mouvement général, apparaît pour la première fois dans des récits de guerre et y introduit l'idée de la mort sans héroïsme, du sacrifice mécanique et obscur. Souvent l'anecdote, à l'insu de l'auteur qui ne l'a retenue ou imaginée qu'afin de recréer la réalité, tourne au symbole, au tableau allégorique. En ensevelissant sous un énorme tas de cadavres et d'agonisants le colonel Chabert, grièvement blessé, mais encore conscient, Balzac semble avoir voulu nous faire éprouver physiquement, jusqu'à l'oppression, le poids des morts d'Eylau et, au-delà, celui des morts de toutes les guerres. De la même façon, en nous montrant, dans Adieu, les soldats de la Grande Armée hagards, à demi morts de faim et de froid, vêtus de souquenilles, qui se ruent en foule vers le pont de bateaux jeté sur la Bérésina, il porte au mythe de la grandeur militaire, *involontairement sans doute, un coup qui se répercute bien au delà des temps postnapoléoniens.*

En fait, il est difficile de distinguer, dans cette sombre peinture, la part des penchants littéraires de l'écrivain et celle de ses sentiments pacifistes. Encore impressionné par le romantisme noir anglais, qui trouve un écho maladroit dans quelques-unes de ses premières œuvres, Balzac se complaît à imaginer des scènes hallucinantes, mais la guerre en comporte encore plus qu'il ne peut en rêver, si bien qu'ici la fantaisie du romancier et la fidélité de l'historien se confondent. Réunis en une même personne, ils se révèlent, l'un et l'autre, de parfaits artisans du cauchemar.

Le colonel Chabert ne parvient à se dégager de l'amas de cadavres et de moribonds sous lequel il étouffe qu'en se servant, en guise de levier, d'un bras coupé qui appartient à un des morts. Dans El Verdugo, épisode de la campagne d'Espagne de 1808 où le crayon du Goya des Désastres de la guerre illustre une situation d'une horreur shakespearienne, les habitants d'un village, contraints par les Français d'assister à la mise à mort de toute une famille coupable d'avoir comploté contre l'occupant, sont rangés sous les corps des comparses déjà pendus, et les pieds de ces derniers touchent leurs têtes. Mais c'est Adieu peut-être qui nous enferme le plus dans un mauvais rêve où il n'est d'autre issue, hormis la

mort, que la folie. Là, au bord de la Bérésina,
dans la neige, sous la chape du ciel d'hiver,
devant des horizons nus où flamboient déjà les
feux de bivouac des Cosaques, la voiture de
Stéphanie, bloquée au milieu des hordes de
soldats français rendus féroces par la faim et
l'épouvante, devient l'élément insolite, presque
irréel, où l'absurdité de la situation dans son
ensemble éclate. Soudain plus rien n'a de sens. Ni
la campagne de Napoléon, ni la coalition, ni ce
qui peut suivre la défaite. Il n'y a plus que cette
espèce de carrosse funèbre où, dans un pêle-mêle
de linge et d'objets, à côté de quartiers de viande
de cheval à demi calcinés, deux hommes agoni-
sent, près d'une jeune femme en train de délirer;
et c'est cette image, au sens propre du mot
fantastique, qui restera dans notre mémoire, à
propos du passage de la Bérésina, quand, depuis
bien longtemps, auront été engloutis dans ses
eaux glacées les pontonniers d'Éblé.

Ces scènes hallucinantes tiennent, en fait, assez
peu de place dans Le Colonel Chabert et Adieu,
où la plus grande partie de l'action se déroule
postérieurement aux événements historiques dont
elles constituent la transposition symbolique.
Mais elles suffisent à donner à la guerre son vrai
visage; entendons : son visage actuel. Avec ces
nouvelles, Balzac ouvre une série où vont venir se
ranger, pendant un siècle et demi, c'est-à-dire
jusqu'à nos jours, dans une unité de ton quasi
parfaite, des centaines et des centaines d'écrits

inspirés par la guerre. Il intronise la forme moderne de l'horreur.

Dans Le Colonel Chabert *et* Adieu, *les deux plus importantes de ces quatre nouvelles, la première pouvant même être tenue pour un court roman, l'horreur de la guerre nous est communiquée avec d'autant plus de force qu'elle est revécue mentalement par les personnages, et non pas subie par eux dans l'instant présent; elle s'accroît ainsi de ce qu'elle a d'ineffaçable. Nous découvrons ici son flamboiement aveuglant et durable qui, de la même façon qu'une lumière trop vive nous empêche de nous endormir, maintient les morts hors du repos. Le colonel Chabert est pratiquement mort à Eylau, sous le tas de cadavres; il ne subsiste de lui qu'un fantôme comme rejeté dans le monde des vivants par un excès de souffrances, l'inconfort d'un néant trop mal abordé. Dès lors, il devient comme le remords incarné de l'espèce humaine, qui refuse de l'admettre, essaie de le repousser dans le passé auquel il appartient et qu'il prolonge indûment, par sa survie artificielle.*

Stéphanie, dans Adieu, *est, elle aussi, pratiquement morte, au bord de la Bérésina, dans le capharnaüm empuanti de sa voiture dont on a dévoré les chevaux, et il ne reste, à sa place, qu'une folle répétant sans fin le mot « Adieu », le dernier sorti de sa bouche, avant que son esprit ne s'obscurcît tout à fait. Chez le personnage, réduit à une sorte de spectre, un phénomène de*

sidération s'est substitué à la mort. Pas à la vie,
comme le croit Philippe, l'amant de Stéphanie,
quand il reconstitue, dans un décor fidèle et à
l'aide de figurants, les bords de la Bérésina et ce
qu'on pouvait y voir à la fin de novembre 1812,
afin de ramener la jeune femme au moment où
elle a perdu la raison et la faire ainsi renouer avec
elle-même. L'ingénieux procédé la tue sur le
coup ; il lui aura simplement permis de rejoindre
son destin, hors duquel, ce soir de novembre
1812, l'excès de l'horreur l'avait comme projetée.

Si Le Colonel Chabert *ne comporte aucun*
élément surnaturel, si le personnage, déclaré
officiellement mort à Eylau et, dès lors, fort en
peine pour se faire réadmettre parmi les vivants,
ne représente qu'un fantôme historique, un ana-
chronisme social, Adieu *fait une grande place*
aux phénomènes psychiques, avec la folie de
Stéphanie, et même aux phénomènes parapsychi-
ques, avec sa mort, assez semblable à celle du
somnambule qu'on réveille brusquement. Ici, le
romancier réaliste, celui qui lance ses filets au
plus grouillant du vivier mondain et qui, avec la
femme du colonel Chabert, accroche le premier
portrait de sa longue galerie de monstres fémi-
nins, s'efface tout à fait devant l'écrivain épris
d'insolite.

Par bonheur, son goût du spiritualisme ne l'a
pas encore amené à se perdre dans les brouillards
de la métaphysique swedenborgienne ou, du
moins, n'a pas trouvé dans le cadre étroit de la

nouvelle la possibilité de s'exprimer par des discours. L'insolite est saisi ici dans sa manifestation fugace et présenté sans commentaires superflus. Le Réquisitionnaire offre, à cet égard, le meilleur exemple d'objectivité, partant d'efficacité dans la narration. Au surplus, ce récit d'un épisode de la période révolutionnaire, qui aurait pu se réduire à la relation d'un simple cas de prémonition, nous révèle, à travers l'anecdote dramatique, la plus subtile des mécaniques du surnaturel. L'événement ardemment souhaité par le personnage principal, Madame de Dey, se produit effectivement, mais d'une façon parodique ; il y a substitution ou métamorphose du jeune de Dey, que sa mère attend, et l'histoire, au lieu de ne consister qu'en un concours fortuit de circonstances, tend à démontrer l'existence d'une force qui ferait de certains événements imprévus de notre vie les formes dégradées de ceux que nous espérions et comme le reflet dérisoire de ce que notre destin aurait pu être.

Là encore, l'horreur de la situation (Madame de Dey voit son fils arriver chez elle, au moment même où on le fusille quelque part) projette le personnage hors de la vie, sans que sa mort s'ensuive aussitôt, et le grandit, l'auréole d'une lumière qui n'est pas d'ici-bas. Dans chacune de ces nouvelles, le héros ou l'héroïne doit à l'excès de ses épreuves sa transfiguration. Même le colonel Chabert, ce vulgaire sabreur, prend déjà une tout autre taille, après Eylau, et ne cessera, au cours de ses tristes aventures, de s'acheminer vers une sorte de sainteté. Nous la mesurons d'autant plus que, dans cette longue nouvelle où Balzac romancier réaliste est plus présent que dans les autres, notre colonel se trouve en face des êtres les plus ordinaires et souvent les plus vils ; le contraste entre ceux qui ont encore toute leur épaisseur humaine et celui qui est déjà à moitié entré dans l'au-delà ne saurait être marqué davantage. Dans El Verdugo, où la narration ne comporte à peu près aucun retour en arrière, ce qui réduit la dimension intérieure des personnages, et où l'intensité dramatique impose leur schématisation, en fait des marionnettes raidies par les préjugés espagnols de caste et de grandeur, le héros, après l'exécution de toute sa famille, se trouve lui aussi hors de la vie et acquiert cette suprême noblesse que, selon Balzac, seul le fait d'être devenu à jamais étranger au monde et au temps présent peut donner.

Il faut observer, à ce propos, que les nouvelles de Balzac, dans leur ensemble, font une place infiniment plus large au surnaturel, à la présence de l'invisible, aux états seconds, que ses romans, y compris ceux qu'il a classés sous le titre, d'ailleurs un peu abusif, d'Études philosophiques et où son spiritualisme prend pourtant un caractère délibéré. Nombre de ces nouvelles ayant été écrites alors qu'il avait déjà produit quelques-uns de ses plus importants ouvrages romanesques, on ne peut voir dans la différence de ton entre ces deux genres d'écrits la marque d'une évolution de leur auteur. Il semble plutôt que chaque mode de narration correspond à un aspect particulier de la sensibilité et de la pensée de l'écrivain, et que ce dernier ne coule pas exactement le même alliage dans le moule, selon qu'il a telle ou telle forme, telle ou telle dimension. On constate, à travers les livres de tous les pays et de toutes lès époques, que la nouvelle est, en prose, le seul genre littéraire où le surnaturel, le fantastique, trouve son plus grand pouvoir sur l'esprit du lecteur. Façonné en partie par le passé le plus lointain de l'espèce humaine, peut-être ne s'ouvre-t-il vraiment au merveilleux que si ce dernier a gardé les mesures, forcément réduites, des anciens mythes oraux.

Dans ces quatre nouvelles où il voisine avec le réalisme le plus saisissant, le merveilleux n'est représenté, en fait, que par l'état de demi-irréalité auquel l'épreuve de l'horreur fait parvenir les principaux personnages. Nous retrouvons ici, héritée de la religion, la conception romantique du pouvoir transfigurateur de la souffrance, très répandue alors dans la littérature, et qui donnera à nombre d'ouvrages de Balzac une conclusion édifiante. On ne saurait toutefois y voir l'idéalisme conventionnel de l'époque.

Chez cet écrivain passionné par la société de son temps, par ses types humains, et fortement attaché au concret, comme l'abondance des descriptions, dans ses romans, le montre ; chez ce

gros homme qui glorifie la prospérité économique
et les vertus bourgeoises, se manifeste le goût de
ce qui rejette l'homme hors de la vie, le dépouille,
le dénude. Cette sombre inclination, sans laquelle
le génie de Balzac ne serait pas tout à fait ce qu'il
est, apparaît particulièrement dans ces quatre
nouvelles. Entreprise de liquidation historique,
ai-je dit plus haut. Balzac n'éprouve que de
l'aversion pour l'aventure de la Révolution et
l'épopée de l'Empire. Comme une bonne partie de
la France en 1830, il s'efforce de tourner ces
pages sanglantes de l'Histoire. Mais, pour notre
grand profit, il s'attarde un instant, non sans
complaisance, cédant à la fascination qu'exerce
toujours sur lui le destin des victimes.

                                         Pierre Gascar.

Le Colonel Chabert

A MADAME LA COMTESSE IDA DE BOCARMÉ,
NÉE DU CHASTELER [1]

UNE ÉTUDE D'AVOUÉ [1]

— Allons ! encore notre vieux carrick [2] !

Cette exclamation échappait à un clerc appartenant au genre de ceux qu'on appelle dans les
Études des *saute-ruisseaux*, et qui mordait en ce
moment de fort bon appétit dans un morceau de
pain ; il en arracha un peu de mie pour faire une
boulette et la lança railleusement par le vasistas
d'une fenêtre sur laquelle il s'appuyait. Bien
dirigée, la boulette rebondit presque à la hauteur
de la croisée, après avoir frappé le chapeau d'un
inconnu qui traversait la cour d'une maison située
rue Vivienne [3], où demeurait maître Derville,
avoué.

— Allons, Simonnin [4], ne faites donc pas de
sottises aux gens, ou je vous mets à la porte.
Quelque pauvre que soit un client, c'est toujours
un homme, que diable ! dit le Maître-clerc en
interrompant l'addition d'un mémoire de frais.

Le saute-ruisseau est généralement, comme
était Simonnin, un garçon de treize à quatorze
ans, qui dans toutes les Études se trouve sous la
domination spéciale du Principal clerc dont les

commissions et les billets doux l'occupent tout en
allant porter des exploits chez les huissiers et des
placets au Palais. Il tient au gamin de Paris par
ses mœurs, et à la Chicane par sa destinée. Cet
enfant est presque toujours sans pitié, sans frein,
indisciplinable, faiseur de couplets, goguenard,
avide et paresseux. Néanmoins presque tous les
petits clercs ont une vieille mère logée à un
cinquième étage avec laquelle ils partagent les
trente ou quarante francs qui leur sont alloués par
mois.

— Si c'est un homme, pourquoi l'appelez-vous
vieux carrick ? dit Simonnin de l'air de l'écolier
qui prend son maître en faute.

Et il se remit à manger son pain et son fromage
en accotant son épaule sur le montant de la
fenêtre, car il se reposait debout, ainsi que les
chevaux de coucou [1], l'une de ses jambes relevée
et appuyée contre l'autre, sur le bout du soulier.

— Quel tour pourrions-nous jouer à ce chi-
nois-là ? dit à voix basse le troisième clerc nommé
Godeschal [2] en s'arrêtant au milieu d'un raison-
nement qu'il engendrait dans une requête gros-
soyée par le quatrième clerc et dont les copies
étaient faites par deux néophytes venus de province. Puis il continua son improvisation :
... *Mais, dans sa noble et bienveillante sagesse,
Sa Majesté Louis Dix-Huit* (mettez en toutes
lettres, hé ! Desroches [3] le savant qui faites la
Grosse !), *au moment où Elle reprit les rênes de
son royaume, comprit...* (qu'est-ce qu'il comprit,

ce gros farceur-là ?) *la haute mission à laquelle
Elle était appelée par la divine Providence !......*
(point admiratif et six points : on est assez
religieux au Palais pour les passer), *et sa première
pensée fut, ainsi que le prouve la date de l'ordonnance ci-dessous désignée, de réparer les infortunes causées par les affreux et tristes désastres de
nos temps révolutionnaires, en restituant à ses
fidèles et nombreux serviteurs* (nombreux est une
flatterie qui doit plaire au Tribunal) *tous leurs
biens non vendus, soit qu'ils se trouvassent dans le
domaine public, soit qu'ils se trouvassent dans le
domaine ordinaire ou extraordinaire de la couronne, soit enfin qu'ils se trouvassent dans les
dotations d'établissements publics, car nous
sommes et nous nous prétendons habiles à soutenir
que tel est l'esprit et le sens de la fameuse et si
loyale ordonnance rendue en...* Attendez, dit
Godeschal aux trois clercs, cette scélérate de
phrase a rempli la fin de ma page. Eh ! bien, reprit-
il en mouillant de sa langue le dos du cahier afin de
pouvoir tourner la page épaisse de son papier
timbré, eh ! bien, si vous voulez lui faire une farce,
il faut lui dire que le patron ne peut parler à ses
clients qu'entre deux et trois heures du matin :
nous verrons s'il viendra, le vieux malfaiteur ! Et
Godeschal reprit la phrase commencée : *rendue
en...* Y êtes-vous ? demanda-t-il.

— Oui, crièrent les trois copistes.

Tout marchait à la fois, la requête, la causerie et
la conspiration.

— *Rendue en...* Hein ? papa Boucard[1], quelle est la date de l'ordonnance ? il faut mettre les points sur les i, saquerlotte ! Cela fait des pages.

— *Saquerlotte !* répéta l'un des copistes avant que Boucard le Maître-clerc n'eût répondu.

— Comment, vous avez écrit *saquerlotte ?* s'écria Godeschal en regardant l'un des nouveaux venus d'un air à la fois sévère et goguenard.

— Mais oui, dit Desroches le quatrième clerc en se penchant sur la copie de son voisin, il a écrit : *Il faut mettre les points sur les i,* et *sakerlotte* avec un k.

Tous les clercs partirent d'un grand éclat de rire.

— Comment, monsieur Huré[2], vous prenez *saquerlotte* pour un terme de Droit, et vous dites que vous êtes de Mortagne[3] ! s'écria Simonnin.

— Effacez bien ça ! dit le Principal clerc. Si le juge chargé de taxer le dossier voyait des choses pareilles, il dirait qu'*on se moque de la barbouillée*[4] *!* Vous causeriez des désagréments au patron. Allons, ne faites plus de ces bêtises-là, monsieur Huré ! Un Normand ne doit pas écrire insouciamment une requête. C'est le : *Portez arme !* de la Bazoche.

— *Rendue en... en ?...* demanda Godeschal. Dites-moi donc, quand, Boucard ?

— Juin 1814[5], répondit le Premier clerc[6] sans quitter son travail.

Un coup frappé à la porte de l'Étude interrompit la phrase de la prolixe requête. Cinq clercs bien endentés, aux yeux vifs et railleurs, aux têtes crépues, levèrent le nez vers la porte, après avoir tous crié d'une voix de chantre : « Entrez. » Boucard resta la face ensevelie dans un monceau d'actes, nommés *broutille* en style de Palais, et continua de dresser le mémoire de frais auquel il travaillait.

L'Étude était une grande pièce ornée du poêle classique qui garnit tous les antres de la chicane. Les tuyaux traversaient diagonalement la chambre et rejoignaient une cheminée condamnée sur le marbre de laquelle se voyaient divers morceaux de pain, des triangles de fromage de Brie, des côtelettes de porc frais, des verres, des bouteilles, et la tasse de chocolat du Maître-clerc. L'odeur de ces comestibles s'amalgamait si bien avec la puanteur du poêle chauffé sans mesure, avec le parfum particulier aux bureaux et aux pape-rasses, que la puanteur d'un renard n'y aurait pas été sensible. Le plancher était déjà couvert de fange et de neige apportées [1] par les clercs. Près de la fenêtre se trouvait le secrétaire à cylindre du Principal, et [2] auquel était adossée la petite table destinée au second clerc. Le second *faisait* en ce moment *le palais*. Il pouvait être de huit à neuf heures du matin. L'Étude avait pour tout orne-ment ces grandes affiches jaunes qui annoncent des saisies immobilières, des ventes, des licita-tions entre majeurs et mineurs, des adjudications définitives ou préparatoires, la gloire des Études ! Derrière le Maître-clerc était un énorme casier qui

garnissait le mur du haut en bas, et dont chaque
compartiment était bourré de liasses d'où pendaient un nombre infini d'étiquettes et de bouts
de fil rouge qui donnent une physionomie spéciale
aux dossiers de procédure. Les rangs inférieurs du
casier étaient pleins de cartons jaunis par l'usage,
bordés de papier bleu, et sur lesquels se lisaient
les noms des gros clients dont les affaires juteuses
se cuisinaient en ce moment. Les sales vitres de la
croisée laissaient passer peu de jour. D'ailleurs,
au mois de février, il existe à Paris très peu
d'Études où l'on puisse écrire sans le secours
d'une lampe avant dix heures, car elles sont
toutes l'objet d'une négligence assez concevable :
tout le monde y va, personne n'y reste, aucun
intérêt personnel ne s'attache à ce qui est si
banal ; ni l'avoué, ni les plaideurs, ni les clercs ne
tiennent à l'élégance d'un endroit qui pour les uns
est une classe, pour les autres un passage, pour le
maître un laboratoire. Le mobilier crasseux se
transmet d'avoués en avoués avec un scrupule si
religieux que certaines Études possèdent encore
des boîtes à *résidus,* des moules à *tirets,* des sacs
provenant des procureurs au *Chlet,* abréviation
du mot CHATELET, juridiction qui représentait
dans l'ancien ordre de choses le Tribunal de
Première Instance actuel[1]. Cette Étude obscure,
grasse de poussière, avait donc, comme toutes les
autres, quelque chose de repoussant pour les
plaideurs, et qui en faisait une des plus hideuses
monstruosités parisiennes. Certes, si les sacristies

humides où les prières se pèsent et se payent
comme des épices, si les magasins des reven-
deuses où flottent des guenilles qui flétrissent
toutes les illusions de la vie en nous montrant où
aboutissent nos fêtes, si ces deux cloaques de la
poésie n'existaient pas, une Étude d'avoué serait
de toutes les boutiques sociales la plus horrible.
Mais il en est ainsi de la maison de jeu, du
tribunal, du bureau de loterie et du mauvais lieu.
Pourquoi ? Peut-être dans ces endroits le drame,
en se jouant dans l'âme de l'homme, lui rend-il les
accessoires indifférents : ce qui expliquerait aussi
la simplicité des grands penseurs et des grands
ambitieux.

— Où est mon canif ?

— Je déjeune !

— Va te faire lanlaire[1], voilà un pâté sur la
requête !

— Chît ! messieurs.

Ces diverses exclamations partirent à la fois au
moment où le vieux plaideur ferma la porte avec
cette sorte d'humilité qui dénature les mouvements de l'homme malheureux. L'inconnu essaya
de sourire, mais les muscles de son visage se
détendirent quand il eut vainement cherché quelques symptômes d'aménité sur les visages inexo-
rablement insouciants des six clercs. Accoutumé
sans doute à juger les hommes, il s'adressa fort
poliment au saute-ruisseau, en espérant que ce
Pâtiras[2] lui répondrait avec douceur.

— Monsieur, votre patron est-il visible ?

Le malicieux saute-ruisseau ne répondit au pauvre homme qu'en se donnant avec les doigts de la main gauche de petits coups répétés sur l'oreille, comme pour dire : « Je suis sourd. »

— Que souhaitez *Leus*, monsieur ? demanda Godeschal qui tout en faisant cette question avalait une bouchée de pain avec laquelle on eût pu charger une pièce de quatre, brandissait son couteau, et se croisait les jambes en mettant à la hauteur de son œil celui de ses pieds qui se trouvait en l'air.

— Je viens ici, monsieur, pour la cinquième fois, répondit le patient. Je souhaite parler à monsieur Derville.

— Est-ce pour une affaire ?

— Oui, mais je ne puis l'expliquer qu'à monsieur...

— Le patron dort, si vous désirez le consulter sur quelques difficultés, il ne travaille sérieusement qu'à minuit. Mais si vous vouliez nous dire votre cause, nous pourrions, tout aussi bien que lui, vous...

L'inconnu resta impassible. Il se mit à regarder modestement autour de lui, comme un chien qui, en se glissant dans une cuisine étrangère, craint d'y recevoir des coups. Par une grâce de leur état, les clercs n'ont jamais peur des voleurs, ils ne soupçonnèrent donc point l'homme au carrick et lui laissèrent[1] observer le local, où il cherchait vainement un siège pour se reposer, car il était visiblement fatigué. Par système, les avoués laissent peu de chaises dans leurs Études. Le client vulgaire, lassé d'attendre sur ses jambes, s'en va grognant, mais il ne prend pas un temps qui, suivant le mot d'un vieux procureur, n'est pas admis en *taxe*.

— Monsieur, répondit-il, j'ai déjà eu l'honneur de vous prévenir que je ne pouvais expliquer mon affaire qu'à monsieur Derville, je vais attendre son lever.

Boucard avait fini son addition. Il sentit l'odeur de son chocolat, quitta son fauteuil de canne, vint à la cheminée, toisa le vieil homme, regarda le carrick et fit une grimace indescriptible. Il pensa probablement que, de quelque manière que l'on tordît ce client, il serait impossible d'en extraire un centime ; il intervint alors par une parole brève, dans l'intention de débarrasser l'Étude d'une mauvaise pratique.

— Ils vous disent la vérité, monsieur. Le patron ne travaille que pendant la nuit. Si votre affaire est grave, je vous conseille de revenir à une heure du matin.

Le plaideur regarda le Maître-clerc d'un air stupide, et demeura pendant un moment immobile. Habitués à tous les changements de physionomie et aux singuliers caprices produits par l'indécision ou par la rêverie qui caractérisent les gens processifs [1], les clercs continuèrent à manger, en faisant autant de bruit avec leurs mâchoires que doivent en faire des chevaux au râtelier, et ne s'inquiétèrent plus du vieillard.

— Monsieur, je viendrai ce soir, dit enfin le vieux qui par une ténacité particulière aux gens malheureux voulait prendre en défaut l'humanité.

La seule épigramme permise à la Misère est d'obliger la Justice et la Bienfaisance à des dénis injustes. Quand les malheureux ont convaincu la Société de mensonge, ils se rejettent plus vivement dans le sein de Dieu.

— Ne voilà-t-il pas un fameux *crâne*[1]? dit Simonnin sans attendre que le vieillard eût fermé la porte.

— Il a l'air d'un déterré, reprit le dernier clerc.

— C'est quelque colonel qui réclame un arriéré, dit le Maître-clerc.

— Non, c'est un ancien concierge, dit Godeschal.

— Parions qu'il est noble, s'écria Boucard.

— Je parie qu'il a été portier, répliqua Godeschal. Les portiers sont seuls doués par la nature de carricks usés, huileux et déchiquetés par le bas comme l'est celui de ce vieux bonhomme ! Vous n'avez donc vu ni ses bottes éculées qui prennent l'eau ni sa cravate qui lui sert de chemise ? Il a couché sous les ponts.

— Il pourrait être noble et avoir tiré le cordon, s'écria Desroches. Ça s'est vu !

— Non, reprit Boucard au milieu des rires, je soutiens qu'il a été brasseur en 1789, et colonel sous la République.

— Ah ! je parie un spectacle pour tout le monde qu'il n'a pas été soldat, dit Godeschal.

— Ça va, répliqua Boucard.

— Monsieur ! monsieur ? cria le petit clerc en ouvrant la fenêtre.

— Que fais-tu, Simonnin ? demanda Boucard.

— Je l'appelle pour lui demander s'il est colonel ou portier, il doit le savoir, lui.

Tous les clercs se mirent à rire. Quant au vieillard, il remontait déjà l'escalier.

— Qu'allons-nous lui dire ? s'écria Godeschal.

— Laissez-moi faire ! répondit Boucard.

Le pauvre homme rentra timidement en baissant les yeux, peut-être pour ne pas révéler sa faim en regardant avec trop d'avidité les comestibles.

— Monsieur, lui dit Boucard, voulez-vous avoir la complaisance de nous donner votre nom, afin que le patron sache si...

— Chabert.

— Est-ce le colonel mort à Eylau ? demanda Huré qui n'ayant encore rien dit était jaloux d'ajouter une raillerie à toutes les autres.

— Lui-même, monsieur, répondit le bonhomme avec une simplicité antique. Et il se retira.

— Chouit !

— Dégommé !

— Puff !

— Oh !

— Ah !

— Bâoun !

— Ah! le vieux drôle!

— Trinn, la, la, trinn, trinn!

— Enfoncé!

— Monsieur Desroches, vous irez au spectacle sans payer, dit Huré au quatrième clerc en lui donnant sur l'épaule une tape à tuer un rhinocéros.

Ce fut un torrent de cris, de rires et d'exclamations, à la peinture duquel on userait toutes les onomatopées de la langue.

— A quel théâtre irons-nous?

— A l'Opéra! s'écria le Principal.

— D'abord, reprit Godeschal, le théâtre n'a pas été désigné. Je puis, si je veux, vous mener chez madame Saqui.

— Madame Saqui n'est pas un spectacle[1], dit Desroches.

— Qu'est-ce qu'un spectacle? reprit Godeschal. Établissons d'abord le *point de fait*. Qu'ai-je parié, messieurs? un spectacle. Qu'est-ce qu'un spectacle? une chose qu'on voit...

— Mais dans ce système-là, vous vous acquitteriez donc en nous menant voir l'eau couler sous le Pont-Neuf? s'écria Simonnin en interrompant.

— Qu'on voit pour de l'argent[2], disait Godeschal en continuant.

— Mais on voit pour de l'argent bien des choses qui ne sont pas un spectacle. La définition n'est pas exacte, dit Desroches.

— Mais, écoutez-moi donc!

— Vous déraisonnez, mon cher, dit Boucard.

— Curtius est-il un spectacle ? dit Godeschal.

— Non, répondit le Maître-clerc, c'est un cabinet de figures[1].

— Je parie cent francs contre un sou, reprit Godeschal, que le cabinet de Curtius constitue l'ensemble de choses auquel est dévolu le nom de spectacle. Il comporte une chose à voir à différents prix, suivant les différentes places où l'on veut se mettre...

— Et *berlik berlok*[2], dit Simonnin.

— Prends garde que je ne te gifle, toi ! dit Godeschal.

Les clercs haussèrent les épaules.

— D'ailleurs, il n'est pas prouvé que ce vieux singe ne se soit pas moqué de nous, dit-il en cessant son argumentation étouffée par le rire des autres clercs. En conscience, le colonel Chabert est bien mort, sa femme est remariée au comte Ferraud[3], Conseiller d'État. Madame Ferraud est une des clientes de l'Étude !

— La cause est remise à demain, dit Boucard. A l'ouvrage, messieurs ! Sac-à-papier ! l'on ne fait rien ici. Finissez donc votre requête, elle doit être signifiée avant l'audience de la quatrième Chambre. L'affaire se juge aujourd'hui. Allons, à cheval.

— Si c'eût été le colonel Chabert, est-ce qu'il n'aurait pas chaussé le bout de son pied dans le postérieur de ce farceur de Simonnin quand il a fait le sourd ? dit Desroches en regardant cette observation comme plus concluante que celle de Godeschal.

— Puisque rien n'est décidé, reprit Boucard, convenons d'aller aux secondes loges des Français voir Talma dans Néron[1]. Simonnin ira au parterre.

Là-dessus, le Maître-clerc s'assit à son bureau, et chacun l'imita.

— *Rendue en juin mil huit cent quatorze* (en toutes lettres), dit Godeschal, y êtes-vous ?

— Oui, répondirent les deux copistes et le grossoyeur dont les plumes recommencèrent à crier sur le papier timbré en faisant dans l'Étude le bruit de cent hannetons enfermés par des écoliers dans des cornets de papier.

— *Et nous espérons que Messieurs composant le tribunal,* dit l'improvisateur. Halte ! il faut que je relise ma phrase, je ne me comprends plus moi-même.

— Quarante-six... Ça doit arriver souvent !... Et trois, quarante-neuf, dit Boucard.

— *Nous espérons,* reprit Godeschal après avoir tout relu, *que Messieurs composant le Tribunal ne seront pas moins grands que ne l'est l'auguste auteur de l'ordonnance, et qu'ils feront justice des misérables prétentions de l'administration de la grande chancellerie de la Légion d'Honneur en fixant la jurisprudence dans le sens large que nous établissons ici...*

— Monsieur Godeschal, voulez-vous un verre d'eau ? dit le petit clerc.

— Ce farceur de Simonnin ! dit Boucard. Tiens, apprête tes chevaux à double semelle, prends ce paquet, et valse jusqu'aux Invalides.

— *Que nous établissons ici*, reprit Godeschal. Ajoutez : *dans l'intérêt de madame...* (en toutes lettres) *la vicomtesse de Grandlieu...*

— Comment ! s'écria le Maître-clerc, vous vous avisez de faire des requêtes dans l'affaire Vicomtesse de Grandlieu contre Légion d'Honneur, une affaire pour compte d'Étude, entreprise à forfait ? Ah ! vous êtes un fier nigaud ! Voulez-vous bien me mettre de côté vos copies et votre minute, gardez-moi cela pour l'affaire Navarreins contre les Hospices. Il est tard, je vais faire un bout de placet, avec des *attendu*, et j'irai moi-même au Palais [1]...

Cette scène représente un des mille plaisirs qui, plus tard, font dire en pensant à la jeunesse : « C'était le bon temps [2] ! »

Vers une heure du matin, le prétendu colonel Chabert vint frapper à la porte de maître Derville, avoué près le Tribunal de Première Instance du département de la Seine. Le portier lui répondit que monsieur Derville n'était pas rentré. Le vieillard allégua le rendez-vous et monta chez ce célèbre légiste, qui, malgré sa jeunesse, passait pour être une des plus fortes têtes du Palais. Après avoir sonné, le défiant solliciteur ne fut pas médiocrement étonné de voir le premier clerc occupé à ranger sur la table de la salle à manger

de son patron les nombreux dossiers des affaires
qui *venaient* le lendemain en ordre utile. Le clerc,
non moins étonné, salua le colonel en le priant de
s'asseoir : ce que fit le plaideur.

— Ma foi, monsieur, j'ai cru que vous plaisan-
tiez hier en m'indiquant une heure si matinale
pour une consultation, dit le vieillard avec la
fausse gaieté d'un homme ruiné qui s'efforce de
sourire.

— Les clercs plaisantaient et disaient vrai tout
ensemble, reprit le Principal en continuant son
travail. Monsieur Derville a choisi cette heure
pour examiner ses causes, en résumer les moyens,
en ordonner la conduite, en disposer les *défenses.*
Sa prodigieuse intelligence est plus libre en ce
moment, le seul où il obtienne le silence et la
tranquillité nécessaires à la conception des
bonnes idées. Vous êtes, depuis qu'il est avoué, le
troisième exemple d'une consultation donnée à
cette heure nocturne. Après être rentré, le patron
discutera chaque affaire, lira tout, passera peut-
être quatre ou cinq heures à la besogne ; puis, il
me sonnera et m'expliquera ses intentions. Le
matin, de dix heures à deux heures, il écoute ses
clients, puis il emploie le reste de la journée à ses
rendez-vous. Le soir, il va dans le monde pour y
entretenir ses relations. Il n'a donc que la nuit
pour creuser ses procès, fouiller les arsenaux du
Code et faire ses plans de bataille. Il ne veut pas
perdre une seule cause, il a l'amour de son art. Il
ne se charge pas, comme ses confrères, de toute

espèce d'affaire. Voilà sa vie, qui est singulièrement active. Aussi gagne-t-il beaucoup d'argent.

En entendant cette explication, le vieillard
resta silencieux, et sa bizarre figure prit une
expression si dépourvue d'intelligence, que le
clerc, après l'avoir regardé, ne s'occupa plus de
lui. Quelques instants après, Derville entra, mis
un costume de bal ; son Maître-clerc[1] lui ouvrit la
porte, et se remit à achever le classement des
dossiers. Le jeune avoué demeura pendant un
moment stupéfait en entrevoyant dans le clair-
obscur le singulier client qui l'attendait. Le
colonel Chabert était aussi parfaitement immobile que peut l'être une figure en cire de ce cabinet
de Curtius où Godeschal avait voulu mener ses
camarades. Cette immobilité n'aurait peut-être
pas été un sujet d'étonnement, si elle n'eût
complété le spectacle surnaturel que présentait
l'ensemble du personnage. Le vieux soldat était
sec et maigre. Son front, volontairement caché
sous les cheveux de sa perruque lisse, lui donnait
quelque chose de mystérieux. Ses yeux paraissaient couverts d'une taie transparente : vous
eussiez dit de la nacre sale dont les reflets
bleuâtres chatoyaient à la lueur des bougies. Le
visage, pâle, livide, et en lame de couteau, s'il est
permis d'emprunter cette expression vulgaire[2],
semblait mort. Le cou était serré par une mauvaise cravate de soie noire. L'ombre cachait si
bien le corps à partir de la ligne brune que
décrivait ce haillon, qu'un homme d'imagination

aurait pu prendre cette vieille tête pour quelque
silhouette due au hasard, ou pour un portrait de
Rembrandt, sans cadre. Les bords du chapeau
qui couvrait le front du vieillard projetaient un
sillon noir sur le haut du visage. Cet effet bizarre,
quoique naturel, faisait ressortir, par la brusquerie du contraste, les rides blanches, les sinuosités
froides, le sentiment décoloré de cette physionomie cadavéreuse. Enfin l'absence de tout mouvement dans le corps, de toute chaleur dans le
regard, s'accordait avec une certaine expression
de démence triste, avec les dégradants symptômes
par lesquels se caractérise l'idiotisme[1], pour faire
de cette figure je ne sais quoi de funeste qu'aucune parole humaine ne pourrait exprimer. Mais
un observateur, et surtout un avoué, aurait trouvé
de plus en plus en cet homme foudroyé les signes
d'une douleur profonde, les indices d'une misère
qui avait dégradé ce visage, comme les gouttes
d'eau tombées du ciel sur un beau marbre l'ont à
la longue défiguré. Un médecin, un auteur, un
magistrat eussent pressenti tout un drame à
l'aspect de cette sublime horreur dont le moindre
mérite était de ressembler à ces fantaisies que les
peintres s'amusent à dessiner au bas de leurs
pierres lithographiques en causant avec leurs
amis.

  En voyant l'avoué, l'inconnu tressaillit par un
mouvement convulsif semblable à celui qui
échappe aux poètes quand un bruit inattendu
vient les détourner d'une féconde rêverie, au

milieu du silence et de la nuit. Le vieillard se découvrit promptement et se leva pour saluer le jeune homme ; le cuir qui grandissait l'intérieur de son chapeau étant sans doute fort gras, sa perruque y resta collée sans qu'il n'aperçût, et laissa voir à nu son crâne horriblement mutilé par une cicatrice transversale qui prenait à l'occiput et venait mourir à l'œil droit, en formant partout une grosse couture saillante. L'enlèvement soudain de cette perruque sale, que le pauvre homme portait pour cacher sa blessure, ne donna nulle envie de rire aux deux gens de loi, tant ce crâne fendu était épouvantable à voir[1]. La première pensée que suggérait l'aspect de cette blessure était celle-ci : « Par là s'est enfuie l'intelligence ! »

— Si ce n'est pas le colonel Chabert, ce doit être un fier troupier ! pensa Boucard.

— Monsieur, lui dit Derville, à qui ai-je l'honneur de parler ?

— Au colonel Chabert.

— Lequel[2] ?

— Celui qui est mort à Eylau, répondit le vieillard.

En entendant cette singulière phrase, le clerc et l'avoué se jetèrent un regard qui signifiait : « C'est un fou ! »

— Monsieur, reprit le colonel, je désirerais ne confier qu'à vous le secret de ma situation.

Une chose digne de remarque est l'intrépidité naturelle aux avoués. Soit l'habitude de recevoir

un grand nombre de personnes, soit le profond
sentiment de la protection que les lois leur
accordent, soit confiance en leur ministère, ils
entrent partout sans rien craindre, comme les
prêtres et les médecins. Derville fit un signe à
Boucard, qui disparut.

— Monsieur, reprit l'avoué, pendant le jour je
ne suis pas trop avare de mon temps ; mais au
milieu de la nuit les minutes me sont précieuses.
Ainsi, soyez bref et concis. Allez au fait sans
digression. Je vous demanderai moi-même les
éclaircissements qui me sembleront nécessaires.
Parlez.

Après avoir fait asseoir son singulier client, le
jeune homme s'assit lui-même devant la table ;
mais, tout en prêtant son attention au discours du
feu colonel, il feuilleta ses dossiers.

— Monsieur, dit le défunt, peut-être savez-
vous que je commandais un régiment de cavalerie
à Eylau. J'ai été pour beaucoup dans le succès de
la célèbre charge que fit Murat, et qui décida le
gain de la bataille. Malheureusement pour moi,
ma mort est un fait historique consigné dans les
Victoires et Conquêtes [1], où elle est rapportée en
détail. Nous fendîmes en deux les trois lignes
russes, qui, s'étant aussitôt reformées, nous obli-
gèrent à les retraverser en sens contraire. Au
moment où nous revenions vers l'Empereur,
après avoir dispersé les Russes, je rencontrai un
gros de cavalerie ennemie. Je me précipitai sur ces
entêtés-là. Deux officiers russes, deux vrais

géants, m'attaquèrent à la fois. L'un d'eux m'appliqua sur la tête un coup de sabre qui fendit tout jusqu'à un bonnet de soie noire que j'avais sur la tête, et m'ouvrit profondément le crâne. Je tombai de cheval. Murat vint à mon secours, il me passa sur le corps, lui et tout son monde, quinze cents hommes, excusez du peu ! Ma mort fut annoncée à l'Empereur, qui, par prudence (il m'aimait un peu, le patron !), voulut savoir s'il n'y aurait pas quelque chance de sauver l'homme auquel il était redevable de cette vigoureuse attaque. Il envoya, pour me reconnaître et me rapporter aux ambulances, deux chirurgiens en leur disant, peut-être trop négligemment, car il avait de l'ouvrage : « Allez donc voir si, par hasard, mon pauvre Chabert vit encore ? » Ces sacrés[1] carabins, qui venaient de me voir foulé aux pieds par les chevaux de deux régiments, se dispensèrent sans doute de me tâter le pouls et dirent que j'étais bien mort. L'acte de mon décès fut donc probablement dressé d'après les règles établies par la jurisprudence militaire.

En entendant son client s'exprimer avec une lucidité parfaite et raconter des faits si vraisemblables, quoique étranges, le jeune avoué laissa ses dossiers, posa son coude gauche sur la table, se mit la tête dans la main, et regarda le colonel fixement.

— Savez-vous, monsieur, lui dit-il en l'interrompant, que je suis l'avoué de la comtesse Ferraud, veuve du colonel Chabert ?

— Ma femme ! Oui, monsieur. Aussi, après
cent démarches infructueuses chez des gens de loi
qui m'ont tous pris pour un fou, me suis-je
déterminé à venir vous trouver. Je vous parlerai
de mes malheurs plus tard. Laissez-moi d'abord
vous établir les faits, vous expliquer plutôt
comme ils ont dû se passer, que comme ils sont
arrivés. Certaines circonstances, qui ne doivent
être connues que du Père éternel, m'obligent à en
présenter plusieurs comme des hypothèses. Donc,

monsieur, les blessures que j'ai reçues auront
probablement produit un tétanos, ou m'auront
mis dans une crise analogue à une maladie
nommée, je crois, catalepsie. Autrement comment
concevoir que j'aie été, suivant l'usage de la
guerre, dépouillé de mes vêtements, et jeté dans la
fosse aux soldats par les gens chargés d'enterrer
les morts ? Ici, permettez-moi de placer un détail
que je n'ai pu connaître que postérieurement à
l'événement qu'il faut bien appeler ma mort. J'ai
rencontré, en 1814, à Stuttgart[1], un ancien
maréchal des logis de mon régiment. Ce cher
homme, le seul qui ait voulu me reconnaître, et de
qui[2] je vous parlerai tout à l'heure, m'expliqua le
phénomène de ma conservation, en me disant que
mon cheval avait reçu un boulet dans le flanc au
moment où je fus blessé moi-même. La bête et le
cavalier s'étaient donc abattus comme des capu-
cins de cartes[3]. En me renversant, soit à droite,
soit à gauche, j'avais sans doute été couvert par le
corps de mon cheval qui m'empêcha d'être écrasé

par les chevaux, ou atteint par des boulets.
Lorsque je revins à moi, monsieur, j'étais dans
une position et dans une atmosphère dont je ne
vous donnerais pas une idée en vous entretenant
jusqu'à demain. Le peu d'air que je respirais était
méphitique [1]. Je voulus me mouvoir, et ne trouvai
point d'espace. En ouvrant les yeux, je ne vis rien.
La rareté de l'air fut l'accident le plus menaçant,
et qui m'éclaira le plus vivement sur ma position.
Je compris que là où j'étais, l'air ne se renouvelait
point, et que j'allais mourir. Cette pensée m'ôta le
sentiment de la douleur inexprimable par laquelle
j'avais été réveillé. Mes oreilles tintèrent violemment. J'entendis, ou crus entendre, je ne veux rien
affirmer, des gémissements poussés par le monde
de cadavres au milieu duquel je gisais. Quoique la
mémoire de ces moments soit bien ténébreuse,
quoique mes souvenirs soient bien confus, malgré
les impressions de souffrances encore plus profondes que je devais éprouver et qui ont brouillé
mes idées, il y a des nuits où je crois encore
entendre ces soupirs étouffés ! Mais il y a eu
quelque chose de plus horrible que les cris, un
silence que je n'ai jamais retrouvé nulle part, le
vrai silence du tombeau. Enfin, en levant les
mains, en tâtant les morts, je reconnus un vide
entre ma tête et le fumier humain supérieur. Je
pus donc mesurer l'espace qui m'avait été laissé
par un hasard dont la cause m'était inconnue. Il
paraît, grâce à l'insouciance ou à la précipitation
avec laquelle on nous avait jetés pêle-mêle, que

deux morts s'étaient croisés au-dessus de moi de
manière à décrire un angle semblable à celui de
deux cartes mises l'une contre l'autre par un
enfant qui pose les fondements d'un château. En
furetant avec promptitude, car il ne fallait pas
flâner, je rencontrai fort heureusement un bras
qui ne tenait à rien, le bras d'un Hercule ! un bon
os auquel je dus mon salut. Sans ce secours
inespéré, je périssais ! Mais, avec une rage que
vous devez concevoir, je me mis à travailler les
cadavres qui me séparaient de la couche de terre
sans doute jetée sur nous, je dis nous, comme s'il y
eût eu des vivants ! J'y allais ferme, monsieur, car
me voici ! Mais je ne sais pas aujourd'hui comment j'ai pu parvenir à percer la couverture de
chair qui mettait une barrière entre la vie et moi.
Vous me direz que j'avais trois bras ! Ce levier,
dont je me servais avec habileté, me procurait
toujours un peu de l'air qui se trouvait entre les
cadavres que je déplaçais, et je ménageais mes
aspirations. Enfin je vis le jour, mais à travers la
neige, monsieur ! En ce moment, je m'aperçus
que j'avais la tête ouverte. Par bonheur, mon
sang, celui de mes camarades ou la peau meurtrie
de mon cheval peut-être. que sais-je ! m'avait, en
se coagulant [2], comme enduit d'un emplâtre naturel. Malgré cette croûte, je m'évanouis quand mon
crâne fut en contact avec la neige. Cependant, le
peu de chaleur qui me restait ayant fait fondre la
neige autour de moi. je me trouvai, quand je
repris connaissance. au centre d'une petite ouver-

ture par laquelle je criai aussi longtemps que je le
pus. Mais alors le soleil se levait, j'avais donc bien
peu de chances pour être entendu. Y avait-il déjà
du monde aux champs ? Je me haussais en faisant
de mes pieds un ressort dont le point d'appui était
sur les défunts qui avaient les reins solides. Vous
sentez que ce n'était pas le moment de leur dire :
« *Respect au courage malheureux !* » Bref, monsieur, après avoir eu la douleur, si le mot peut
rendre ma rage, de voir pendant longtemps, oh !
oui, longtemps ! ces sacrés Allemands se sauvant
en entendant une voix là où ils n'apercevaient
point d'homme, je fus enfin dégagé par une
femme assez hardie ou assez curieuse pour s'approcher de ma tête qui semblait avoir poussé hors
de terre comme un champignon. Cette femme alla
chercher son mari, et tous deux me transportèrent
dans leur pauvre baraque. Il paraît que j'eus une
rechute de catalepsie, passez-moi cette expression
pour vous peindre un état duquel[1] je n'ai nulle
idée, mais que j'ai jugé, sur les dires de mes hôtes,
devoir être un effet de cette maladie. Je suis resté
pendant six mois entre la vie et la mort, ne
parlant pas, ou déraisonnant quand je parlais.
Enfin mes hôtes me firent admettre à l'hôpital
d'Heilsberg[2]. Vous comprenez, monsieur, que
j'étais sorti du ventre de la fosse aussi nu que de
celui de ma mère ; en sorte que, six mois après,
quand, un beau matin, je me souvins d'avoir été
le colonel Chabert, et qu'en recouvrant ma raison
je voulus obtenir de ma garde plus de respect

qu'elle n'en accordait à un pauvre diable, tous
mes camarades de chambrée se mirent à rire.
Heureusement pour moi, le chirurgien avait
répondu, par amour-propre, de ma guérison, et
s'était naturellement intéressé à son malade.
Lorsque je lui parlai d'une manière suivie de mon
ancienne existence, ce brave homme, nommé
Sparchmann [1], fit constater, dans les formes juri-
diques voulues par le droit du pays, la manière
miraculeuse dont j'étais sorti de la fosse des
morts, le jour et l'heure où j'avais été trouvé par
ma bienfaitrice et par son mari ; le genre, la
position exacte de mes blessures, en joignant à ces
différents procès-verbaux une description de ma
personne. Eh ! bien, monsieur, je n'ai ni ces pièces
importantes, ni la déclaration que j'ai faite chez
un notaire d'Heilsberg, en vue d'établir mon
identité ! Depuis le jour où je fus chassé de cette
ville par les événements de la guerre, j'ai constamment erré comme un vagabond, mendiant
mon pain, traité de fou lorsque je racontais mon
aventure, et sans avoir ni trouvé, ni gagné un sou
pour me procurer les actes qui pouvaient prouver
mes dires, et me rendre à la vie sociale. Souvent,
mes douleurs me retenaient durant des semestres
entiers dans de petites villes où l'on prodiguait
des soins au Français malade, mais où l'on riait
au nez de cet homme dès qu'il prétendait être le
colonel Chabert. Pendant longtemps ces rires, ces
doutes me mettaient dans une fureur qui me
nuisit et me fit même enfermer comme fou à

Stuttgart. A la vérité, vous pouvez juger, d'après mon récit, qu'il y avait des raisons suffisantes pour faire coffrer un homme ! Après deux ans de détention que je fus obligé de subir, après avoir entendu mille fois mes gardiens disant : « Voilà un pauvre homme qui croit être le colonel Chabert ! » à des gens qui répondaient : « Le pauvre homme ! » je fus convaincu de l'impossibilité de ma propre aventure, je devins triste, résigné, tranquille, et renonçai à me dire le colonel Chabert, afin de pouvoir sortir de prison et revoir la France. Oh ! monsieur, revoir Paris ! c'était un délire que je ne...

A cette phrase inachevée, le colonel Chabert tomba dans une rêverie profonde que Derville respecta.

— Monsieur, un beau jour, reprit le client, un jour de printemps, on me donna la clef des champs et dix thalers [1], sous prétexte que je parlais très sensément sur toutes sortes de sujets et que je ne me disais plus le colonel Chabert. Ma foi, vers cette époque, et encore aujourd'hui, par moments, mon nom m'est désagréable. Je voudrais n'être pas moi. Le sentiment de mes droits me tue. Si ma maladie m'avait ôté tout souvenir de mon existence passée, j'aurais été heureux ! J'eusse repris du service sous un nom quelconque, et qui sait ? je serais peut-être devenu feld-maréchal en Autriche ou en Russie.

— Monsieur, dit l'avoué, vous brouillez

toutes mes idées. Je crois rêver en vous écoutant.
De grâce, arrêtons-nous pendant un moment.

— Vous êtes, dit le colonel d'un air mélancolique, la seule personne qui m'ait si patiemment écouté. Aucun homme de loi n'a voulu m'avancer dix napoléons afin de faire venir d'Allemagne les pièces nécessaires pour commencer mon procès...

— Quel procès? dit l'avoué, qui oubliait la situation douloureuse de son client en entendant le récit de ses misères passées.

— Mais, monsieur, la comtesse Ferraud n'est-elle pas ma femme! Elle possède trente mille livres de rente qui m'appartiennent, et ne veut pas me donner deux liards. Quand je dis ces choses à des avoués, à des hommes de bon sens; quand je propose, moi, mendiant, de plaider contre un comte et une comtesse; quand je m'élève, moi, mort, contre un acte de décès, un acte de mariage et des actes de naissance, ils m'éconduisent, suivant leur caractère, soit avec cet air froidement poli que vous savez prendre pour vous débarrasser d'un malheureux, soit brutalement, en gens qui croient rencontrer un intrigant ou un fou. J'ai été enterré sous des morts, mais maintenant je suis enterré sous des vivants, sous des actes, sous des faits, sous la société tout entière, qui veut me faire rentrer sous terre!

— Monsieur, veuillez poursuivre maintenant, dit l'avoué.

— *Veuillez*, s'écria le malheureux vieillard en

prenant la main du jeune homme, voilà le premier mot de politesse que j'entends depuis...

Le colonel pleura. La reconnaissance étouffa sa voix. Cette pénétrante et indicible éloquence qui est dans le regard, dans le geste, dans le silence même, acheva de convaincre Derville et le toucha vivement.

— Écoutez, monsieur, dit-il à son client, j'ai gagné ce soir trois cents francs [1] au jeu ; je puis bien employer la moitié de cette somme à faire le bonheur d'un homme. Je commencerai les poursuites et diligences nécessaires pour vous procurer les pièces dont vous me parlez, et jusqu'à leur arrivée je vous remettrai cent sous par jour [2]. Si vous êtes le colonel Chabert, vous saurez pardonner la modicité du prêt à un jeune homme qui a sa fortune à faire. Poursuivez.

Le prétendu colonel resta pendant un moment immobile et stupéfait : son extrême malheur avait sans doute détruit ses croyances. S'il courait après son illustration militaire, après sa fortune, après lui-même, peut-être était-ce pour obéir à ce sentiment inexplicable, en germe dans le cœur de tous les hommes, et auquel nous devons les recherches des alchimistes [3], la passion de la gloire, les découvertes de l'astronomie, de la physique, tout ce qui pousse l'homme à se grandir en se multipliant par les faits ou par les idées. L'*ego* [4], dans sa pensée, n'était plus qu'un objet secondaire, de même que la vanité du triomphe ou le plaisir du gain deviennent plus chers au

parieur que ne l'est l'objet du pari. Les paroles du
jeune avoué furent donc comme un miracle pour
cet homme rebuté pendant dix années par sa
femme, par la justice, par la création sociale
entière. Trouver chez un avoué ces dix pièces d'or
qui lui avaient été refusées pendant si longtemps,
par tant de personnes et de tant de manières ! Le
colonel ressemblait à cette dame qui, ayant eu la
fièvre durant quinze années, crut avoir changé de
maladie le jour où elle fut guérie. Il est des
félicités auxquelles on ne croit plus ; elles arri-
vent, c'est la foudre, elles consument. Aussi la
reconnaissance du pauvre homme était-elle trop
vive pour qu'il pût l'exprimer. Il eût paru froid
aux gens superficiels, mais Derville devina toute
une probité dans cette stupeur. Un fripon aurait
eu de la voix.

— Où en étais-je ? dit le colonel avec la naïveté
d'un enfant ou d'un soldat, car il y a souvent de
l'enfant dans le vrai soldat, et presque toujours du
soldat chez l'enfant, surtout en France.

— A Stuttgart. Vous sortiez de prison, répondit l'avoué.

— Vous connaissez ma femme ? demanda le
colonel.

— Oui, répliqua Derville en inclinant la tête.

— Comment est-elle ?

— Toujours ravissante.

Le vieillard fit un signe de main, et parut
dévorer quelque secrète douleur avec cette résignation grave et solennelle qui caractérise les

hommes éprouvés dans le sang et le feu des champs de bataille.

— Monsieur, dit-il avec une sorte de gaieté; car il respirait, ce pauvre colonel, il sortait une seconde fois de la tombe, il venait de fondre une couche de neige moins soluble que celle qui jadis lui avait glacé la tête, et il aspirait l'air comme s'il quittait un cachot. Monsieur, dit-il, si j'avais été joli garçon, aucun de mes malheurs ne me serait arrivé. Les femmes croient les gens quand ils farcissent leurs phrases du mot amour. Alors elles trottent, elles vont, elles se mettent en quatre, elles intriguent, elles affirment les faits, elles font le diable pour celui qui leur plaît. Comment aurais-je pu intéresser une femme? j'avais une face de *requiem*, j'étais vêtu comme un sans-culotte, je ressemblais plutôt à un Esquimau qu'à un Français[1], moi qui jadis passais pour le plus joli des muscadins[2], en 1799! moi, Chabert, comte de l'Empire[3]! Enfin, le jour même où l'on me jeta sur le pavé comme un chien, je rencontrai le maréchal des logis de qui[4] je vous ai déjà parlé. Le camarade se nommait Boutin[5]. Le pauvre diable et moi faisions la plus belle paire de rosses que j'aie jamais vue; je l'aperçus à la promenade, si je le reconnus, il lui fut impossible de deviner qui j'étais. Nous allâmes ensemble dans un cabaret. Là, quand je me nommai, la bouche de Boutin se fendit en éclats de rire comme un mortier qui crève. Cette gaieté, monsieur, me causa l'un de mes plus vifs chagrins! Elle me

révélait sans fard tous les changements qui
étaient survenus en moi ! J'étais donc méconnaissable, même pour l'œil du plus humble et du plus
reconnaissant de mes amis ! jadis j'avais sauvé la
vie à Boutin, mais c'était une revanche que je lui
devais. Je ne vous dirai pas comment il me rendit
ce service. La scène eut lieu en Italie, à Ravenne [1].
La maison où Boutin m'empêcha d'être poi-
gnardé n'était pas une maison fort décente. A
cette époque je n'étais pas colonel, j'étais simple
cavalier, comme Boutin. Heureusement cette histoire comportait des détails qui ne pouvaient être
connus que de nous seuls ; et, quand je les lui
rappelai, son incrédulité diminua. Puis je lui
contai les accidents de ma bizarre existence.
Quoique mes yeux, ma voix fussent, me dit-il,
singulièrement altérés, que je n'eusse plus ni
cheveux, ni dents, ni sourcils, que je fusse blanc
comme un Albinos, il finit par retrouver son
colonel dans le mendiant, après mille interroga-
tions auxquelles je répondis victorieusement. Il
me raconta ses aventures, elles n'étaient pas
moins extraordinaires que les miennes : il revenait des confins de la Chine, où il avait voulu
pénétrer après s'être échappé de la Sibérie. Il
m'apprit les désastres de la campagne de Russie
et la première abdication de Napoléon. Cette
nouvelle est une des choses qui m'ont fait le plus
de mal ! Nous étions deux débris curieux après
avoir ainsi roulé sur le globe comme roulent dans
l'Océan les cailloux emportés d'un rivage à l'autre

par les tempêtes. A nous deux nous avions vu
l'Égypte, la Syrie, l'Espagne, la Russie, la Hollande, l'Allemagne, l'Italie, la Dalmatie, l'Angleterre, la Chine, la Tartarie, la Sibérie ; il ne nous
manquait que d'être allés dans les Indes et en
Amérique ! Enfin, plus ingambe que je ne l'étais,
Boutin se chargea d'aller à Paris le plus lestement
possible afin d'instruire ma femme de l'état dans
lequel je me trouvais. J'écrivis à madame Chabert
une lettre bien détaillée. C'était la quatrième,
monsieur ! si j'avais eu des parents, tout cela ne
serait peut-être pas arrivé ; mais, il faut vous
l'avouer, je suis un enfant d'hôpital, un soldat qui
pour patrimoine avait son courage, pour famille
tout le monde, pour patrie la France, pour tout
protecteur le bon Dieu. Je me trompe ! j'avais un
père, l'Empereur ! Ah ! s'il était debout, le cher
homme ! et qu'il vît *son Chabert*, comme il me
nommait, dans l'état où je suis, mais il se mettrait
en colère. Que voulez-vous ! notre soleil s'est
couché, nous avons tous froid maintenant. Après
tout, les événements politiques pouvaient justifier
le silence de ma femme ! Boutin partit. Il était
bienheureux, lui ! Il avait deux ours blancs supé-
rieurement dressés qui le faisaient vivre. Je ne
pouvais l'accompagner ; mes douleurs ne me
permettaient pas de faire de longues étapes. Je
pleurai, monsieur, quand nous nous séparâmes,
après avoir marché aussi longtemps que mon état
put me le permettre en compagnie de ses ours et
de lui. A Karlsruhe[1] j'eus un accès de névralgie à

la tête, et restai six semaines sur la paille dans une auberge [1] ! Je ne finirais pas, monsieur, s'il fallait vous raconter tous les malheurs de ma vie de mendiant. Les souffrances morales, auprès desquelles pâlissent les douleurs physiques, excitent cependant moins de pitié, parce qu'on ne les voit point. Je me souviens d'avoir pleuré devant un hôtel de Strasbourg où j'avais donné jadis une fête, et où je n'obtins rien, pas même un morceau de pain. Ayant déterminé de concert avec Boutin l'itinéraire que je devais suivre, j'allais à chaque bureau de poste demander s'il y avait une lettre et de l'argent pour moi. Je vins jusqu'à Paris sans avoir rien trouvé. Combien de désespoirs ne m'at-il pas fallu dévorer ! « Boutin sera mort », me disais-je. En effet, le pauvre diable avait succombé à Waterloo. J'appris sa mort plus tard et par hasard. Sa mission auprès de ma femme fut sans doute infructueuse. Enfin j'entrai dans Paris en même temps que les Cosaques [2]. Pour moi c'était douleur sur douleur. En voyant les Russes en France, je ne pensais plus que je n'avais ni souliers aux pieds ni argent dans ma poche. Oui, monsieur, mes vêtements étaient en lambeaux. La veille de mon arrivée je fus forcé de bivouaquer dans les bois de Claye [3]. La fraîcheur de la nuit me causa sans doute un accès de je ne sais quelle maladie, qui me prit quand je traversai le faubourg Saint-Martin. Je tombai presque évanoui à la porte d'un marchand de fer. Quand je me réveillai j'étais dans un lit à l'Hôtel-Dieu. Là je

restai pendant un mois assez heureux. Je fus
bientôt renvoyé. J'étais sans argent, mais bien
portant et sur le bon pavé de Paris. Avec quelle
joie et quelle promptitude j'allai rue du Mont-
Blanc, où ma femme devait être logée dans un
hôtel à moi ! Bah ! la rue du Mont-Blanc était
devenue la rue de la Chaussée-d'Antin [1]. Je n'y vis
plus mon hôtel, il avait été vendu, démoli. Des
spéculateurs avaient bâti plusieurs maisons dans
mes jardins. Ignorant que ma femme fût mariée à
monsieur Ferraud [2], je ne pouvais obtenir aucun
renseignement. Enfin je me rendis chez un vieil
avocat qui jadis était chargé de mes affaires. Le
bonhomme était mort après avoir cédé sa clientèle
à un jeune homme. Celui-ci m'apprit, à mon
grand étonnement, l'ouverture de ma succession,
sa liquidation, le mariage de ma femme et la
naissance de ses deux enfants. Quand je lui dis
être le colonel Chabert, il se mit à rire si
franchement que je le quittai sans lui faire la
moindre observation. Ma détention de Stuttgart
me fit songer à Charenton [3], et je résolus d'agir
avec prudence. Alors, monsieur, sachant où
demeurait ma femme, je m'acheminai vers son
hôtel, le cœur plein d'espoir. Eh ! bien, dit le
colonel avec un mouvement de rage concentrée, je
n'ai pas été reçu lorsque je me fis annoncer sous
un nom d'emprunt, et le jour où je pris le mien je
fus consigné à sa porte. Pour voir la comtesse
rentrant du bal ou du spectacle, au matin, je suis
resté pendant des nuits entières collé contre la

borne de sa porte cochère. Mon regard plongeait dans cette voiture qui passait devant mes yeux avec la rapidité de l'éclair, et où j'entrevoyais à peine cette femme qui est mienne et qui n'est plus à moi ! Oh ! dès ce jour j'ai vécu pour la vengeance, s'écria le vieillard d'une voix sourde en se dressant tout à coup devant Derville. Elle sait que j'existe ; elle a reçu de moi, depuis mon retour, deux lettres écrites par moi-même. Elle ne m'aime plus ! Moi, j'ignore si je l'aime ou si je la déteste ! Je la désire et la maudis tour à tour. Elle me doit sa fortune, son bonheur ; eh ! bien, elle ne m'a pas seulement fait parvenir le plus léger secours ! Par moments je ne sais plus que devenir !

A ces mots, le vieux soldat retomba sur sa chaise, et redevint immobile. Derville resta silencieux, occupé à contempler son client.

— L'affaire est grave, dit-il enfin machinalement. Même en admettant l'authenticité des pièces qui doivent se trouver à Heilsberg[1], il ne m'est pas prouvé que nous puissions triompher tout d'abord. Le procès ira successivement devant trois tribunaux. Il faut réfléchir à tête reposée sur une semblable cause, elle est tout exceptionnelle.

— Oh ! répondit froidement le colonel en relevant la tête par un mouvement de fierté, si je succombe, je saurai mourir, mais en compagnie.

Là, le vieillard avait disparu. Les yeux de l'homme énergique brillaient rallumés aux feux du désir et de la vengeance.

— Il faudra peut-être transiger, dit l'avoué.

— Transiger, répéta le colonel Chabert. Suis-je mort ou suis-je vivant ?

— Monsieur, reprit l'avoué, vous suivrez, je l'espère, mes conseils. Votre cause sera ma cause. Vous vous apercevrez bientôt de l'intérêt que je prends à votre situation, presque sans exemple dans les fastes judiciaires. En attendant, je vais vous donner un mot pour mon notaire, qui vous remettra, sur votre quittance, cinquante francs tous les dix jours. Il ne serait pas convenable que vous vinssiez chercher ici des secours. Si vous êtes le colonel Chabert, vous ne devez être à la merci de personne. Je donnerai à ces avances la forme d'un prêt. Vous avez des biens à recouvrer, vous êtes riche.

Cette dernière délicatesse arracha des larmes au vieillard. Derville se leva brusquement, car il n'était peut-être pas de coutume[1] qu'un avoué parût s'émouvoir ; il passa dans son cabinet, d'où il revint avec une lettre non cachetée qu'il remit au comte Chabert. Lorsque le pauvre homme la tint entre ses doigts, il sentit deux pièces d'or à travers le papier.

— Voulez-vous me désigner les actes, me donner le nom de la ville, du royaume ? dit l'avoué.

Le colonel dicta les renseignements en vérifiant l'orthographe des noms de lieux ; puis il prit son chapeau d'une main, regarda Derville, lui tendit l'autre main, une main calleuse, et lui dit d'une voix simple :

— Ma foi, monsieur, après l'Empereur, vous êtes l'homme auquel je devrai le plus ! Vous êtes *un brave*.

L'avoué frappa dans la main du colonel, le reconduisit jusque sur l'escalier et l'éclaira.

— Boucard, dit Derville à son Maître-clerc, je viens d'entendre une histoire qui me coûtera peut-être vingt-cinq louis. Si je suis volé, je ne regretterai pas mon argent, j'aurai vu le plus habile comédien de notre époque.

Quand le colonel se trouva dans la rue et devant un réverbère, il retira de la lettre les deux pièces de vingt francs que l'avoué lui avait données, et les regarda pendant un moment à la lumière. Il revoyait de l'or pour la première fois depuis neuf ans.

— Je vais donc pouvoir fumer des cigares, se dit-il.

LA TRANSACTION [1]

Environ trois mois après cette consultation nuitamment faite par le colonel Chabert chez Derville, le notaire chargé de payer la demi-solde que l'avoué faisait à son singulier client, vint le voir pour conférer sur une affaire grave, et commença par lui réclamer six cents francs donnés au vieux militaire.

— Tu t'amuses donc à entretenir l'ancienne armée ? lui dit en riant ce notaire, nommé Crottat, jeune homme qui venait d'acheter l'étude où il était Maître-clerc, et dont le patron venait de prendre la fuite en faisant une épouvantable faillite [1].

— Je te remercie, mon cher maître, répondit Derville, de me rappeler cette affaire-là. Ma philanthropie n'ira pas au-delà de vingt-cinq louis, je crains déjà d'avoir été la dupe de mon patriotisme.

Au moment où Derville achevait sa phrase, il vit sur son bureau les paquets que son Maître-clerc y avait mis. Ses yeux furent frappés à l'aspect des timbres oblongs, carrés, triangulaires, rouges, bleus, apposés sur une lettre par les postes prussienne, autrichienne, bavaroise et française.

— Ah ! dit-il en riant, voici le dénouement de la comédie, nous allons voir si je suis attrapé. Il prit la lettre et l'ouvrit, mais il n'y put rien lire, elle était écrite en allemand.

— Boucard, allez vous-même faire traduire cette lettre, et revenez promptement, dit Derville en entrouvrant la porte de son cabinet et tendant la lettre à son Maître-clerc.

Le notaire de Berlin auquel s'était adressé l'avoué, lui annonçait que les actes dont les expéditions étaient demandées lui parviendraient quelques jours après cette lettre d'avis. Les pièces étaient, disait-il, parfaitement en règle, et revêtues des légalisations nécessaires pour faire foi en justice. En outre, il lui mandait que presque tous les témoins des faits consacrés par les procès-verbaux existaient à Prussich-Eylau[1] ; et que la femme à laquelle monsieur le comte Chabert devait la vie, vivait encore dans un des faubourgs d'Heilsberg.

— Ceci devient sérieux, s'écria Derville quand Boucard eut fini de lui donner la substance de la lettre. Mais, dis donc, mon petit, reprit-il en s'adressant au notaire, je vais avoir besoin de renseignements qui doivent être en ton étude. N'est-ce pas chez ce vieux fripon de Roguin...

— Nous disons l'infortuné, le malheureux Roguin, reprit maître Alexandre Crottat en riant et interrompant Derville.

— N'est-ce pas chez cet infortuné qui vient d'emporter huit cent mille francs à ses clients et de réduire plusieurs familles au désespoir[2], que s'est faite la liquidation de la succession Chabert ? Il me semble que j'ai vu cela dans nos pièces Ferraud.

— Oui, répondit Crottat, j'étais alors troisième clerc, je l'ai copiée et bien étudiée, cette liquidation. Rose Chapotel, épouse et veuve de Hya-cinthe, dit Chabert, comte de l'Empire, grand officier de la Légion d'Honneur ; ils s'étaient mariés sans contrat, ils étaient donc communs en biens. Autant que je puis m'en souvenir, l'actif s'élevait à six cent mille francs. Avant son mariage, le comte Chabert avait fait un testament en faveur des hospices de Paris, par lequel il leur attribuait le quart de la fortune qu'il posséderait au moment de son décès, le domaine[1] héritait de l'autre part. Il y a eu licitation, vente et partage, parce que les avoués sont allés bon train. Lors de la liquidation, le monstre qui gouvernait alors la France a rendu par un décret la portion du fisc à la veuve du colonel.

— Ainsi la fortune personnelle du comte Chabert ne se monterait donc qu'à trois cent mille francs.

— Par conséquent, mon vieux ! répondit Crottat. Vous avez parfois l'esprit juste, vous autres avoués, quoiqu'on vous accuse de vous le fausser en plaidant aussi bien le Pour que le Contre[2].

Le comte Chabert, dont l'adresse se lisait au bas de la première quittance que lui avait remise le notaire[3], demeurait dans le faubourg Saint-Marceau, rue du Petit-Banquier[4], chez un vieux maréchal des logis de la grande impériale, devenu nourrisseur, et nommé Vergniaud[5]. Arrivé là, Derville fut forcé d'aller à pied à la recherche de son client ; car son cocher refusa de s'engager dans une rue non pavée et dont les ornières étaient un peu trop profondes pour les roues d'un cabriolet. En regardant de tous les côtés, l'avoué finit par trouver, dans la partie de cette rue qui avoisine le boulevard, entre deux murs bâtis avec des ossements et de la terre, deux mauvais pilastres en moellons, que le passage des voitures avait ébréchés, malgré deux morceaux de bois placés en forme de bornes. Ces pilastres soute-

naient une poutre couverte d'un chaperon en
tuile, sur laquelle ces mots étaient écrits en
rouge : VERGNIAUD, NOURICEURE. A droite de ce
nom, se voyaient des œufs, et à gauche une vache,
le tout peint en blanc. La porte était ouverte et
restait sans doute ainsi pendant toute la journée.
Au fond d'une cour assez spacieuse, s'élevait, en
face de la porte, une maison, si toutefois ce nom
convient à l'une de ces masures bâties dans les
faubourgs de Paris, et qui ne sont comparables à
rien, pas même aux plus chétives habitations de la
campagne, dont elles ont la misère sans en avoir
la poésie. En effet, au milieu des champs, les
cabanes ont encore une grâce que leur donnent la
pureté de l'air, la verdure, l'aspect des champs,
une colline, un chemin tortueux, des vignes, une
haie vive, la mousse des chaumes, et les ustensiles
champêtres ; mais à Paris la misère ne se grandit
que par son horreur. Quoique récemment construite, cette maison semblait près de tomber en
ruine. Aucun des matériaux n'y avait eu sa vraie
destination, ils provenaient tous des démolitions
qui se font journellement dans Paris. Derville lut
sur un volet fait avec les planches d'une
enseigne : *Magasin de nouveautés.* Les fenêtres
ne se ressemblaient point entre elles et se trouvaient bizarrement placées. Le rez-de-chaussée,
qui paraissait être la partie habitable, était
exhaussé d'un côté, tandis que de l'autre les
chambres étaient enterrées par une éminence.
Entre la porte et la maison s'étendait une mare

pleine de fumier où coulaient les eaux pluviales et ménagères. Le mur sur lequel s'appuyait ce chétif logis, et qui paraissait être plus solide que les autres, était garni de cabanes grillagées où de vrais lapins faisaient leurs nombreuses familles. A droite de la porte cochère se trouvait la vacherie surmontée d'un grenier à fourrage, et qui communiquait à la maison par une laiterie. A gauche étaient une basse-cour, une écurie et un toit à cochons qui avait été fini, comme celui de la maison, en mauvaises planches de bois blanc clouées les unes sur les autres, et mal recouvertes avec du jonc. Comme presque tous les endroits où se cuisinent les éléments du grand repas que Paris dévore chaque jour, la cour dans laquelle Derville mit le pied offrait les traces de la précipitation voulue par la nécessité d'arriver à heure fixe. Ces grands vases de fer-blanc bossués dans lesquels se transporte le lait, et les pots qui contiennent la crème, étaient jetés pêle-mêle devant la laiterie, avec leurs bouchons de linge. Les loques trouées qui servaient à les essuyer flottaient au soleil étendues sur des ficelles attachées à des piquets. Ce cheval pacifique, dont la race ne se trouve que chez les laitières, avait fait quelques pas en avant de sa charrette et restait devant l'écurie, dont la porte était fermée. Une chèvre broutait le pampre de la vigne grêle et poudreuse qui garnissait le mur jaune et lézardé de la maison. Un chat était accroupi sur les pots à crème et les léchait. Les poules, effarouchées à l'approche de Derville, s'envolèrent en criant, et le chien de garde aboya [1].

— L'homme qui a décidé le gain de la bataille d'Eylau serait là ! se dit Derville en saisissant d'un seul coup d'œil l'ensemble de ce spectacle ignoble.

La maison était restée sous la protection de trois gamins. L'un, grimpé sur le faîte d'une charrette chargée de fourrage vert, jetait des pierres dans un tuyau de cheminée de la maison voisine, espérant qu'elles y tomberaient dans la marmite. L'autre essayait d'amener un cochon sur le plancher de la charrette qui touchait à terre, tandis que le troisième pendu à l'autre bout attendait que le cochon y fût placé pour l'enlever en faisant faire la bascule à la charrette. Quand Derville leur demanda si c'était bien là que demeurait monsieur Chabert, aucun ne répondit, et tous trois le regardèrent avec une stupidité spirituelle, s'il est permis d'allier ces deux mots. Derville réitéra ses questions sans succès. Impatienté par l'air narquois des trois drôles, il leur dit de ces injures plaisantes que les jeunes gens se croient le droit d'adresser aux enfants, et les gamins rompirent le silence par un rire brutal. Derville se fâcha. Le colonel qui l'entendit, sortit d'une petite chambre basse située près de la laiterie et apparut sur le seuil de sa porte avec un flegme militaire inexprimable. Il avait à la bouche une de ces pipes notablement *culottées* (expression technique des fumeurs), une de ces humbles

pipes de terre blanche nommées des *brûle-
gueule*[1]. Il leva la visière d'une casquette horriblement crasseuse, aperçut Derville et traversa le
fumier, pour venir plus promptement à son
bienfaiteur, en criant d'une voix amicale aux
gamins : « Silence dans les rangs ! » Les enfants
gardèrent aussitôt un silence respectueux qui
annonçait l'empire exercé sur eux par le vieux
soldat.

— Pourquoi ne m'avez-vous pas écrit ? dit-il à
Derville. Allez le long de la vacherie ! Tenez, là, le
chemin est pavé, s'écria-t-il en remarquant
l'indécision de l'avoué qui ne voulait pas se
mouiller les pieds dans le fumier.

En sautant de place en place, Derville arriva
sur le seuil de la porte par où le colonel était sorti.
Chabert parut désagréablement affecté d'être
obligé de le recevoir dans la chambre qu'il
occupait. En effet, Derville n'y aperçut qu'une
seule chaise. Le lit du colonel consistait en
quelques bottes de paille sur lesquelles son
hôtesse avait étendu deux ou trois lambeaux de
ces vieilles tapisseries, ramassées je ne sais où, qui
servent aux laitières à garnir les bancs de leurs
charrettes. Le plancher était tout simplement en
terre battue. Les murs salpêtrés, verdâtres et
fendus répandaient une si forte humidité, que le
mur contre lequel couchait le colonel était tapissé
d'une natte en jonc. Le fameux carrick pendait à
un clou. Deux mauvaises paires de bottes gisaient
dans un coin. Nul vestige de linge. Sur la table

vermoulue, les *Bulletins de la Grande Armée*
réimprimés par Plancher[1] étaient ouverts, et
paraissaient être la lecture du colonel, dont la
physionomie était calme et sereine au milieu de
cette misère. Sa visite chez Derville semblait avoir
changé le caractère de ses traits, où l'avoué trouva
les traces d'une pensée heureuse, une lueur particulière qu'y avait jetée l'espérance.

— La fumée de la pipe vous incommode-
t-elle ? dit-il en tendant à son avoué la chaise à
moitié dépaillée.

— Mais, colonel, vous êtes horriblement mal
ici.

Cette phrase fut arrachée à Derville par la
défiance naturelle aux avoués, et par la déplorable expérience que leur donnent de bonne heure
les épouvantables drames inconnus auxquels ils
assistent.

— Voilà, se dit-il, un homme qui aura certainement employé mon argent à satisfaire les trois
vertus théologales du troupier : le jeu, le vin et les
femmes !

— C'est vrai, monsieur, nous ne brillons pas
ici par le luxe. C'est un bivouac tempéré par
l'amitié, mais... Ici le soldat lança un regard
profond à l'homme de loi. Mais, je n'ai fait de tort
à personne, je n'ai jamais repoussé personne, et je
dors tranquille.

L'avoué songea qu'il y aurait peu de délicatesse
à demander compte à son client des sommes qu'il
lui avait avancées, et il se contenta de lui dire :

— Pourquoi n'avez-vous donc pas voulu venir dans Paris [1] où vous auriez pu vivre aussi peu chèrement que vous vivez ici, mais où vous auriez été mieux ?

— Mais, répondit le colonel, les braves gens chez lesquels je suis m'avaient recueilli, nourri *gratis* depuis un an ! comment les quitter au moment où j'avais un peu d'argent ? Puis le père de ces trois gamins est un vieux [2] *égyptien*...

— Comment, un égyptien ?

— Nous appelons ainsi les troupiers qui sont revenus de l'expédition d'Égypte de laquelle [3] j'ai fait partie [4]. Non seulement tous ceux qui en sont revenus sont un peu frères, mais Vergniaud était alors dans mon régiment, nous avions partagé de l'eau dans le désert. Enfin, je n'ai pas encore fini d'apprendre à lire à ses marmots.

— Il aurait bien pu vous mieux loger, pour votre argent, lui.

— Bah ! dit le colonel, ses enfants couchent comme moi sur la paille ! Sa femme et lui n'ont pas un lit meilleur, ils sont bien pauvres, voyez-vous ? ils ont pris un établissement au-dessus de leurs forces. Mais si je recouvre ma fortune !... Enfin, suffit !

— Colonel, je dois recevoir demain ou après vos actes d'Heilsberg. Votre libératrice vit encore !

— Sacré argent ! Dire que je n'en ai pas ! s'écria-t-il en jetant par terre sa pipe.

Une pipe *culottée* est une pipe précieuse pour

un fumeur ; mais ce fut par un geste si naturel, par un mouvement si généreux, que tous les fumeurs et même la Régie [1] lui eussent pardonné ce crime de lèse-tabac. Les anges auraient peut-être ramassé les morceaux.

— Colonel [2], votre affaire est excessivement compliquée, lui dit Derville en sortant de la chambre pour s'aller promener au soleil le long de la maison.

— Elle me paraît, dit le soldat, parfaitement simple. L'on m'a cru mort, me voilà ! rendez-moi ma femme et ma fortune ; donnez-moi le grade de général auquel j'ai droit, car j'ai passé colonel dans la garde impériale, la veille de la bataille d'Eylau.

— Les choses ne vont pas ainsi dans le monde judiciaire, reprit Derville. Écoutez-moi. Vous êtes le comte Chabert, je le veux bien, mais il s'agit de le prouver judiciairement à des gens qui vont avoir intérêt à nier votre existence. Ainsi, vos actes seront discutés. Cette discussion entraînera dix ou douze questions préliminaires. Toutes iront contradictoirement jusqu'à la cour suprême, et constitueront autant de procès coûteux qui traîneront en longueur. quelle que soit l'activité que j'y mette. Vos adversaires demanderont une enquête à laquelle nous ne pourrons pas nous refuser, et qui nécessitera peut-être une commission rogatoire en Prusse. Mais supposons tout au mieux : admettons qu'il soit reconnu promptement par la justice que vous êtes le colonel

Chabert. Savons-nous comment sera jugée la question soulevée par la bigamie fort innocente de la comtesse Ferraud ? Dans votre cause, le point de droit est en dehors du code, et ne peut être jugé par les juges que suivant les lois de la conscience, comme fait le jury dans les questions délicates que présentent les bizarreries sociales de quelques procès criminels. Or, vous n'avez pas eu d'enfants de votre mariage, et monsieur le comte Ferraud en a deux du sien, les juges peuvent déclarer nul le mariage où se rencontrent les liens les plus faibles, au profit du mariage qui en comporte de plus forts, du moment où il y a eu bonne foi chez les contractants. Serez-vous dans une position morale bien belle, en voulant *mordicus*[1] avoir à votre âge et dans les circonstances où vous vous trouvez, une femme qui ne vous aime plus ? Vous aurez contre vous votre femme et son mari, deux personnes puissantes qui pourront influencer les tribunaux. Le procès a donc des éléments de durée. Vous aurez le temps de vieillir dans les chagrins les plus cuisants.

— Et ma fortune ?

— Vous vous croyez donc une grande fortune ?

— N'avais-je pas trente mille livres de rente ?

— Mon cher colonel, vous aviez fait, en 1799, avant votre mariage, un testament qui léguait le quart de vos biens aux hospices.

— C'est vrai.

— Eh ! bien, vous censé mort, n'a-t-il pas fallu

procéder à un inventaire, à une liquidation
afin de donner ce quart aux hospices ? Votre
femme ne s'est pas fait scrupule de tromper
les pauvres. L'inventaire, où sans doute elle
s'est bien gardée de mentionner l'argent
comptant, les pierreries, où elle aura produit
peu d'argenterie, et où le mobilier a été
estimé à deux tiers au-dessous du prix réel,
soit pour la favoriser, soit pour payer moins
de droits au fisc, et aussi parce que les com-
missaires-priseurs sont responsables de leurs
estimations, l'inventaire ainsi fait a établi six
cents mille francs de valeurs. Pour sa part,
votre veuve avait droit à la moitié. Tout a été
vendu, racheté par elle, elle a bénéficié sur
tout, et les hospices ont eu leurs soixante-
quinze mille francs. Puis, comme le fisc héritait de vous, attendu que vous n'aviez pas fait
mention de votre femme dans votre testament,
l'Empereur a rendu par un décret à votre
veuve la portion qui revenait au domaine
public. Maintenant, à quoi avez-vous droit ? à
trois cent mille francs seulement, moins les
frais.

— Et vous appelez cela la justice ? dit le
colonel ébahi.

— Mais, certainement...

— Elle est belle.

— Elle est ainsi, mon pauvre colonel. Vous
voyez que ce que vous avez cru facile ne l'est
pas. Madame Ferraud peut même vouloir gar-

der la portion qui lui a été donnée par l'Empereur.

— Mais elle n'était pas veuve, le décret est nul...

— D'accord. Mais tout se plaide. Écoutez-moi. Dans ces circonstances, je crois qu'une transaction serait, et pour vous et pour elle, le meilleur dénouement du procès. Vous y gagnerez une fortune plus considérable que celle à laquelle vous auriez droit.

— Ce serait vendre ma femme !

— Avec vingt-quatre mille francs de rente[1], vous aurez, dans la position où vous vous trouvez, des femmes qui vous conviendront mieux que la vôtre, et qui vous rendront plus heureux. Je compte aller voir aujourd'hui même madame la comtesse Ferraud afin de sonder le terrain ; mais je n'ai pas voulu faire cette démarche sans vous en prévenir.

— Allons ensemble chez elle...

— Fait comme vous êtes ? dit l'avoué. Non, non, colonel, non. Vous pourriez y perdre tout à fait votre procès...

— Mon procès est-il gagnable ?

— Sur tous les chefs, répondit Derville. Mais, mon cher colonel Chabert, vous ne faites pas attention à une chose. Je ne suis pas riche, ma charge n'est pas entièrement payée. Si les tribunaux vous accordent une *provision*, c'est-à-dire une somme à prendre par avance sur votre fortune, ils ne l'accorderont qu'après avoir

reconnu vos qualités de comte Chabert, grand-
officier de la Légion d'Honneur.

— Tiens, je suis grand-officier de la Légion,
je n'y pensais plus, dit-il naïvement.

— Eh ! bien, jusque-là, reprit Derville, ne
faut-il pas plaider, payer des avocats, lever et
solder des jugements, faire marcher des huissiers, et vivre ? les frais des instances préparatoires se monteront, à vue de nez, à plus de
douze ou quinze mille francs. Je ne les ai pas,
moi qui suis écrasé par les intérêts énormes que
je paye à celui qui m'a prêté l'argent de ma
charge[1]. Et vous ! où les trouverez-vous ?

De grosses larmes tombèrent des yeux flétris
du pauvre soldat et roulèrent sur ses joues ridées.
A l'aspect de ces difficultés, il fut découragé. Le
monde social et judiciaire lui pesait sur la poitrine comme un cauchemar.

— J'irai, s'écria-t-il, au pied de la colonne de
la place Vendôme, je crierai là : « Je suis le
colonel Chabert qui a enfoncé le grand carré des
Russes à Eylau ! » Le bronze, lui ! me reconnaî-
tra[2].

— Et l'on vous mettra sans doute à Charenton.

A ce nom redouté, l'exaltation du militaire
tomba.

— N'y aurait-il donc pas pour moi quelques
chances favorables au ministère de la guerre ?

— Les bureaux ! dit Derville. Allez-y, mais
avec un jugement bien en règle qui déclare nul

votre acte de décès. Les bureaux voudraient
pouvoir anéantir les gens de l'Empire.

Le colonel resta pendant un moment interdit,
immobile, regardant sans voir, abîmé dans un
désespoir sans bornes. La justice militaire est
franche, rapide, elle décide à la turque [1], et juge
presque toujours bien ; cette justice était la seule
que connût Chabert. En apercevant le dédale de
difficultés où il fallait s'engager, en voyant combien il fallait d'argent pour y voyager, le pauvre
soldat reçut un coup mortel dans cette puissance
particulière à l'homme et que l'on nomme la
volonté. Il lui parut impossible de vivre en
plaidant, il fut pour lui mille fois plus simple de
rester pauvre, mendiant, de s'engager comme
cavalier si quelque régiment voulait de lui. Ses
souffrances physiques et morales lui avaient déjà
vicié le corps dans quelques-uns des organes les
plus importants. Il touchait à l'une de ces maladies pour lesquelles la médecine n'a pas de nom,
dont le siège est en quelque sorte mobile comme
l'appareil nerveux qui paraît le plus attaqué
parmi tous ceux de notre machine, affection qu'il
faudrait nommer le *spleen* [2] du malheur. Quelque
grave que fût déjà ce mal invisible, mais réel, il
était encore guérissable par une heureuse conclusion. Pour ébranler tout à fait cette vigoureuse
organisation, il suffirait d'un obstacle nouveau,
de quelque fait imprévu qui en romprait les
ressorts affaiblis et produirait des hésitations, ces
actes incompris, incomplets, que les physiolo-

gistes observent chez les êtres ruinés par les
chagrins.

En reconnaissant alors les symtômes d'un profond abattement chez son client, Derville lui dit :

— Prenez courage, la solution de cette affaire
ne peut que vous être favorable. Seulement,
examinez si vous pouvez me donner toute votre
confiance, et accepter aveuglément le résultat que
je croirai le meilleur pour vous.

— Faites comme vous voudrez, dit Chabert.

— Oui, mais vous vous abandonnez à moi
comme un homme qui marche à la mort ?

— Ne vais-je pas rester sans état, sans nom ?
Est-ce tolérable ?

— Je ne l'entends pas ainsi, dit l'avoué. Nous
poursuivrons à l'amiable un jugement pour annu-
ler votre acte de décès et votre mariage, afin que
vous repreniez vos droits. Vous serez même, par
l'influence du comte Ferraud, porté par les cadres
de l'armée comme général, et vous obtiendrez
sans doute une pension.

— Allez donc ! répondit Chabert, je me fie
entièrement à vous.

— Je vous enverrai donc une procuration à
signer, dit Derville. Adieu, bon courage ! S'il vous
faut de l'argent, comptez sur moi.

Chabert serra chaleureusement la main de
Derville, et resta le dos appuyé contre la muraille,
sans avoir la force de le suivre autrement que des
yeux. Comme tous les gens qui comprennent peu
les affaires judiciaires, il s'effrayait de cette lutte

imprévue. Pendant cette conférence, à plusieurs
reprises, il s'était avancé, hors d'un pilastre de la
porte cochère, la figure d'un homme posté dans la
rue pour guetter la sortie de Derville, et qui
l'accosta quand il sortit. C'était un vieux [1] homme
vêtu d'une veste bleue, d'une cotte blanche plissée
semblable à celle des brasseurs, et qui portait sur
la tête une casquette de loutre. Sa figure était
brune, creusée, ridée, mais rougie sur les pom-
mettes par l'excès du travail et hâlée par le grand
air.

— Excusez, monsieur, dit-il à Derville en
l'arrêtant par le bras, si je prends la liberté de
vous parler, mais je me suis douté, en vous
voyant, que vous étiez l'ami de notre général.

— Eh ! bien ! dit Derville, en quoi vous inté-
ressez-vous à lui ? Mais qui êtes-vous ? reprit le
défiant avoué.

— Je suis Louis Vergniaud, répondit-il
d'abord. Et j'aurais deux mots à vous dire.

— Et c'est vous qui avez logé le comte Chabert
comme il l'est ?

— Pardon, excuse, monsieur, il a la plus belle
chambre. Je lui aurais donné la mienne, si je n'en
avais eu qu'une. J'aurais couché dans l'écurie. Un
homme qui a souffert comme lui, qui apprend à
lire à mes *mioches* [2], un général, un égyptien, le
premier lieutenant sous lequel j'ai servi... faudrait
voir ? Du tout, il est le mieux logé. J'ai partagé
avec lui ce que j'avais. Malheureusement ce
n'était pas grand-chose, du pain, du lait, des

œufs ; enfin à la guerre comme à la guerre ! C'est
de bon cœur. Mais il nous a vexés.

— Lui ?

— Oui, monsieur, vexés, là ce qui s'appelle en
plein. J'ai pris un établissement au-dessus de mes
forces, il le voyait bien. Ça vous le contrariait, et il
pansait le cheval ! Je lui dis : « Mais, mon général ? — Bah ! qui dit, je ne veux pas être comme
un fainéant, et il y a longtemps que je sais brosser
le lapin[1]. » J'avais donc fait des billets pour le
prix de ma vacherie à un nommé Grados[2]... le
connaissez-vous, monsieur ?

— Mais, mon cher, je n'ai pas le temps de vous
écouter. Seulement dites-moi comment le colonel
vous a vexés !

— Il nous a vexés, monsieur, aussi vrai que je
m'appelle Louis Vergniaud et que ma femme en a
pleuré. Il a su par les voisins que nous n'avions
pas le premier sou de notre billet. Le vieux
grognard, sans rien dire, a amassé tout ce que
vous lui donniez, a guetté le billet et l'a payé. C'te
malice ! Que ma femme et moi nous savions qu'il
n'avait pas de tabac, ce pauvre vieux, et qu'il s'en
passait ! Oh ! maintenant, tous les matins il a ses
cigares ! je me vendrais plutôt... Non ! nous
sommes vexés. Donc, je voudrais vous proposer
de nous prêter, vu qu'il nous a dit que vous étiez
un brave homme, une centaine d'écus sur notre
établissement, afin que nous lui fassions faire des
habits, que nous lui meublions sa chambre. Il a
cru nous acquitter, pas vrai ? eh bien, au

contraire, voyez-vous, l'ancien nous a endettés...
et vexés ! Il ne devait pas nous faire cette avanie-
là. Il nous a vexés ! et des amis, encore ! Foi
d'honnête homme, aussi vrai que je m'appelle
Louis Vergniaud, je m'engagerais plutôt que de
ne pas vous rendre cet argent-là...

Derville regarda le nourrisseur, et fit quelques
pas en arrière pour revoir la maison, la cour, les
fumiers, l'étable, les lapins, les enfants.

— Par ma foi, je crois qu'un des caractères de
la vertu est de ne pas être propriétaire, se dit-il.
Va, tu auras tes cent écus ! et plus même. Mais ce
ne sera pas moi qui te les donnerai, le colonel sera
bien assez riche pour t'aider, et je ne veux pas lui
en ôter le plaisir.

— Ce sera-t-il bientôt ?

— Mais oui.

— Ah ! mon Dieu, que mon épouse va-t-être [1]
contente !

Et la figure tannée du nourrisseur sembla
s'épanouir.

— Maintenant, se dit Derville en remontant
dans son cabriolet, allons chez notre adversaire.
Ne laissons pas voir notre jeu, tâchons de connaître le sien, et gagnons la partie d'un seul coup. Il
faudrait l'effrayer ! Elle est femme. De quoi
s'effraient le plus les femmes ? Mais les femmes ne
s'effraient que de [2]...

Il se mit à étudier la position de la comtesse, et
tomba dans une de ces méditations auxquelles se
livrent les grands politiques en concevant leurs

plans, en tâchant de deviner le secret des cabinets
ennemis. Les avoués ne sont-ils pas en quelque
sorte des hommes d'État chargés des affaires
privées ? Un coup d'œil jeté sur la situation de
monsieur le comte Ferraud et de sa femme est ici
nécessaire pour faire comprendre le génie de
l'avoué.

Monsieur le comte Ferraud était le fils d'un
ancien Conseiller au Parlement de Paris, qui avait
émigré pendant le temps de la Terreur, et qui s'il
sauva sa tête, perdit sa fortune. Il rentra sous le
Consulat et resta constamment fidèle aux intérêts
de Louis XVIII, dans les entours duquel était son
père avant la révolution. Il appartenait donc à
cette partie du faubourg Saint-Germain qui
résista noblement aux séductions de Napoléon.
La réputation de capacité que se fit le jeune
comte, alors simplement appelé monsieur Ferraud, le rendit l'objet des coquetteries de l'Empereur, qui souvent était aussi heureux de ses
conquêtes sur l'aristocratie que du gain d'une
bataille. On promit au comte la restitution de son
titre, celle de ses biens non vendus, on lui montra
dans le lointain un ministère, une sénatorerie[1].
L'empereur échoua. Monsieur Ferraud était, lors
de la mort du comte Chabert, un jeune homme de
vingt-six ans, sans fortune, doué de formes agréa-
bles, qui avait des succès et que le faubourg
Saint-Germain avait adopté comme une de ses
gloires ; mais madame la comtesse Chabert avait
su tirer un si bon parti de la succession de son

mari, qu'après dix-huit mois de veuvage elle possédait environ quarante mille livres de rente. Son mariage avec le jeune comte ne fut pas accepté comme une nouvelle, par les coteries du faubourg Saint-Germain[1]. Heureux de ce mariage qui répondait à ses idées de fusion, Napoléon rendit à madame Chabert la portion dont héritait le fisc dans la succession du colonel ; mais l'espérance de Napoléon fut encore trompée[2]. Madame Ferraud n'aimait pas seulement son amant dans le jeune homme, elle avait été séduite aussi par l'idée d'entrer dans cette société dédaigneuse qui, malgré son abaissement, dominait la cour impériale. Toutes ses vanités étaient flattées autant que ses passions dans ce mariage. Elle allait devenir une *femme comme il faut*[3]. Quand le faubourg Saint-Germain sut que le mariage du jeune comte n'était pas une défection, les salons s'ouvrirent à sa femme. La restauration vint. La fortune politique du comte Ferraud ne fut pas rapide. Il comprenait les exigences de la position dans laquelle se trouvait Louis XVIII, il était du nombre des initiés qui attendaient *que l'abîme des révolutions fût fermé*, car cette phrase royale, dont se moquèrent tant les libéraux, cachait un sens politique. Néanmoins, l'ordonnance citée dans la longue phrase cléricale[4] qui commence cette histoire lui avait rendu deux forêts et une terre dont la valeur avait considérablement augmenté pendant le séquestre. En ce moment, quoique le comte Ferraud fût Conseiller

d'État, Directeur général, il ne considérait sa
position que comme le début de sa fortune
politique. Préoccupé par les soins d'une ambition
dévorante, il s'était attaché comme secrétaire un
ancien avoué ruiné nommé Delbecq[1], homme
plus qu'habile, qui connaissait admirablement les
ressources de la chicane, et auquel il laissait la
conduite de ses affaires privées. Le rusé praticien
avait assez bien compris sa position chez le comte,
pour y être probe par spéculation. Il espérait
parvenir à quelque place par le crédit de son
patron, dont la fortune était l'objet de tous ses
soins. Sa conduite démentait tellement sa vie
antérieure qu'il passait pour un homme calomnié.
Avec le tact et la finesse dont sont plus ou moins
douées toutes les femmes, la comtesse, qui avait
deviné son intendant, le surveillait adroitement,
et savait si bien le manier, qu'elle en[2] avait déjà
tiré un très bon parti pour l'augmentation de sa
fortune particulière. Elle avait su persuader à
Delbecq qu'elle gouvernait monsieur Ferraud, et
lui avait promis de le faire nommer président
d'un tribunal de première instance dans l'une des
plus importantes villes de France, s'il se dévouait
entièrement à ses intérêts. La promesse d'une
place inamovible qui lui permettrait de se marier
avantageusement et de conquérir plus tard une
haute position dans la carrière politique en devenant député, fit de Delbecq l'âme damnée de la
comtesse. Il ne lui avait laissé manquer aucune
des chances favorables que les mouvements de

Bourse et la hausse des propriétés présentèrent dans Paris aux gens habiles pendant les trois premières années de la Restauration. Il avait triplé les capitaux de sa protectrice, avec d'autant plus de facilité que tous les moyens avaient paru bons à la comtesse afin de rendre promptement sa fortune énorme. Elle employait les émoluments des places occupées par le comte, aux dépenses de la maison, afin de pouvoir capitaliser ses revenus, et Delbecq se prêtait aux calculs de cette avarice sans chercher à s'en expliquer les motifs. Ces sortes de gens ne s'inquiètent que des secrets dont la découverte est nécessaire à leurs intérêts. D'ailleurs il en trouvait si naturellement la raison dans cette soif d'or dont sont atteintes la plupart des Parisiennes, et il fallait une si grande fortune pour appuyer les prétentions du comte Ferraud, que l'intendant croyait parfois entrevoir dans l'avidité de la comtesse un effet de son dévoue-ment pour l'homme de qui [1] elle était toujours éprise. La comtesse avait enseveli les secrets de sa conduite au fond de son cœur. Là étaient des secrets de vie et de mort pour elle, là était précisément le nœud de cette histoire. Au com-mencement de l'année 1818, la Restauration fut assise sur des bases en apparence inébranlables, ses doctrines gouvernementales, comprises par les esprits élevés, leur parurent devoir amener pour la France une ère de prospérité nouvelle, alors la société parisienne changea de face. Madame la comtesse Ferraud se trouva par hasard avoir fait

tout ensemble un mariage d'amour, de fortune et
d'ambition. Encore jeune et belle, madame Ferraud joua le rôle d'une femme à la mode, et vécut
dans l'atmosphère de la cour. Riche par elle-
même, riche par son mari, qui, prôné comme un
des hommes les plus capables du parti royaliste et
l'ami du roi, semblait promis à quelque ministère,
elle appartenait à l'aristocratie, elle en partageait
la splendeur. Au milieu de ce triomphe, elle fut
atteinte d'un cancer moral. Il est de ces sentiments que les femmes devinent malgré le soin
que[1] les hommes mettent à les enfouir. Au
premier retour du roi, le comte Ferraud avait
conçu quelques regrets de son mariage. La veuve
du colonel Chabert ne l'avait allié à personne, il
était seul et sans appui pour se diriger dans une
carrière pleine d'écueils et pleine d'ennemis. Puis,
peut-être, quand il avait pu juger froidement sa
femme, avait-il reconnu chez elle quelques vices
d'éducation qui la rendaient impropre à la secon-
der dans ses projets. Un mot dit par lui à propos
du mariage de Talleyrand éclaira la comtesse, à
laquelle il fut prouvé que si son mariage était à
faire, jamais elle n'eût été madame Ferraud[2]. Ce
regret, quelle femme le pardonnerait? Ne
contient-il pas toutes les injures, tous les crimes,
toutes les répudiations en germe? Mais quelle
plaie ne devait pas faire ce mot dans le cœur de la
comtesse, si l'on vient à supposer qu'elle craignait
de voir revenir son premier mari! Elle l'avait su
vivant, elle l'avait repoussé. Puis, pendant le

temps où elle n'en avait plus entendu parler, elle
s'était plu à le croire mort à Waterloo avec les
aigles impériales en compagnie de Boutin. Néanmoins elle conçut d'attacher le comte à elle par le
plus fort des liens, par la chaîne d'or, et voulut
être si riche que sa fortune rendît son second
mariage indissoluble, si par hasard le comte
Chabert reparaissait encore. Et il avait reparu,
sans qu'elle s'expliquât pourquoi la lutte qu'elle
redoutait n'avait pas déjà commencé. Les souffrances, la maladie l'avaient peut-être délivrée de
cet homme. Peut-être était-il à moitié fou, Charenton pouvait encore lui en faire raison. Elle
n'avait pas voulu mettre Delbecq ni la police dans
sa confidence, de peur de se donner un maître, ou
de précipiter la catastrophe. Il existe à Paris
beaucoup de femmes qui, semblables à la comtesse Ferraud, vivent avec un monstre moral
inconnu, ou côtoient un abîme ; elles se font un
calus[1] à l'endroit de leur mal, et peuvent encore
rire et s'amuser.

— Il y a quelque chose de bien singulier dans
la situation de monsieur le comte Ferraud, se dit
Derville en sortant de sa longue rêverie, au
moment où son cabriolet s'arrêtait rue de
Varenne[2], à la porte de l'hôtel Ferraud. Comment, lui si riche, aimé du roi, n'est-il pas encore
pair de France ? Il est vrai qu'il entre peut-être
dans la politique du roi, comme me le disait
madame de Grandlieu[3], de donner une haute
importance à la pairie en ne la prodiguant pas.

D'ailleurs, le fils d'un Conseiller au Parlement
n'est ni un Crillon, ni un Rohan[1]. Le comte
Ferraud ne peut entrer que subrepticement dans
la chambre haute. Mais, si mon mariage était
cassé, ne pourrait-il faire passer sur sa tête, à la
grande satisfaction du roi, la pairie d'un de ces
vieux sénateurs qui n'ont que des filles ? Voilà
certes une bonne bourde[2] à mettre en avant pour
effrayer notre comtesse, se dit-il en montant le
perron.

Derville avait, sans le savoir, mis le doigt sur la
plaie secrète, enfoncé la main dans le cancer qui
dévorait madame Ferraud. Il fut reçu pour elle
dans une jolie salle à manger d'hiver, où elle
déjeunait en jouant avec un singe attaché par une
chaîne à une espèce de petit poteau garni de
bâtons en fer[3]. La comtesse était enveloppée dans
un élégant peignoir, les boucles de ses cheveux,
négligemment rattachés, s'échappaient d'un bonnet qui lui donnait un air mutin. Elle était fraîche
et rieuse. L'argent, le vermeil, la nacre étince-
laient sur la table, et il y avait autour d'elle des
fleurs curieusement plantées dans de magnifiques
vases en porcelaine. En voyant la femme du
comte Chabert, riche de ses dépouilles, au sein du
luxe, au faîte de la société, tandis que le malheureux vivait chez un pauvre nourrisseur au milieu
des bestiaux, l'avoué se dit : « La morale de ceci
est qu'une jolie femme ne voudra jamais reconnaître son mari, ni même son amant dans un
homme en vieux carrick, en perruque de chien-

dent et en bottes percées. » Un sourire malicieux et mordant exprima les idées moitié philosophiques, moitié railleuses qui devaient venir à un homme si bien placé pour connaître le fond des choses, malgré les mensonges sous lesquels la plupart des familles parisiennes cachent leur existence.

— Bonjour, monsieur Derville, dit-elle en continuant à faire prendre du café au singe.

— Madame, dit-il brusquement, car il se choqua du ton léger avec lequel la comtesse lui avait dit : « Bonjour, monsieur Derville », je viens causer avec vous d'une affaire assez grave.

— J'en suis *désespérée*, monsieur le comte est absent...

— J'en suis enchanté, moi, madame. Il serait *désespérant* qu'il assistât à notre conférence. Je sais d'ailleurs, par Delbecq, que vous aimez à faire vos affaires vous-mêmes sans en ennuyer monsieur le comte.

— Alors, je vais faire appeler Delbecq, dit-elle.

— Il vous serait inutile, malgré son habileté, reprit Derville. Écoutez, madame, un mot suffira pour vous rendre sérieuse. Le comte Chabert existe.

— Est-ce en disant de semblables bouffonneries que vous voulez me rendre sérieuse ? dit-elle en partant d'un éclat de rire.

Mais la comtesse fut tout à coup domptée par l'étrange lucidité du regard fixe par lequel Der-

ville l'interrogeait en paraissant lire au fond de
son âme.

— Madame, répondit-il avec une gravité
froide et perçante, vous ignorez l'étendue des
dangers qui vous menacent. Je ne vous parlerai
pas de l'incontestable authenticité des pièces, ni
de la certitude des preuves qui attestent l'existence du comte Chabert. Je ne suis pas homme à
me charger d'une mauvaise cause, vous le savez.
Si vous vous opposez à notre inscription en faux
contre l'acte de décès, vous perdrez ce premier
procès, et cette question résolue en notre faveur
nous fait gagner toutes les autres.

— De quoi prétendez-vous donc me parler ?

— Ni du colonel, ni de vous. Je ne vous
parlerai pas non plus des mémoires que pour-
raient faire des avocats spirituels, armés des faits
curieux de cette cause, et du parti qu'ils tireraient
des lettres que vous avez reçues de votre premier
mari avant la célébration de votre mariage avec
votre second.

— Cela est faux ! dit-elle avec toute la violence
d'une petite-maitresse[1]. Je n'ai jamais reçu de
lettre du comte Chabert ; et si quelqu'un se dit
être le colonel, ce ne peut être qu'un intrigant,
quelque forçat libéré, comme Coignard[2] peut-
être. Le frisson prend rien que d'y penser. Le
colonel peut-il ressusciter, monsieur ? Bonaparte
m'a fait complimenter sur sa mort par un aide de
camp, et je touche encore aujourd'hui trois mille
francs de pension accordée à sa veuve par les

Chambres. J'ai eu mille fois raison de repousser tous les Chabert qui sont venus, comme je repousserai tous ceux qui viendront.

— Heureusement nous sommes seuls, madame. Nous pouvons mentir à notre aise, dit-il froidement en s'amusant à aiguillonner la colère qui agitait la comtesse afin de lui arracher quelques indiscrétions, par une manœuvre familière aux avoués, habitués à rester calmes quand leurs adversaires ou leurs clients s'emportent. Eh! bien donc, à nous deux, se dit-il à lui-même en imaginant à l'instant un piège pour lui démontrer sa faiblesse. La preuve de la remise de la première lettre existe, madame, reprit-il à haute voix, elle contenait des valeurs...

— Oh! pour des valeurs, elle n'en contenait pas.

— Vous avez donc reçu cette première lettre, reprit Derville en souriant. Vous êtes déjà prise dans le premier piège que vous tend un avoué, et vous croyez pouvoir lutter avec la justice...

La comtesse rougit, pâlit, se cacha la figure dans les mains. Puis, elle secoua sa honte, et reprit avec le sang-froid naturel à ces sortes de femmes :

— Puisque vous êtes l'avoué du prétendu Chabert, faites-moi le plaisir de...

— Madame, dit Derville en l'interrompant, je suis encore en ce moment votre avoué comme celui du colonel[1]. Croyez-vous que je veuille

perdre une clientèle aussi précieuse que l'est la
vôtre ? Mais vous ne m'écoutez pas...

— Parlez, monsieur, dit-elle gracieusement.

— Votre fortune vous venait de monsieur le
comte Chabert, et vous l'avez repoussé. Votre
fortune est colossale, et vous le laissez mendier.
Madame, les avocats sont bien éloquents lorsque
les causes sont éloquentes par elles-mêmes, il se
rencontre ici des circonstances capables de soule-
ver contre vous l'opinion publique.

— Mais, monsieur, dit la comtesse impatientée
de la manière dont Derville la tournait et retour-
nait sur le gril, en admettant que votre monsieur
Chabert existe, les tribunaux maintiendront mon
second mariage à cause des enfants, et j'en serai
quitte pour rendre deux cent vingt-cinq mille
francs [1] à monsieur Chabert.

— Madame, nous ne savons pas de quel côté
les tribunaux verront la question sentimentale. Si,
d'une part, nous avons une mère et ses enfants,
nous avons de l'autre un homme accablé de
malheurs, vieilli par vous, par vos refus. Où
trouvera-t-il une femme ? Puis, les juges peuvent-
ils heurter la loi ? Votre mariage avec le colonel a
pour lui le droit, la priorité. Mais si vous êtes
représentée sous d'odieuses couleurs, vous pourriez avoir un adversaire auquel vous ne vous
attendez pas. Là, madame, est ce danger dont je
voudrais vous préserver.

— Un nouvel adversaire ! dit-elle, qui ?

— Monsieur le comte Ferraud, madame.

— Monsieur Ferraud a pour moi un trop vif attachement, et, pour la mère de ses enfants, un trop grand respect...

— Ne parlez pas de ces niaiseries-là, dit Derville en l'interrompant, à des avoués habitués à lire au fond des cœurs. En ce moment monsieur Ferraud n'a pas la moindre envie de rompre votre mariage et je suis persuadé qu'il vous adore ; mais si quelqu'un venait lui dire que son mariage peut être annulé, que sa femme sera traduite en criminelle au banc de l'opinion publique...

— Il me défendrait ! monsieur.

— Non, madame.

— Quelle raison aurait-il de m'abandonner, monsieur ?

— Mais celle d'épouser la fille unique d'un pair de France, dont la pairie lui serait transmise par ordonnance du Roi [1]...

La comtesse pâlit.

— Nous y sommes ! se dit en lui-même Derville. Bien, je te tiens, l'affaire du pauvre colonel est gagnée. D'ailleurs, madame, reprit-il à haute voix, il aurait d'autant moins de remords, qu'un homme couvert de gloire, général, comte, grand-officier de la Légion d'Honneur, ne serait pas un pis-aller ; et si cet homme lui redemande sa femme...

— Assez ! assez ! monsieur, dit-elle. Je n'aurai jamais que vous pour avoué. Que faire ?

— Transiger ! dit Derville.

— M'aime-t-il encore ? dit-elle.

— Mais je ne crois pas qu'il puisse en être autrement.

A ce moment, la comtesse dressa la tête. Un éclair d'espérance brilla dans ses yeux ; elle comptait peut-être spéculer sur la tendresse de son premier mari pour gagner son procès par quelque ruse de femme.

— J'attendrai vos ordres, madame, pour savoir s'il faut vous signifier nos actes, ou si vous voulez venir chez moi pour arrêter les bases d'une transaction, dit Derville en saluant la comtesse [1].

Huit jours après les deux visites que Derville avait faites, et par une belle matinée du mois de juin, les époux, désunis par un hasard presque surnaturel, partirent des deux points les plus opposés de Paris, pour venir se rencontrer dans l'Étude de leur avoué commun. Les avances qui furent largement faites par Derville au colonel Chabert lui avaient permis d'être vêtu selon son rang. Le défunt arriva donc voituré dans un cabriolet fort propre. Il avait la tête couverte d'une perruque appropriée à sa physionomie, il était habillé de drap bleu, avait du linge blanc, et portait sous son gilet le sautoir rouge des grands-officiers de la Légion d'Honneur. En reprenant les habitudes de l'aisance, il avait retrouvé son ancienne élégance martiale. Il se tenait droit. Sa figure, grave et mystérieuse, où se peignaient le bonheur et toutes ses espérances, paraissait être rajeunie et plus grasse, pour emprunter à la

peinture une de ses expressions les plus pittoresques. Il ne ressemblait pas plus au Chabert en
vieux carrick, qu'un gros sou ne ressemble à une
pièce de quarante francs nouvellement frappée. A
le voir, les passants eussent facilement reconnu en
lui l'un de ces beaux débris de notre ancienne
armée, un de ces hommes héroïques sur lesquels
se reflète notre gloire nationale, et qui la repré-
sentent comme un éclat de glace illuminé par le
soleil semble en réfléchir tous les rayons. Ces
vieux soldats sont tout ensemble des tableaux et
des livres. Quand le comte descendit de sa voiture
pour monter chez Derville, il sauta légèrement
comme aurait pu faire un jeune homme. A peine
son cabriolet avait-il retourné, qu'un joli coupé
tout armorié arriva. Madame la comtesse Ferraud
en sortit[1] dans une toilette simple, mais habilement calculée pour montrer la jeunesse de sa
taille. Elle avait une jolie capote doublée de rose
qui encadrait parfaitement sa figure, en dissimulait les contours, et la ravivait. Si les clients
s'étaient rajeunis, l'Étude était restée semblable à
elle-même, et offrait alors le tableau par la
description duquel cette histoire a commencé.
Simonnin déjeunait, l'épaule appuyée sur la fenêtre qui alors était ouverte : et il regardait le bleu
du ciel par l'ouverture de cette cour entourée de
quatre corps de logis noirs.

— Ha ! s'écria le petit clerc, qui veut parier un
spectacle que le colonel Chabert est général, et
cordon rouge ?

— Le patron est un fameux sorcier ! dit Godeschal.

— Il n'y a donc pas de tour à lui jouer cette fois ? demanda Desroches.

— C'est sa femme qui s'en charge, la comtesse Ferraud ! dit Boucard.

— Allons, dit Godeschal, la comtesse Ferraud serait donc obligée d'être à deux [1]...

— La voilà ! dit Simonnin [2].

En ce moment, le colonel entra et demanda Derville.

— Il y est, monsieur le comte, répondit Simonnin.

— Tu n'es donc pas sourd, petit drôle ? dit Chabert en prenant le saute-ruisseau par l'oreille et la lui tortillant [3] à la satisfaction des clercs, qui se mirent à rire et regardèrent le colonel avec la curieuse considération due à ce singulier personnage.

Le comte Chabert était chez Derville, au moment où sa femme entra par la porte de l'Étude.

— Dites donc, Boucard, il va se passer une singulière scène dans le cabinet du patron ! Voilà une femme qui peut aller les jours pairs chez le comte Ferraud et les jours impairs chez le comte Chabert.

— Dans les années bissextiles, dit Godeschal, le compte [4] y sera.

— Taisez-vous donc ! messieurs, l'on peut entendre, dit sévèrement Boucard ; je n'ai jamais vu d'Étude où l'on plaisantât, comme vous le faites, sur les clients.

Derville avait consigné le colonel dans la chambre à coucher, quand la comtesse se présenta.

— Madame, lui dit-il, ne sachant pas s'il vous serait agréable de voir monsieur le comte Chabert, je vous ai séparés. Si cependant vous désiriez...

— Monsieur, c'est une attention dont je vous remercie.

— J'ai préparé la minute d'un acte dont les conditions pourront être discutées par vous et par monsieur Chabert, séance tenante. J'irai alternativement de vous à lui, pour vous présenter, à l'un et à l'autre, vos raisons respectives.

— Voyons, monsieur, dit la comtesse en laissant échapper un geste d'impatience.

Derville lut.

« Entre les soussignés.

« Monsieur Hyacinthe, *dit Chabert*, comte, maréchal de camp et grand-officier de la Légion d'Honneur, demeurant à Paris, rue du Petit-Banquier, d'une part [1];

« Et la dame Rose Chapotel, épouse de monsieur le comte Chabert, ci-dessus nommé [2], née... »

— Passez, dit-elle, laissons les préambules, arrivons aux conditions.

— Madame, dit l'avoué, le préambule explique succinctement la position dans laquelle vous vous trouvez l'un et l'autre. Puis, par l'article premier,

vous reconnaissez, en présence de trois témoins,
qui sont deux notaires et le nourrisseur chez
lequel a demeuré votre mari, auxquels j'ai confié
sous le secret votre affaire, et qui garderont le
plus profond silence ; vous reconnaissez, dis-je,
que l'individu désigné dans les actes joints au
sous-seing[1], mais dont l'état se trouve d'ailleurs
établi par un acte de notoriété préparé chez
Alexandre Crottat[2], votre notaire, est le comte
Chabert, votre premier époux. Par l'article
second, le comte Chabert, dans l'intérêt de votre
bonheur, s'engage à ne faire usage de ses droits
que dans les cas prévus par l'acte lui-même. Et
ces cas, dit Derville en faisant une sorte de
parenthèse, ne sont autres que la non-exécution
des clauses de cette convention secrète. De son
côté, reprit-il, monsieur Chabert consent à poursuivre de gré à gré avec vous un jugement qui
annulera son acte de décès et prononcera la
dissolution de son mariage.

— Ça ne me convient pas du tout, dit la
comtesse étonnée, je ne veux pas de procès. Vous
savez pourquoi.

— Par l'article trois, dit l'avoué en continuant
avec un flegme imperturbable, vous vous engagez
à constituer au nom d'Hyacinthe, comte Chabert,
une rente viagère de vingt-quatre mille francs,
inscrite sur le grand livre de la dette publique[3],
mais dont le capital vous sera dévolu à sa mort...

— Mais c'est beaucoup trop cher, dit la comtesse.

— Pouvez-vous transiger à meilleur marché ?

— Peut-être.

— Que voulez-vous donc, madame ?

— Je veux, je ne veux pas de procès, je veux...

— Qu'il reste mort, dit vivement Derville en l'interrompant.

— Monsieur, dit la comtesse, s'il faut vingt-quatre mille livres de rente, nous plaiderons[1]...

— Oui, nous plaiderons, s'écria d'une voix sourde le colonel qui ouvrit la porte et apparut tout à coup devant sa femme, en tenant une main dans son gilet[2] et l'autre étendue vers le paquet, geste auquel le souvenir de son aventure donnait une horrible énergie.

— C'est lui, se dit en elle-même la comtesse.

— Trop cher ! reprit le vieux soldat. Je vous ai donné près d'un million, et vous marchandez mon malheur. Eh ! bien, je vous veux maintenant vous et votre fortune. Nous sommes communs en biens, notre mariage n'a pas cessé...

— Mais monsieur n'est pas le colonel Chabert, s'écria la comtesse en feignant la surprise.

— Ah ! dit le vieillard d'un ton profondément ironique, voulez-vous des preuves ? Je vous ai prise au Palais-Royal[3]...

La comtesse pâlit. En la voyant pâlir sous son rouge, le vieux soldat, touché de la vive souffrance qu'il imposait à une femme jadis aimée avec ardeur, s'arrêta ; mais il en reçut un regard si venimeux qu'il reprit tout à coup :

— Vous étiez chez la...

— De grâce, monsieur, dit la comtesse à
l'avoué, trouvez bon que je quitte la place. Je ne
suis pas venue ici pour entendre de semblables
horreurs.

Elle se leva et sortit. Derville s'élança dans
l'Étude. La comtesse avait trouvé des ailes et
s'était comme envolée. En revenant dans son
cabinet, l'avoué trouva le colonel dans un violent
accès de rage, et se promenant à grands pas.

— Dans ce temps-là chacun prenait sa femme
où il voulait, disait-il ; mais j'ai eu tort de la mal
choisir, de me fier à des apparences. Elle n'a pas
de cœur.

— Eh ! bien, colonel, n'avais-je pas raison en
vous priant de ne pas venir ? Je suis maintenant
certain de votre identité. Quand vous vous êtes
montré, la comtesse a fait un mouvement dont la
pensée n'était pas équivoque. Mais vous avez
perdu votre procès, votre femme sait que vous
êtes méconnaissable !

— Je la tuerai...

— Folie ! vous serez pris et guillotiné comme
un misérable. D'ailleurs peut-être manquerez-
vous votre coup ! ce serait impardonnable, on ne
doit jamais manquer sa femme quand on veut la
tuer. Laissez-moi réparer vos sottises, grand
enfant ! Allez-vous-en. Prenez garde à vous, elle
serait capable de vous faire tomber dans quelque
piège et de vous enfermer à Charenton. Je vais lui
signifier nos actes afin de vous garantir de toute
surprise.

Le pauvre colonel obéit à son jeune bienfaiteur, et sortit en lui balbutiant des excuses. Il descendait lentement les marches de l'escalier noir, perdu dans de sombres pensées, accablé peut-être par le coup qu'il venait de recevoir, pour lui le plus cruel, le plus profondément enfoncé dans son cœur, lorsqu'il entendit, en parvenant au dernier palier, le frôlement d'une robe, et sa femme apparut.

— Venez, monsieur, lui dit-elle en lui prenant le bras par un mouvement semblable à ceux qui lui étaient familiers autrefois.

L'action de la comtesse, l'accent de sa voix redevenue gracieuse, suffirent pour calmer la colère du colonel, qui se laissa mener jusqu'à la voiture.

— Eh ! bien, montez donc ! lui dit la comtesse quand le valet eut achevé de déplier le marche-pied.

Et il se trouva, comme par enchantement, assis près de sa femme dans le coupé.

— Où va madame ? demanda le valet.

— A Groslay [1], dit-elle.

Les chevaux partirent et traversèrent tout Paris.

— Monsieur ! dit la comtesse au colonel d'un son de voix qui révélait une de ces émotions rares dans la vie, et par lesquelles tout en nous est agité

En ces moments, cœur, fibres, nerfs, physionomie [2], âme et corps, tout, chaque pore même tressaille. La vie semble ne plus être en nous ; elle en sort et jaillit, elle se communique comme une contagion, se transmet par le regard, par l'accent de la voix, par le geste, en imposant notre vouloir aux autres. Le vieux soldat tressaillit en entendant ce seul mot, ce premier, ce terrible : « Monsieur ! » Mais aussi était-ce tout à la fois un reproche, une prière, un pardon, une espérance, un désespoir, une interrogation, une réponse. Ce mot comprenait tout. Il fallait être comédienne[1] pour jeter tant d'éloquence, tant de sentiments dans un mot. Le vrai n'est pas si complet dans son expression, il ne met pas tout en dehors, il laisse voir tout ce qui est au-dedans. Le colonel eut mille remords de ses soupçons, de ses demandes, de sa colère, et baissa les yeux pour ne pas laisser deviner son trouble.

— Monsieur, reprit la comtesse après une pause imperceptible, je vous ai bien reconnu !

— Rosine, dit le vieux soldat, ce mot contient le seul baume qui pût me faire oublier mes malheurs.

Deux grosses larmes roulèrent toutes chaudes sur les mains de sa femme, qu'il pressa pour exprimer une tendresse paternelle.

— Monsieur, reprit-elle, comment n'avez-vous pas deviné qu'il me coûtait horriblement de paraître devant un étranger dans une position aussi fausse que l'est la mienne ! Si j'ai à rougir de ma situation, que ce ne soit au moins qu'en famille. Ce secret ne devait-il pas rester enseveli dans nos cœurs ? Vous m'absoudrez, j'espère, de

mon indifférence apparente pour les malheurs
d'un Chabert à l'existence duquel je ne devais pas
croire. J'ai reçu vos lettres, dit-elle vivement, en
lisant sur les traits de son mari l'objection qui s'y
exprimait, mais elles me parvinrent treize mois
après la bataille d'Eylau ; elles étaient ouvertes,
salies, l'écriture en était méconnaissable, et j'ai dû
croire, après avoir obtenu la signature de Napoléon [1] sur mon nouveau contrat de mariage, qu'un
adroit intrigant voulait se jouer de moi. Pour ne
pas troubler le repos de monsieur le comte
Ferraud, et ne pas altérer les liens de la famille,
j'ai donc dû prendre des précautions contre un
faux Chabert. N'avais-je pas raison, dites ?

— Oui, tu as eu raison, c'est moi qui suis un
sot, un animal, une bête, de n'avoir pas su mieux
calculer les conséquences d'une situation semblable. Mais où allons-nous ? dit le colonel en se
voyant à la barrière de La Chapelle.

— A ma campagne, près de Groslay, dans la
vallée de Montmorency. Là, monsieur, nous réflé-
chirons ensemble au parti que nous devons prendre. Je connais mes devoirs. Si je suis à vous en
droit, je ne vous appartiens plus en fait. Pouvez-
vous désirer que nous devenions la fable de tout
Paris ? N'instruisons pas le public de cette situation qui pour moi présente un côté ridicule, et
sachons garder notre dignité. Vous m'aimez
encore, reprit-elle en jetant sur le colonel un
regard triste et doux ; mais moi, n'ai-je pas été
autorisée à former d'autres liens ? En cette singu-

lière position, une voix secrète me dit d'espérer en votre bonté qui m'est si connue. Aurais-je donc tort en vous prenant pour seul et unique arbitre de mon sort ? Soyez juge et partie. Je me confie à la noblesse de votre caractère. Vous aurez la générosité de me pardonner les résultats de fautes innocentes. Je vous l'avouerai donc, j'aime monsieur Ferraud. Je me suis crue en droit de l'aimer. Je ne rougis pas de cet aveu devant vous ; s'il vous offense, il ne nous déshonore point. Je ne puis vous cacher les faits. Quand le hasard m'a laissée veuve, je n'étais pas mère.

Le colonel fit un signe de main à sa femme, pour lui imposer silence, et ils restèrent sans proférer un seul mot pendant une demi-lieue. Chabert croyait voir les deux petits enfants devant lui.

— Rosine !

— Monsieur ?

— Les morts ont donc bien tort de revenir ?

— Oh ! monsieur, non, non ! Ne me croyez pas ingrate. Seulement, vous trouvez une amante, une mère, là où vous aviez laissé une épouse. S'il n'est plus en mon pouvoir de vous aimer, je sais tout ce que je vous dois et puis vous offrir encore toutes les affections d'une fille.

— Rosine, reprit le vieillard d'une voix douce, je n'ai plus aucun ressentiment contre toi. Nous oublierons tout, ajouta-t-il avec un de ces sourires dont la grâce est toujours le reflet d'une belle âme. Je ne suis pas assez peu délicat pour exiger les semblants de l'amour chez une femme qui n'aime plus [1].

La comtesse lui lança un regard empreint d'une telle reconnaissance, que le pauvre Chabert aurait voulu rentrer dans sa fosse d'Eylau. Certains hommes ont une âme assez forte pour de tels dévouements, dont la récompense se trouve pour eux dans la certitude d'avoir fait le bonheur d'une personne aimée.

— Mon ami, nous parlerons de tout ceci plus tard et à cœur reposé, dit la comtesse.

La conversation prit un autre cours, car il était impossible de la continuer longtemps sur ce sujet. Quoique les deux époux revinssent souvent à leur situation bizarre, soit par des allusions, soit sérieusement, ils firent un charmant voyage, se rappelant les événements de leur union passée et les choses de l'Empire. La comtesse sut imprimer un charme doux à ces souvenirs, et répandit dans la conversation une teinte de mélancolie néces-saire pour y maintenir la gravité. Elle faisait revivre l'amour sans exciter aucun désir, et lais-sait entrevoir à son premier époux toutes les richesses morales qu'elle avait acquises, en tâchant de l'accoutumer à l'idée de restreindre son bonheur aux seules jouissances que goûte un père près d'une fille chérie. Le colonel avait connu la comtesse de l'Empire, il revoyait une comtesse de la Restauration. Enfin les deux époux arrivèrent par un chemin de traverse à un grand parc situé dans la petite vallée qui sépare les hauteurs de Margency du joli village de Groslay. La comtesse possédait là une délicieuse maison où le colonel vit, en arrivant, tous les apprêts que nécessitaient son séjour et celui de sa femme. Le malheur est une espèce de talisman dont la vertu consiste à corroborer notre constitution primitive : il augmente la défiance et la méchanceté chez certains hommes, comme il accroît la bonté de ceux qui ont un cœur excellent. L'infortune avait rendu le colonel encore plus secourable et meilleur qu'il ne l'avait été, il pouvait donc s'initier aux secrets des souffrances féminines qui sont inconnues à la plupart des hommes. Néanmoins, malgré son peu de défiance, il ne put s'empêcher de dire à sa femme :

— Vous étiez donc bien sûre de m'emmener ici ?

— Oui, répondit-elle, si je trouvais le colonel Chabert dans le plaideur.

L'air de vérité qu'elle sut mettre dans cette réponse dissipa les légers soupçons que le colonel eut honte d'avoir conçus. Pendant trois jours la comtesse fut admirable près de son premier mari. Par de tendres soins et par sa constante douceur elle semblait vouloir effacer le souvenir des souffrances qu'il avait endurées, se faire pardonner les malheurs que, suivant ses aveux, elle avait innocemment causés ; elle se plaisait à déployer pour lui, tout en lui faisant apercevoir une sorte de mélancolie, les charmes auxquels elle le savait faible ; car nous sommes plus particulièrement

accessibles à certaines façons, à des grâces de
cœur ou d'esprit auxquelles nous ne résistons
pas ; elle voulait l'intéresser à sa situation, et
l'attendrir assez pour s'emparer de son esprit et
disposer souverainement de lui. Décidée à tout
pour arriver à ses fins, elle ne savait pas encore ce
qu'elle devait faire de cet homme, mais certes elle
voulait l'anéantir socialement. Le soir du troisième jour elle sentit que, malgré ses efforts, elle
ne pouvait cacher les inquiétudes que lui causait
le résultat de ses manœuvres. Pour se trouver un
moment à l'aise, elle monta chez elle, s'assit à son
secrétaire, déposa le masque de tranquillité
qu'elle conservait devant le comte Chabert,
comme une actrice qui, rentrant fatiguée dans sa
loge après un cinquième acte pénible, tombe
demi-morte et laisse dans la salle une image
d'elle-même à laquelle elle ne ressemble plus. Elle
se mit à finir une lettre commencée qu'elle
écrivait à Delbecq, à qui elle disait d'aller, en son
nom, demander chez Derville communication des
actes qui concernaient le colonel Chabert, de les
copier et de venir aussitôt la trouver à Groslay. A
peine avait-elle achevé, qu'elle entendit dans le
corridor le bruit des pas du colonel, qui, tout
inquiet, venait la retrouver.

— Hélas ! dit-elle à haute voix, je voudrais être
morte ! Ma situation est intolérable...

— Eh ! bien, qu'avez-vous donc ? demanda le
bonhomme.

— Rien, rien, dit-elle.

Elle se leva, laissa le colonel et descendit pour parler sans témoin à sa femme de chambre, qu'elle fit partir pour Paris, en lui recommandant de remettre elle-même à Delbecq [1] la lettre qu'elle venait d'écrire, et de la lui rapporter aussitôt qu'il l'aurait lue. Puis la comtesse alla s'asseoir sur un banc où elle était assez en vue pour que le colonel vînt l'y trouver aussitôt qu'il le voudrait. Le colonel, qui déjà cherchait sa femme, accourut et s'assit près d'elle.

— Rosine, lui dit-il, qu'avez-vous ?

Elle ne répondit pas. La soirée était une de ces soirées magnifiques et calmes dont les secrètes harmonies répandent, au mois de juin, tant de suavité dans les couchers du soleil. L'air était pur et le silence profond, en sorte que l'on pouvait entendre dans le lointain du parc les voix de quelques enfants qui ajoutaient une sorte de mélodie aux sublimités du paysage.

— Vous ne me répondez pas ? demanda le colonel à sa femme.

— Mon mari... dit la comtesse, qui s'arrêta, fit un mouvement, et s'interrompit pour lui demander en rougissant : Comment dirai-je en parlant de monsieur le comte Ferraud ?

— Nomme-le ton mari, ma pauvre enfant, répondit le colonel avec un accent de bonté, n'est-ce pas le père de tes enfants ?

— Eh ! bien, reprit-elle, si monsieur me demande ce que je suis venue faire ici. s'il apprend que je m'y suis enfermée avec un inconnu, que lui dirai-je? Écoutez, monsieur, reprit-elle en prenant une attitude pleine de dignité, décidez de mon sort, je suis résignée à tout...

— Ma chère, dit le colonel en s'emparant des mains de sa femme, j'ai résolu de me sacrifier entièrement à votre bonheur...

— Cela est impossible, s'écria-t-elle en laissant échapper un mouvement convulsif. Songez donc que vous devriez alors renoncer à vous-même et d'une manière authentique [1]...

— Comment, dit le colonel, ma parole ne vous suffit pas?

Le mot *authentique* tomba sur le cœur du vieillard et y réveilla des défiances involontaires. Il jeta sur sa femme un regard qui la fit rougir, elle baissa les yeux, et il eut peur de se trouver obligé de la mépriser. La comtesse craignait d'avoir effarouché la sauvage pudeur [2], la probité sévère d'un homme dont le caractère généreux, les vertus primitives lui étaient connus. Quoique ces idées eussent répandu quelques nuages sur leurs fronts, la bonne harmonie se rétablit aussitôt entre eux. Voici comment [3]. Un cri d'enfant retentit au loin.

— Jules, laissez votre sœur tranquille, s'écria la comtesse.

— Quoi! vos enfants sont ici? dit le colonel.

— Oui, mais je leur ai défendu de vous importuner.

Le vieux soldat comprit la délicatesse, le tact de

femme renfermé dans ce procédé si gracieux, et
prit la main de la comtesse pour la baiser.

— Qu'ils viennent donc, dit-il.

La petite fille accourait pour se plaindre de
son frère.

— Maman !

— Maman !

— C'est lui qui...

— C'est elle...

Les mains étaient étendues vers la mère, et
les deux voix enfantines se mêlaient. Ce fut un
tableau soudain et délicieux !

— Pauvres enfants ! s'écria la comtesse en ne
retenant plus ses larmes, il faudra les quitter ; à
qui le jugement les donnera-t-il ? On ne partage
pas un cœur de mère, je les veux, moi !

— Est-ce vous qui faites pleurer maman[1] ?
dit Jules en jetant un regard de colère au colonel.

— Taisez-vous, Jules, s'écria la mère d'un air
impérieux.

Les deux enfants restèrent debout et silencieux, examinant leur mère et l'étranger avec
une curiosité qu'il est impossible d'exprimer par
des paroles[2].

— Oh ! oui, reprit-elle, si l'on me sépare du
comte, qu'on me laisse les enfants, et je serai
soumise à tout...

Ce fut un mot décisif qui obtint tout le succès
qu'elle en avait espéré.

— Oui, s'écria le colonel comme s'il achevait

une phrase mentalement commencée, je dois rentrer sous terre. Je me le suis déjà dit.

— Puis-je accepter un tel sacrifice ? répondit la comtesse. Si quelques hommes sont morts pour sauver l'honneur de leur maîtresse, ils n'ont donné leur vie qu'une fois. Mais ici vous donneriez votre vie tous les jours ! Non, non, cela est impossible. S'il ne s'agissait que de votre existence, ce ne serait rien ; mais signer que vous n'êtes pas le colonel Chabert, reconnaître que vous êtes un imposteur, donner votre honneur, commettre un mensonge à toute heure du jour, le dévouement humain ne saurait aller jusque-là. Songez donc ! Non. Sans mes pauvres enfants, je me serais déjà enfuie avec vous au bout du monde...

— Mais, reprit Chabert, est-ce que je ne puis pas vivre ici, dans votre petit pavillon, comme un de vos parents ? Je suis usé comme un canon de rebut, il ne me faut qu'un peu de tabac et *Le Constitutionnel*[1].

La comtesse fondit en larmes[2]. Il y eut entre la comtesse Ferraud et le colonel Chabert un combat de générosité d'où le soldat sortit vainqueur. Un soir, en voyant cette mère au milieu de ses enfants, le soldat fut séduit par les touchantes grâces d'un tableau de famille, à la campagne, dans l'ombre et le silence ; il prit la résolution de rester mort, et, ne s'effrayant plus de l'authenticité d'un acte, il demanda comment il fallait s'y prendre pour assurer irrévocablement le bonheur de cette famille.

— Faites comme vous voudrez ! lui répondit la comtesse, je vous déclare que je ne me mêlerai en rien de cette affaire. Je ne le dois pas.

Delbecq était arrivé depuis quelques jours, et, suivant les instructions verbales de la comtesse, l'intendant avait su gagner la confiance du vieux militaire. Le lendemain matin donc, le colonel Chabert partit avec l'ancien avoué pour Saint-Leu-Taverny[1], où Delbecq avait fait préparer chez le notaire un acte conçu en termes si crus que le colonel sortit brusquement de l'Étude après en avoir entendu la lecture.

— Mille tonnerres ! je serais un joli coco[2] ! Mais je passerais pour un faussaire, s'écria-t-il.

— Monsieur, lui dit Delbecq, je ne vous conseille pas de signer trop vite. A votre place je tirerais au moins trente mille livres de rente de ce procès-là, car madame les donnerait[3].

Après avoir foudroyé ce coquin émérite par le lumineux regard de l'honnête homme indigné, le colonel s'enfuit emporté par mille sentiments contraires. Il redevint défiant, s'indigna, se calma tour à tour. Enfin il entra dans le parc de Groslay par la brèche d'un mur, et vint à pas lents se reposer et réfléchir à son aise dans un cabinet pratiqué sous un kiosque d'où l'on découvrait le chemin de Saint-Leu. L'allée étant sablée avec cette espèce de terre jaunâtre par laquelle on remplace le gravier de rivière, la comtesse, qui était assise dans le petit salon de cette espèce de pavillon, n'entendit pas le colonel, car elle était trop préoccupée du succès de son affaire pour prêter la moindre attention au léger bruit que fit son mari. Le vieux soldat n'aperçut pas non plus sa femme au-dessus de lui dans le petit pavillon.

— Hé ! bien, monsieur Delbecq, a-t-il signé ? demanda la comtesse à son intendant qu'elle vit seul sur le chemin par-dessus la haie d'un saut de loup [1].

— Non, madame. Je ne sais même pas ce que notre homme est devenu. Le vieux cheval s'est cabré.

— Il faudra donc finir par le mettre à Charenton, dit-elle, puisque nous le tenons.

Le colonel, qui retrouva l'élasticité de la jeunesse pour franchir le saut de loup, fut en un clin d'œil devant l'intendant, auquel il appliqua la plus belle paire de soufflets qui jamais ait été reçue sur deux joues de procureur.

— Ajoute que les vieux chevaux savent ruer, lui dit-il.

Cette colère dissipée, le colonel ne se sentit plus la force de sauter le fossé. La vérité s'était montrée dans sa nudité. Le mot de la comtesse et la réponse de Delbecq avaient dévoilé le complot dont il allait être la victime. Les soins qui lui avaient été prodigués étaient une amorce pour le prendre dans un piège. Ce mot fut comme une goutte de quelque poison subtil qui détermina chez le vieux soldat le retour de ses douleurs et physiques et morales. Il revint vers le kiosque par la porte du parc, en marchant lentement, comme

un homme affaissé. Donc, ni paix ni trêve pour
lui ? Dès ce moment il fallait commencer avec
cette femme la guerre odieuse dont lui avait parlé
Derville, entrer dans une vie de procès, se nourrir
de fiel, boire chaque matin un calice d'amertume.
Puis, pensée affreuse, où trouver l'argent nécessaire pour payer les frais des premières instances ? Il lui prit un si grand dégoût de la vie,
que s'il y avait eu de l'eau près de lui il s'y serait
jeté, que s'il avait eu des pistolets il se serait brûlé
la cervelle. Puis il retomba dans l'incertitude
d'idées qui, depuis sa conversation avec Derville
chez le nourrisseur, avait changé son moral.
Enfin, arrivé devant le kiosque, il monta dans le
cabinet aérien dont les rosaces de verre offraient
la vue de chacune des ravissantes perspectives de
la vallée, et où il trouva sa femme assise sur une
chaise. La comtesse examinait le paysage et
gardait une contenance pleine de calme en montrant cette impénétrable physionomie que savent
prendre les femmes déterminées à tout. Elle
s'essuya les yeux comme si elle eût versé des
pleurs, et joua par un geste distrait avec le long
ruban rose de sa ceinture. Néanmoins, malgré son
assurance apparente, elle ne put s'empêcher de
frissonner en voyant devant elle son vénérable
bienfaiteur, debout, les bras croisés, la figure
pâle, le front sévère.

— Madame, dit-il après l'avoir regardée fixement pendant un moment et l'avoir forcée à
rougir, madame, je ne vous maudis pas, je vous

méprise. Maintenant, je remercie le hasard qui nous a désunis. Je ne sens même pas un désir de vengeance, je ne vous aime plus. Je ne veux rien de vous. Vivez tranquille sur la foi de ma parole, elle vaut mieux que les griffonnages de tous les notaires de Paris. Je ne réclamerai jamais le nom que j'ai peut-être illustré. Je ne suis plus qu'un pauvre diable nommé Hyacinthe, qui ne demande que sa place au soleil. Adieu...

La comtesse se jeta aux pieds du colonel, et voulut le retenir en lui prenant les mains ; mais il la repoussa avec dégoût, en lui disant :

— Ne me touchez pas.

La comtesse fit un geste intraduisible lorsqu'elle entendit le bruit des pas de son mari. Puis, avec la profonde perspicacité que donne une haute scélératesse ou le féroce égoïsme du monde, elle crut pouvoir vivre en paix sur la promesse et le mépris de ce loyal soldat.

Chabert disparut en effet. Le nourrisseur fit faillite et devint cocher de cabriolet. Peut-être le colonel s'adonna-t-il d'abord à quelque industrie du même genre. Peut-être, semblable à une pierre lancée dans un gouffre, alla-t-il, de cascade en cascade, s'abîmer dans cette boue de haillons qui foisonne à travers les rues de Paris.

L'HOSPICE DE LA VIEILLESSE [1]

Six mois après cet événement, Derville, qui n'entendait plus parler ni du colonel Chabert ni de la comtesse Ferraud, pensa qu'il était survenu sans doute entre eux une transaction, que, par vengeance, la comtesse avait fait dresser dans une autre Étude. Alors, un matin, il supputa les sommes avancées audit Chabert, y ajouta les frais, et pria la comtesse Ferraud de réclamer à monsieur le comte Chabert le montant de ce mémoire, en présumant qu'elle savait où se trouvait son premier mari.

Le lendemain même l'intendant du comte Ferraud, récemment nommé Président du Tribunal de Première Instance dans une ville importante [2], écrivit à Derville ce mot désolant :

« Monsieur,

« Madame la comtesse Ferraud me charge de vous prévenir que votre client avait complètement abusé de votre confiance, et que l'individu qui disait être le comte Chabert a reconnu avoir indûment pris de fausses qualités.

« Agréez, etc.

« Delbecq. »

— On rencontre des gens qui sont aussi, ma parole d'honneur, par trop bêtes. Ils ont volé le baptême, s'écria Derville. Soyez donc humain, généreux, philanthrope et avoué, vous vous faites enfoncer ! Voilà une affaire qui me coûte plus de deux billets de mille francs.

Quelque[1] temps après la réception de cette lettre, Derville cherchait au Palais un avocat auquel il voulait parler, et qui plaidait à la Police correctionnelle. Le hasard voulut que Derville entrât à la Sixième Chambre au moment où le Président condamnait comme vagabond le nommé Hyacinthe à deux mois de prison, et ordonnait qu'il fût ensuite conduit au dépôt de mendicité de Saint-Denis[2], sentence qui, d'après la jurisprudence des préfets de police, équivaut à une détention perpétuelle. Au nom d'Hyacinthe, Derville regarda le délinquant assis entre deux gendarmes sur le banc des prévenus, et reconnut, dans la personne du condamné, son faux colonel Chabert. Le vieux soldat était calme, immobile, presque distrait. Malgré ses haillons, malgré la misère empreinte sur sa physionomie, elle déposait[3] d'une noble fierté. Son regard avait une expression de stoïcisme qu'un magistrat n'aurait pas dû méconnaître ; mais, dès qu'un homme tombe entre les mains de la justice, il n'est plus qu'un être moral, une question de Droit ou de Fait, comme aux yeux des statisticiens il devient un chiffre. Quand le soldat fut reconduit au Greffe pour être emmené plus tard avec la

fournée de vagabonds que l'on jugeait en ce
moment, Derville usa du droit qu'ont les avoués
d'entrer partout au Palais, l'accompagna au
Greffe et l'y contempla pendant quelques instants, ainsi que les curieux mendiants parmi
lesquels il se trouvait. L'antichambre du Greffe
offrait alors un de ces spectacles que malheureusement ni les législateurs, ni les philanthropes, ni
les peintres, ni les écrivains ne viennent étudier [1].
Comme tous les laboratoires de la chicane, cette
antichambre est une pièce obscure et puante,
dont les murs sont garnis d'une banquette en bois
noirci par le séjour perpétuel des malheureux qui
viennent à ce rendez-vous de toutes les misères
sociales, et auquel pas un d'eux ne manque. Un
poète dirait que le jour a honte d'éclairer ce
terrible égout par lequel passent tant d'infortunes ! Il n'est pas une seule place où ne se soit
assis quelque crime en germe ou consommé ; pas
un seul endroit où ne se soit rencontré quelque
homme qui, désespéré par la légère flétrissure que
la justice avait imprimée à sa première faute, n'ait
commencé une existence au bout de laquelle
devait se dresser la guillotine, ou détoner le
pistolet du suicide. Tous ceux qui tombent sur le
pavé de Paris rebondissent contre ces murailles
jaunâtres, sur lesquelles un philanthrope qui ne
serait pas un spéculateur pourrait déchiffrer la
justification des nombreux suicides dont se plaignent des écrivains hypocrites, incapables de faire
un pas pour les prévenir [2], et qui se trouve écrite

dans cette antichambre, espèce de préface pour
les drames de la Morgue ou pour ceux de la place
de Grève[1]. En ce moment le colonel Chabert
s'assit au milieu de ses hommes à faces énergi-
ques, vêtus des horribles livrées de la misère,
silencieux par intervalles, ou causant à voix basse,
car trois gendarmes de faction se promenaient en
faisant retentir leurs sabres sur le plancher.

— Me reconnaissez-vous ? dit Derville au
vieux soldat en se plaçant devant lui.

— Oui, monsieur, répondit Chabert en se
levant.

— Si vous êtes un honnête homme, reprit
Derville à voix basse, comment avez-vous pu
rester mon débiteur ?

Le vieux soldat rougit comme aurait pu le faire
une jeune fille accusée par sa mère d'un amour
clandestin.

— Quoi ! madame Ferraud ne vous a pas
payé ? s'écria-t-il à haute voix.

— Payé ! dit Derville. Elle m'a écrit que vous
étiez un intrigant.

Le colonel leva les yeux par un sublime mouvement d'horreur et d'imprécation, comme pour en
appeler au ciel de cette tromperie nouvelle.

— Monsieur, dit-il d'une voix calme à force
d'altération, obtenez des gendarmes la faveur de
me laisser entrer au Greffe, je vais vous signer un
mandat qui sera certainement acquitté.

Sur un mot dit par Derville au brigadier, il lui
fut permis d'emmener son client dans le Greffe,

où Hyacinthe écrivit quelques lignes adressées à la comtesse Ferraud.

— Envoyez cela chez elle, dit le soldat, et vous serez remboursé de vos frais et de vos avances. Croyez, monsieur, que si je ne vous ai pas témoigné la reconnaissance que je vous dois pour vos bons offices, elle n'en est pas moins là, dit-il en se mettant la main sur le cœur. Oui, elle est là, pleine et entière. Mais que peuvent les malheureux ? Ils aiment, voilà tout.

— Comment, lui dit Derville, n'avez-vous pas stipulé pour vous quelque rente ?

— Ne me parlez pas de cela ! répondit le vieux militaire. Vous ne pouvez pas savoir jusqu'où va mon mépris pour cette vie extérieure à laquelle tiennent la plupart des hommes. J'ai subitement été pris d'une maladie, le dégoût de l'humanité. Quand je pense que Napoléon est à Sainte-Hélène, tout ici-bas m'est indifférent. Je ne puis plus être soldat, voilà tout mon malheur. Enfin, ajouta-t-il en faisant un geste plein d'enfantillage, il vaut mieux avoir du luxe dans ses sentiments que sur ses habits. Je ne crains, moi, le mépris de personne.

Et le colonel alla se remettre sur son banc. Derville sortit. Quand il revint à son Étude, il envoya Godeschal, alors son second clerc, chez la comtesse Ferraud, qui, à la lecture du billet, fit immédiatement payer la somme due à l'avoué du comte Chabert [1].

En 1840, vers la fin du mois de juin[1], Godeschal, alors avoué[2], allait à Ris[3], en compagnie de Derville, son prédécesseur. Lorsqu'ils parvinrent à l'avenue qui conduit de la grande route à Bicêtre, ils aperçurent sous un des ormes du chemin un de ces vieux pauvres chenus et cassés qui ont obtenu le bâton de maréchal des mendiants, en vivant à Bicêtre comme les femmes indigentes vivent à la Salpêtrière[4]. Cet homme, l'un des deux mille malheureux logés dans l'*Hospice de la Vieillesse*, était assis sur une borne et paraissait concentrer toute son intelligence dans une opération bien connue des invalides, et qui consiste à faire sécher au soleil le tabac de leurs mouchoirs, pour éviter de les blanchir, peut-être. Ce vieillard avait une physionomie attachante. Il était vêtu de cette robe de drap rougeâtre que l'Hospice accorde à ses hôtes, espèce de livrée horrible.

— Tenez, Derville, dit Godeschal à son compagnon de voyage, voyez donc ce vieux. Ne ressemble-t-il pas à ces grotesques qui nous viennent d'Allemagne[5]? Et cela vit, et cela est heureux peut-être !

Derville prit son lorgnon, regarda le pauvre, laissa échapper un mouvement de surprise et dit :

— Ce vieux-là, mon cher, est tout un poème, ou, comme disent les romantiques, un drame. As-tu rencontré quelquefois la comtesse Ferraud ?

— Oui, c'est une femme d'esprit et très agréable ; mais un peu trop dévote, dit Godeschal.

— Ce vieux bicêtrien est son mari légitime, le comte Chabert, l'ancien colonel, elle l'aura sans doute fait placer là[1]. S'il est dans cet hospice au lieu d'habiter un hôtel, c'est uniquement pour avoir rappelé à la jolie comtesse Ferraud qu'il l'avait prise, comme un fiacre[2], sur la place. Je me souviens encore du regard de tigre qu'elle lui jeta dans ce moment-là.

Ce début ayant excité la curiosité de Godeschal, Derville lui raconta l'histoire qui précède. Deux jours après, le lundi matin, en revenant à Paris, les deux amis jetèrent un coup d'œil sur Bicêtre, et Derville proposa d'aller voir le colonel Chabert. A moitié chemin de l'avenue, les deux amis trouvèrent assis sur la souche d'un arbre abattu le vieillard qui tenait à la main un bâton et s'amusait à tracer des raies sur le sable. En le regardant attentivement, ils s'aperçurent qu'il venait de déjeuner autre part qu'à l'établissement.

— Bonjour, colonel Chabert, lui dit Derville.

— Pas Chabert ! pas Chabert ! je me nomme Hyacinthe, répondit le vieillard. Je ne suis plus un homme, je suis le numéro 164, septième salle, ajouta-t-il en regardant Derville avec une anxiété peureuse, avec une crainte de vieillard et d'enfant. Vous allez voir le condamné à mort ? dit-il après un moment de silence. Il n'est pas marié, lui ! Il est bien heureux.

— Pauvre homme, dit Godeschal. Voulez-vous de l'argent pour acheter du tabac ?

Avec toute la naïveté d'un gamin de Paris, le

colonel tendit avidement la main à chacun des
deux inconnus qui lui donnèrent une pièce de
vingt francs[1] ; il les remercia par un regard
stupide, en disant : « Braves troupiers ! » Il se mit
au port d'armes, feignit de les coucher en joue, et
s'écria en souriant : « Feu des deux pièces ! vive
Napoléon ! » Et il décrivit en l'air avec sa canne
une arabesque imaginaire.

— Le genre de sa blessure l'aura fait tomber
en enfance, dit Derville.

— Lui en enfance ! s'écria un vieux bicêtrien
qui les regardait. Ah ! il y a des jours où il ne faut
pas lui marcher sur le pied. C'est un vieux malin
plein de philosophie et d'imagination. Mais
aujourd'hui, que voulez-vous ? il a fait le lundi.
Monsieur, en 1820 il était déjà ici. Pour lors, un
officier prussien, dont la calèche montait la côte
de Villejuif, vint à passer à pied. Nous étions,
nous deux Hyacinthe et moi, sur le bord de la
route. Cet officier causait en marchant avec un
autre, avec un Russe, ou quelque animal de la
même espèce, lorsqu'en voyant l'ancien, le Prussien, histoire de blaguer, lui dit : « Voilà un vieux
voltigeur qui devait être à Rosbach[2]. — J'étais
trop jeune pour y être, lui répondit-il, mais j'ai été
assez vieux pour me trouver à Iéna. » Pour lors le
Prussien a filé, sans faire d'autres questions[3].

— Quelle destinée ! s'écria Derville. Sorti de
l'hospice des *Enfants trouvés,* il revient mourir à
l'hospice de la *Vieillesse,* après avoir, dans l'intervalle, aidé Napoléon à conquérir l'Égypte et

l'Europe[1]. Savez-vous, mon cher, reprit Derville
après une pause, qu'il existe dans notre société
trois hommes, le Prêtre, le Médecin et l'Homme
de justice, qui ne peuvent pas estimer le monde ?
Ils ont des robes noires, peut-être parce qu'ils
portent le deuil de toutes les vertus, de toutes les
illusions. Le plus malheureux des trois est
l'avoué. Quand l'homme vient trouver le prêtre, il
arrive poussé par le repentir, par le remords, par
des croyances qui le rendent intéressant, qui le
grandissent, et consolent l'âme du médiateur,
dont la tâche ne va pas sans une sorte de
jouissance : il purifie, il répare, et réconcilie.
Mais, nous autres avoués, nous voyons se répéter
les mêmes sentiments mauvais, rien ne les corrige,
nos Études sont des égouts qu'on ne peut pas
curer. Combien de choses n'ai-je pas apprises en
exerçant ma charge ! J'ai vu mourir un père dans
un grenier, sans sou ni maille, abandonné par
deux filles auxquelles il avait donné quarante
mille livres de rente[2] ! J'ai vu brûler des testa-
ments ; j'ai vu des mères dépouillant leurs
enfants[3], des maris volant leurs femmes, des
femmes tuant leurs maris en se servant de
l'amour qu'elles leur inspiraient pour les rendre
fous ou imbéciles, afin de vivre en paix avec un
amant[4]. J'ai vu des femmes donnant à l'enfant
d'un premier lit des goûts qui devaient amener sa
mort, afin d'enrichir l'enfant de l'amour[5]. Je ne
puis vous dire tout ce que j'ai vu, car j'ai vu des
crimes contre lesquels la justice est impuissante.

Enfin, toutes les horreurs que les romanciers croient inventer sont toujours au-dessous de la vérité. Vous allez connaître ces jolies choses-là, vous ; moi, je vais vivre à la campagne avec ma femme, Paris me fait horreur[1].

— J'en ai déjà bien vu chez Desroches, répondit Godeschal[2].

Paris, février-mars 1832.

El Verdugo

A MARTINEZ DE LA ROSA[1]

Le clocher de la petite ville de Menda [1] venait de sonner minuit. En ce moment, un jeune officier français, appuyé sur le parapet d'une longue terrasse qui bordait les jardins du château de Menda, paraissait abîmé dans une contemplation plus profonde que ne le comportait l'insouciance de la vie militaire ; mais il faut dire aussi que jamais heure, site et nuit ne furent plus propices à la méditation. Le beau ciel d'Espagne étendait un dôme d'azur au-dessus de sa tête. Le scintillement des étoiles et la douce lumière de la lune éclairaient une vallée délicieuse qui se déroulait coquettement à ses pieds. Appuyé sur un oranger en fleurs, le chef de bataillon pouvait voir, à cent pieds au-dessous de lui, la ville de Menda, qui semblait s'être mise à l'abri des vents du nord, au pied du rocher sur lequel était bâti le château. En tournant la tête, il apercevait la mer, dont les eaux brillantes encadraient le paysage d'une large lame d'argent. Le château était illuminé. Le joyeux tumulte d'un bal, les accents de l'orchestre, les rires de quelques officiers et de leurs danseuses arrivaient jusqu'à lui, mêlés au lointain murmure des flots. La fraîcheur de la nuit imprimait une sorte d'énergie à son corps fatigué par la chaleur du jour. Enfin les jardins étaient plantés d'arbres si odoriférants et de fleurs si suaves, que le jeune homme se trouvait comme plongé dans un bain de parfums.

Le château de Menda appartenait à un grand d'Espagne [1], qui l'habitait en ce moment avec sa famille. Pendant toute cette soirée, l'aînée des filles avait regardé l'officier avec un intérêt empreint d'une telle tristesse, que le sentiment de compassion exprimé par l'Espagnole pouvait bien causer la rêverie du Français. Clara était belle, et quoiqu'elle eût trois frères et une sœur, les biens du marquis de Léganès paraissaient assez considérables pour faire croire à Victor Marchand [2] que la jeune personne aurait une riche dot. Mais comment oser croire que la fille du vieillard le plus entiché de sa grandesse [3] qui fût en Espagne, pourrait être donnée au fils d'un épicier de Paris ! D'ailleurs, les Français étaient haïs. Le marquis ayant été soupçonné par le général G..t..r, qui gouvernait la province, de préparer un soulèvement en faveur de Ferdinand VII, le bataillon commandé par Victor Marchand avait été cantonné dans la petite ville de Menda pour contenir les campagnes voisines, qui obéissaient au marquis de Léganès. Une récente dépêche du maréchal Ney faisait craindre que les Anglais ne débarquassent prochainement sur la côte, et

signalait le marquis comme un homme qui entre-
tenait des intelligences avec le cabinet de Lon-
dres [1]. Aussi, malgré le bon accueil que cet
Espagnol avait fait à Victor Marchand et à ses
soldats, le jeune officier se tenait-il constamment
sur ses gardes. En se dirigeant vers cette terrasse
où il venait examiner l'état de la ville et des
campagnes confiées à sa surveillance, il se
demandait comment il devait interpréter l'amitié
que le marquis n'avait cessé de lui témoigner, et
comment la tranquillité du pays pouvait se concilier avec les inquiétudes de son général ; mais
depuis un moment, ces pensées avaient été chas-
sées de l'esprit du jeune commandant par un
sentiment de prudence et par une curiosité bien
légitime. Il venait d'apercevoir dans la ville une
assez grande quantité de lumières. Malgré la fête
de saint Jacques [2], il avait ordonné, le matin
même, que les feux fussent éteints à l'heure
prescrite par son règlement. Le château seul avait
été excepté de cette mesure. Il vit bien briller çà et
là les baïonnettes de ses soldats aux postes
accoutumés ; mais le silence était solennel, et rien
n'annonçait que les Espagnols fussent en proie à
l'ivresse d'une fête. Après avoir cherché à s'expliquer l'infraction dont se rendaient coupables les
habitants, il trouva dans ce délit un mystère
d'autant plus incompréhensible qu'il avait laissé
des officiers chargés de la police nocturne et des
rondes. Avec l'impétuosité de la jeunesse, il allait
s'élancer par une brèche pour descendre rapide-

ment les rochers, et parvenir ainsi plus tôt que par
le chemin ordinaire à un petit poste placé à
l'entrée de la ville du côté du château, quand un
faible bruit l'arrêta dans sa course. Il crut entendre le sable des allées criant sous le pas léger
d'une femme. Il retourna la tête et ne vit rien ;
mais ses yeux furent saisis par l'éclat extraordinaire de l'Océan. Il y aperçut tout à coup un
spectacle si funeste, qu'il demeura immobile de
surprise, en accusant ses sens d'erreur. Les rayons
blanchissants de la lune lui permirent de distinguer des voiles à une assez grande distance. Il
tressaillit, et tâcha de se convaincre que cette
vision était un piège d'optique offert par les
fantaisies des ondes et de la lune. En ce moment,
une voix enrouée prononça le nom de l'officier,
qui regarda vers la brèche, et vit s'y élever
lentement la tête du soldat par lequel il s'était fait
accompagner au château.

— Est-ce vous, mon commandant ?

— Oui. Eh bien ? lui dit à voix basse le jeune
homme, qu'une sorte de pressentiment avertit
d'agir avec mystère.

— Ces gredins-là se remuent comme des vers,
et je me hâte, si vous le permettez, de vous
communiquer mes petites observations.

— Parle, répondit Victor Marchand.

— Je viens de suivre un homme du château qui
s'est dirigé par ici une lanterne à la main. Une
lanterne est furieusement suspecte ! je ne crois
pas que ce chrétien-là ait besoin d'allumer des

cierges à cette heure-ci. Ils veulent nous manger !
que je me suis dit, et je me suis mis à lui examiner
les talons. Aussi, mon commandant, ai-je découvert à trois pas d'ici, sur un quartier de roche, un
certain amas de fagots.

Un cri terrible qui tout à coup retentit dans la
ville, interrompit le soldat. Une lueur soudaine
éclaira le commandant. Le pauvre grenadier
reçut une balle dans la tête et tomba. Un feu de
paille et de bois sec brillait comme un incendie à
dix pas du jeune homme. Les instruments et les
rires cessaient de se faire entendre dans la salle du
bal. Un silence de mort, interrompu par des
gémissements, avait soudain remplacé les
rumeurs et la musique de la fête. Un coup de
canon retentit sur la plaine blanche de l'Océan.
Une sueur froide coula sur le front du jeune
officier. Il était sans épée. Il comprenait que ses
soldats avaient péri et que les Anglais allaient
débarquer. Il se vit déshonoré s'il vivait, il se vit
traduit devant un conseil de guerre ; alors il
mesura des yeux la profondeur de la vallée, et s'y
élançait au moment où la main de Clara saisit la
sienne.

— Fuyez ! dit-elle, mes frères me suivent pour
vous tuer. Au bas du rocher, par là, vous trouve-
rez l'andalou [1] de Juanito. Allez !

Elle le poussa, le jeune homme stupéfait la
regarda pendant un moment ; mais, obéissant
bientôt à l'instinct de conservation qui n'aban-
donne jamais l'homme, même le plus fort, il

s'élança dans le parc en prenant la direction indiquée, et courut à travers des rochers que les chèvres avaient seules pratiqués jusqu'alors. Il entendit Clara crier à ses frères de le poursuivre; il entendit les pas de ses assassins; il entendit siffler à ses oreilles les balles de plusieurs décharges; mais il atteignit la vallée, trouva le cheval, monta dessus et disparut avec la rapidité de l'éclair.

En peu d'heures le jeune officier parvint au quartier du général G..t..r, qu'il trouva dînant avec son état-major.

— Je vous apporte ma tête! s'écria le chef de bataillon en apparaissant pâle et défait.

Il s'assit, et raconta l'horrible aventure. Un silence effrayant accueillit son récit.

— Je vous trouve plus malheureux que criminel, répondit enfin le terrible général. Vous n'êtes pas comptable du forfait des Espagnols; et à moins que le maréchal[2] n'en décide autrement, je vous absous.

Ces paroles ne donnèrent qu'une bien faible consolation au malheureux officier.

— Quand l'empereur saura cela! s'écria-t-il.

— Il voudra vous faire fusiller, dit le général, mais nous verrons. Enfin, ne parlons plus de ceci, ajouta-t-il d'un ton sévère, que pour en tirer une vengeance qui imprime une terreur salutaire à ce pays où l'on fait la guerre à la façon des Sauvages.

Une heure après, un régiment entier, un détachement de cavalerie et un convoi d'artillerie

étaient en route. Le général et Victor marchaient
à la tête de cette colonne. Les soldats, instruits du
massacre de leurs camarades, étaient possédés
d'une fureur sans exemple. La distance qui
séparait la ville de Menda du quartier général fut
franchie avec une rapidité miraculeuse. Sur la
route, le général trouva des villages entiers sous
les armes. Chacune de ces misérables bourgades
fut cernée et leurs habitants décimés.

Par une de ces fatalités inexplicables, les vaisseaux anglais étaient restés en panne sans avancer ; mais on sut plus tard que ces vaisseaux ne
portaient que de l'artillerie et qu'ils avaient mieux
marché que le reste des transports. Ainsi la ville
de Menda, privée des défenseurs qu'elle attendait,
et que l'apparition des voiles anglaises semblait
lui promettre, fut entourée par les troupes françaises presque sans coup férir. Les habitants,
saisis de terreur, offrirent de se rendre à discrétion. Par un de ces dévouements qui n'ont pas été
rares dans la Péninsule, les assassins des Français, prévoyant, d'après la cruauté connue du
général, que Menda serait peut-être livrée aux
flammes et la population entière passée au fil de
l'épée, proposèrent de se dénoncer eux-mêmes au
général. Il accepta cette offre, en y mettant pour
condition que les habitants du château, depuis le
dernier valet jusqu'au marquis, seraient mis entre
ses mains. Cette capitulation consentie, le général
promit de faire grâce au reste de la population et
d'empêcher ses soldats de piller la ville ou d'y

mettre le feu. Une contribution énorme fut frappée, et les plus riches habitants se constituèrent
prisonniers pour en garantir le paiement, qui
devait être effectué dans les vingt-quatre heures.

Le général prit toutes les précautions nécessaires à la sûreté de ses troupes, pourvut à la
défense du pays, et refusa de loger ses soldats dans
les maisons. Après les avoir fait camper, il monta
au château et s'en empara militairement. Les
membres de la famille de Léganès et les domestiques furent soigneusement gardés à vue, garrottés,
et enfermés dans la salle où le bal avait eu lieu. Des
fenêtres de cette pièce on pouvait facilement
embrasser la terrasse qui dominait la ville. L'état-
major s'établit dans une galerie voisine, où le
général tint d'abord conseil sur les mesures à
prendre pour s'opposer au débarquement. Après
avoir expédié un aide de camp au maréchal Ney,
ordonné d'établir des batteries sur la côte, le
général et son état-major s'occupèrent des prisonniers. Deux cents Espagnols que les habitants
avaient livrés furent immédiatement fusillés sur la
terrasse. Après cette exécution militaire, le général
commanda de planter sur la terrasse autant de
potences qu'il y avait de gens dans la salle du
château et de faire venir le bourreau de la ville.
Victor Marchand profita du temps qui allait
s'écouler avant le dîner pour aller voir les prisonniers. Il revint bientôt vers le général.

— J'accours, lui dit-il d'une voix émue. vous
demander des grâces.

— Vous ! reprit le général avec un ton d'ironie amère.

— Hélas ! répondit Victor, je demande de tristes grâces. Le marquis, en voyant planter les potences, a espéré que vous changeriez ce genre de supplice pour sa famille, et vous supplie de faire décapiter les nobles.

— Soit, dit le général.

— Ils demandent encore qu'on leur accorde les secours de la religion, et qu'on les délivre de leurs liens ; ils promettent de ne pas chercher à fuir.

— J'y consens, dit le général ; mais vous m'en répondez.

— Le vieillard vous offre encore toute sa fortune si vous voulez pardonner à son jeune fils.

— Vraiment ! répondit le chef. Ses biens appartiennent déjà au roi Joseph[1]. Il s'arrêta. Une pensée de mépris rida son front, et il ajouta : Je vais surpasser leur désir. Je devine l'importance de sa dernière demande. Eh ! bien, qu'il achète l'éternité de son nom, mais que l'Espagne se souvienne à jamais de sa trahison et de son supplice ! Je laisse sa fortune et la vie à celui de ses fils qui remplira l'office de bourreau. Allez, et ne m'en parlez plus.

Le dîner était servi. Les officiers attablés satisfaisaient un appétit que la fatigue avait aiguillonné. Un seul d'entre eux, Victor Marchand, manquait au festin. Après avoir hésité longtemps, il entra dans le salon où gémissait l'orgueilleuse famille de Léganès, et jeta des

regards tristes sur le spectacle que présentait alors
cette salle, où, la sur-veille [1], il avait vu tournoyer,
emportées par la valse, les têtes des deux jeunes
filles et des trois jeunes gens. Il frémit en pensant
que dans peu elles devaient rouler tranchées par
le sabre du bourreau. Attachés sur leurs fauteuils
dorés, le père et la mère, les trois enfants et les
deux filles, restaient dans un état d'immobilité
complète. Huit serviteurs étaient debout, les
mains liées derrière le dos. Ces quinze personnes
se regardaient gravement, et leurs yeux trahissaient à peine les sentiments qui les animaient.
Une résignation profonde et le regret d'avoir
échoué dans leur entreprise se lisaient sur quelques fronts. Des soldats immobiles les gardaient
en respectant la douleur de ces cruels ennemis.
Un mouvement de curiosité anima les visages
quand Victor parut. Il donna l'ordre de délier les
condamnés, et alla lui-même détacher les cordes
qui retenaient Clara prisonnière sur sa chaise.
Elle sourit tristement. L'officier ne put s'empêcher d'effleurer les bras de la jeune fille, en
admirant sa chevelure noire, sa taille souple.
C'était une véritable Espagnole : elle avait le teint
espagnol, les yeux espagnols, de longs cils
recourbés, et une prunelle plus noire que ne l'est
l'aile d'un corbeau.

— Avez-vous réussi ? dit-elle en lui adressant
un de ces sourires funèbres où il y a encore de la
jeune fille.

Victor ne put s'empêcher de gémir. Il regarda

tour à tour les trois frères et Clara. L'un, et c'était
l'aîné, avait trente ans. Petit, assez mal fait, l'air
fier et dédaigneux, il ne manquait pas d'une
certaine noblesse dans les manières, et ne paraissait pas étranger à cette délicatesse de sentiment
qui rendit autrefois la galanterie espagnole si
célèbre. Il se nommait Juanito. Le second, Philippe, était âgé de vingt ans environ. Il ressemblait à Clara. Le dernier avait huit ans. Un
peintre aurait trouvé dans les traits de Manuel un
peu de cette constance romaine que David a
prêtée aux enfants dans ses pages républicaines [1].
Le vieux marquis avait une tête couverte de
cheveux blancs qui semblait échappée d'un
tableau de Murillo. A cet aspect, le jeune officier
hocha la tête, en désespérant de voir accepter par
un de ces quatre personnages le marché du
général ; néanmoins il osa le confier à Clara.
L'Espagnole frissonna d'abord, mais elle reprit
tout à coup un air calme et alla s'agenouiller
devant son père.

— Oh ! lui dit-elle, faites jurer à Juanito qu'il
obéira fidèlement aux ordres que vous lui donne-
rez, et nous serons contents.

La marquise tressaillit d'espérance ; mais
quand, se penchant vers son mari, elle eut
entendu l'horrible confidence de Clara, cette mère
s'évanouit. Juanito comprit tout, il bondit comme
un lion en cage. Victor prit sur lui de renvoyer les
soldats, après avoir obtenu du marquis l'assurance d'une soumission parfaite. Les domestiques

furent emmenés et livrés au bourreau, qui les
pendit. Quand la famille n'eut plus que Victor
pour surveillant, le vieux père se leva.

— Juanito ! dit-il.

Juanito ne répondit que par une inclinaison de
tête qui équivalait à un refus, retomba sur sa
chaise, et regarda ses parents d'un œil sec et
terrible. Clara vint s'asseoir sur ses genoux, et,
d'un air gai :

— Mon cher Juanito, dit-elle en lui passant le
bras autour du cou et l'embrassant sur les paupières ; si tu savais combien, donnée par toi, la
mort me sera douce. Je n'aurai pas à subir
l'odieux contact des mains d'un bourreau. Tu me
guériras des maux qui m'attendaient, et... mon
bon Juanito, tu ne me voulais voir à personne, eh !
bien ?

Ses yeux veloutés jetèrent un regard de feu sur
Victor, comme pour réveiller dans le cœur de
Juanito son horreur des Français.

— Aie du courage, lui dit son frère Philippe,
autrement notre race presque royale est éteinte.

Tout à coup Clara se leva, le groupe qui s'était
formé autour de Juanito se sépara ; et cet enfant,
rebelle à bon droit, vit devant lui, debout, son
vieux père, qui d'un ton solennel s'écria :

— Juanito, je te l'ordonne.

Le jeune comte restant impassible, son père
tomba à ses genoux. Involontairement, Clara,
Manuel et Philippe l'imitèrent. Tous tendirent les
mains vers celui qui devait sauver la famille de

l'oubli, et semblèrent répéter ces paroles pater-
nelles :

— Mon fils, manquerais-tu d'énergie espagnole et de vraie sensibilité ? Veux-tu me laisser
longtemps à genoux, et dois-tu considérer ta vie et
tes souffrances ? Est-ce mon fils, madame ?
ajouta le vieillard en se retournant vers la marquise.

— Il y consent ! s'écria la mère avec désespoir
en voyant Juanito faire un mouvement des sourcils dont la signification n'était connue que d'elle.

Mariquita [1], la seconde fille, se tenait à genoux
en serrant sa mère dans ses faibles bras ; et,
comme elle pleurait à chaudes larmes, son petit
frère Manuel vint la gronder. En ce moment
l'aumônier du château entra, il fut aussitôt
entouré de toute la famille, on l'amena à Juanito.
Victor, ne pouvant supporter plus longtemps
cette scène, fit un signe à Clara, et se hâta d'aller
tenter un dernier effort auprès du général ; il le
trouva en belle humeur, au milieu du festin, et
buvant avec ses officiers, qui commençaient à
tenir de joyeux propos.

Une heure après, cent des plus notables habitants de Menda vinrent sur la terrasse pour être,
suivant les ordres du général, témoins de l'exécution de la famille Léganès. Un détachement de
soldats fut placé pour contenir les Espagnols, que
l'on rangea sous les potences auxquelles les
domestiques du marquis avaient été pendus. Les
têtes de ces bourgeois touchaient presque les

pieds de ces martyrs. A trente pas d'eux, s'élevait
un billot et brillait un cimeterre. Le bourreau
était là en cas de refus de la part de Juanito.
Bientôt les Espagnols entendirent, au milieu du
profond silence, les pas de plusieurs personnes, le
son mesuré de la marche d'un piquet de soldats et
le léger retentissement de leurs fusils. Ces différents bruits étaient mêlés aux accents joyeux du
festin des officiers comme naguère les danses d'un
bal avaient déguisé les apprets de la sanglante
trahison. Tous les regards se tournèrent vers le
château, et l'on vit la noble famille qui s'avançait
avec une incroyable assurance. Tous les fronts
étaient calmes et sereins. Un seul homme, pâle et
défait, s'appuyait sur le prêtre, qui prodiguait
toutes les consolations de la religion à cet homme,
le seul qui dût vivre. Le bourreau comprit,
comme tout le monde, que Juanito avait accepté
sa place pour un jour. Le vieux marquis et sa
femme, Clara, Mariquita et les deux frères vinrent
s'agenouiller à quelques pas du lieu fatal. Juanito
fut conduit par le prêtre. Quand il arriva au billot,
l'exécuteur, le tirant par la manche, le prit à part,
et lui donna probablement quelques instructions.
Le confesseur plaça les victimes de manière à ce
qu'elles ne vissent pas le supplice. Mais c'était [1] de
vrais Espagnols qui se tinrent debout et sans
faiblesse.

Clara s'élança la première vers son frère.

— Juanito, lui dit-elle, aie pitié de mon peu de
courage ! commence par moi.

En ce moment, les pas précipités d'un homme retentirent. Victor arriva sur le lieu de cette scène. Clara était agenouillée déjà, déjà son cou blanc appelait le cimeterre. L'officier pâlit, mais il trouva la force d'accourir.

— Le général t'accorde la vie si tu veux m'épouser, lui dit il à voix basse.

L'Espagnole lança sur l'officier un regard de mépris et de fierté.

— Allons, Juanito, dit-elle d'un son de voix profond.

Sa tête roula aux pieds de Victor. La marquise de Léganès laissa échapper un mouvement convulsif en entendant le bruit ; ce fut la seule marque de sa douleur.

— Suis-je bien comme ça, mon bon Juanito ? fut la demande que fit le petit Manuel à son frère.

— Ah ! tu pleures, Mariquita ! dit Juanito à sa sœur.

— Oh ! oui, répliqua la jeune fille. Je pense à toi, mon pauvre Juanito, tu seras bien malheureux sans nous.

Bientôt la grande figure du marquis apparut. Il regarda le sang de ses enfants, se tourna vers les spectateurs muets et immobiles, étendit les mains vers Juanito, et dit d'une voix forte :

— Espagnols, je donne à mon fils ma bénédiction paternelle ! Maintenant, *marquis*, frappe sans peur, tu es sans reproche.

Mais quand Juanito vit approcher sa mère, soutenue par le confesseur :

— Elle m'a nourri, s'écria-t-il.

Sa voix arracha un cri d'horreur à l'assemblée. Le bruit du festin et les rires joyeux des officiers s'apaisèrent à cette terrible clameur. La marquise comprit que le courage de Juanito était épuisé, elle s'élança d'un bond par-dessus la balustrade, et alla se fendre la tête sur les rochers. Un cri d'admiration s'éleva. Juanito était tombé évanoui.

— Mon général, dit un officier à moitié ivre, Marchand vient de me raconter quelque chose de cette exécution, je parie que vous ne l'avez pas ordonnée...

— Oubliez-vous, messieurs, s'écria le général G..t..r, que, dans un mois, cinq cents familles françaises seront en larmes, et que nous sommes en Espagne ? Voulez-vous laisser nos os ici ?

Après cette allocution, il ne se trouva personne, pas même un sous-lieutenant, qui osât vider son verre.

Malgré les respects dont il est entouré, malgré le titre d'*El verdugo* (le bourreau) que le roi d'Espagne a donné comme titre de noblesse au marquis de Léganès, il est dévoré par le chagrin, il vit solitaire et se montre rarement. Accablé sous le fardeau de son admirable forfait, il semble attendre avec impatience que la naissance d'un second fils lui donne le droit de rejoindre les ombres qui l'accompagnent incessamment.

Paris, octobre 1829.

Adieu

AU PRINCE FRÉDÉRIC SCHWARZENBERG [1]

LES BONS-HOMMES [1]

— Allons, député du centre, en avant ! Il s'agit d'aller au pas accéléré si nous voulons être à table en même temps que les autres. Haut le pied ! Saute, marquis [2] ! là donc ! bien. Vous franchissez les sillons comme un véritable cerf !

Ces paroles étaient prononcées par un chasseur paisiblement assis sur une lisière de la forêt de L'Isle-Adam [3], et qui achevait de fumer un cigare de La Havane en attendant son compagnon, sans doute égaré depuis longtemps dans les halliers de la forêt. A ses côtés, quatre chiens haletants regardaient comme lui le personnage auquel il s'adressait. Pour comprendre combien étaient railleuses ces allocutions répétées par intervalles, il faut dire que le chasseur était un gros homme court dont le ventre proéminent accusait un embonpoint véritablement ministériel. Aussi arpentait-il avec peine les sillons d'un vaste champ récemment moissonné, dont les chaumes gênaient considérablement sa marche ; puis, pour surcroît de douleur, les rayons du soleil qui frappaient obliquement sa figure y amassaient de grosses gouttes de sueur. Préoccupé par le soin de garder son équilibre, il se penchait tantôt en avant, tantôt en arrière, en imitant ainsi les soubresauts d'une voiture fortement cahotée. Ce jour était un de ceux qui, pendant le mois de septembre, achèvent de mûrir les raisins par des feux équatoriaux. Le temps annonçait un orage. Quoique plusieurs grands espaces d'azur séparassent encore vers l'horizon de gros nuages noirs, on voyait des nuées blondes s'avancer avec une effrayante rapidité, en étendant, de l'ouest à l'est, un léger rideau grisâtre. Le vent n'agissant que dans la haute région de l'air, l'atmosphère comprimait vers les bas-fonds les brûlantes vapeurs de la terre. Entouré de hautes futaies qui le privaient d'air, le vallon que franchissait le chasseur avait la température d'une fournaise. Ardente et silencieuse, la forêt semblait avoir soif. Les oiseaux, les insectes étaient muets, et les cimes des arbres s'inclinaient à peine. Les personnes auxquelles il reste quelque souvenir de l'été de 1819, doivent donc compatir aux maux du pauvre ministériel, qui suait sang et eau pour rejoindre son compagnon moqueur. Tout en fumant son cigare, celui-ci avait calculé, par la position du soleil, qu'il pouvait être environ cinq heures du soir.

— Où diable sommes-nous ? dit le gros chasseur en s'essuyant le front et s'appuyant contre un arbre du champ, presque en face de son compagnon ; car il ne se sentit plus la force de sauter le large fossé qui l'en séparait.

— Et c'est à moi que tu le demandes, répondit
en riant le chasseur couché dans les hautes herbes
jaunes qui couronnaient le talus. Il jeta le bout de
son cigare dans le fossé, en s'écriant : Je jure par
saint Hubert qu'on ne me reprendra plus à
m'aventurer dans un pays inconnu avec un
magistrat [1], fût-il comme toi, mon cher d'Albon,
un vieux camarade de collège !

— Mais, Philippe, vous ne comprenez donc
plus le français ? Vous avez sans doute laissé
votre esprit en Sibérie, répliqua le gros homme en
lançant un regard douloureusement comique sur
un poteau qui se trouvait à cent pas de là.

— J'entends ! répondit Philippe qui saisit son
fusil, se leva tout à coup, s'élança d'un seul bond
dans le champ, et courut vers le poteau. Par ici,
d'Albon, par ici ! demi-tour à gauche, cria-t-il à
son compagnon en lui indiquant par un geste une
large voie pavée. *Chemin de Baillet à L'Isle-
Adam !* reprit-il, ainsi nous trouverons dans cette
direction celui de Cassan [2], qui doit s'embrancher
sur celui de L'Isle-Adam.

— C'est juste, mon colonel, dit monsieur
d'Albon en remettant sur sa tête une casquette
avec laquelle il venait de s'éventer.

— En avant donc, mon respectable conseiller,
répondit le colonel Philippe en sifflant les chiens
qui semblaient déjà à lui mieux obéir qu'au
magistrat auquel ils appartenaient.

— Savez-vous, monsieur le marquis, reprit le
militaire goguenard, que nous avons encore plus

de deux lieues à faire ? Le village que nous apercevons là-bas doit être Baillet.

— Grand Dieu ! s'écria le marquis d'Albon, allez à Cassan, si cela peut vous être agréable, mais vous irez tout seul. Je préfère attendre ici, malgré l'orage, un cheval que vous m'enverrez du château. Vous vous êtes moqué de moi, Sucy. Nous devions faire une jolie petite partie de chasse, ne pas nous éloigner de Cassan, fureter sur les terres que je connais. Bah ! au lieu de nous amuser, vous m'avez fait courir comme un lévrier depuis quatre heures du matin, et nous n'avons eu pour tout déjeuner que deux tasses de lait ! Ah ! si vous avez jamais un procès à la Cour, je vous le ferai perdre, eussiez-vous cent fois raison.

Le chasseur découragé s'assit sur une des bornes qui étaient au pied du poteau, se débarrassa de son fusil, de sa carnassière vide, et poussa un long soupir.

— France ! voilà tes députés, s'écria en riant le colonel de Sucy. Ah ! mon pauvre d'Albon, si vous aviez été comme moi six ans au fond de la Sibérie...

Il n'acheva pas et leva les yeux au ciel, comme si ses malheurs étaient un secret entre Dieu et lui.

— Allons ! marchez ! ajouta-t-il. Si vous restez assis, vous êtes perdu.

— Que voulez-vous, Philippe ? c'est une si vieille habitude chez un magistrat ! D'honneur, je suis excédé ! Encore si j'avais tué un lièvre !

Les deux chasseurs présentaient un contraste

assez rare. Le ministériel était âgé de quarante-deux ans et ne paraissait pas en avoir plus de trente, tandis que le militaire, âgé de trente ans [1], semblait en avoir au moins quarante. Tous deux étaient décorés de la rosette rouge, attribut des officiers de la Légion d'honneur. Quelques mèches de cheveux, mélangées de noir et de blanc comme l'aile d'une pie, s'échappaient de dessous la casquette du colonel ; de belles boucles blondes ornaient les tempes du magistrat. L'un était d'une haute taille, sec, maigre, nerveux, et les rides de sa figure blanche trahissaient des passions terribles ou d'affreux malheurs ; l'autre avait un visage brillant de santé, jovial et digne d'un épicurien. Tous deux étaient fortement hâlés par le soleil, et leurs longues guêtres de cuir fauve portaient les marques de tous les fossés, de tous les marais qu'ils avaient traversés.

— Allons, s'écria monsieur de Sucy, en avant ! Après une petite heure de marche nous serons à Cassan, devant une bonne table.

— Il faut que vous n'ayez jamais aimé, répondit le conseiller d'un air piteusement comique, vous êtes aussi impitoyable que l'article 304 du Code pénal [2] !

Philippe de Sucy tressaillit violemment ; son large front se plissa ; sa figure devint aussi sombre que l'était le ciel en ce moment. Quoiqu'un souvenir d'une affreuse amertume crispât tous ses traits, il ne pleura pas. Semblable aux hommes puissants, il savait refouler ses émotions au fond

de son cœur, et trouvait peut-être, comme beaucoup de caractères purs, une sorte d'impudeur à
dévoiler ses peines quand aucune parole humaine
n'en peut rendre la profondeur, et qu'on redoute
la moquerie des gens qui ne veulent pas les
comprendre. Monsieur d'Albon avait une de ces
âmes délicates qui devinent les douleurs et ressen-
tent vivement la commotion qu'elles ont involontairement produite par quelque maladresse. Il
respecta le silence de son ami, se leva, oublia sa
fatigue, et le suivit silencieusement, tout chagrin
d'avoir touché une plaie qui probablement n'était
pas cicatrisée.

— Un jour, mon ami, lui dit Philippe en lui
serrant la main et en le remerciant de son muet
repentir par un regard déchirant, un jour je te
raconterai ma vie. Aujourd'hui, je ne saurais.

Ils continuèrent à marcher en silence. Quand la
douleur du colonel parut dissipée, le conseiller
retrouva sa fatigue ; et avec l'instinct ou plutôt
avec le vouloir d'un homme harassé, son œil
sonda toutes les profondeurs de la forêt ; il
interrogea les cimes des arbres, examina les
avenues, en espérant y découvrir quelque gîte où
il pût demander l'hospitalité. En arrivant à un
carrefour, il crut apercevoir une légère fumée qui
s'élevait entre les arbres. Il s'arrêta, regarda fort
attentivement, et reconnut, au milieu d'un massif
immense, les branches vertes et sombres de
quelques pins.

— Une maison ! une maison ! s'écria-t-il avec

le plaisir qu'aurait eu un marin à crier . « Terre !
terre ! »

Puis il s'élança vivement à travers un hallier
assez épais, et le colonel, qui était tombé dans une
profonde rêverie, l'y suivit machinalement.

— J'aime mieux trouver ici une omelette, du
pain de ménage et une chaise, que d'aller chercher à Cassan des divans, des truffes et du vin de
Bordeaux.

Ces paroles étaient une exclamation d'enthou-
siasme arrachée au conseiller par l'aspect d'un
mur dont la couleur blanchâtre tranchait, dans le
lointain, sur la masse brune des troncs noueux de
la forêt.

— Ah ! ah ! ceci m'a l'air d'être quelque
ancien prieuré, s'écria derechef le marquis
d'Albon en arrivant à une grille antique et noire,
d'où il put voir, au milieu d'un parc assez vaste,
un bâtiment construit dans le style employé jadis
pour les monuments monastiques. Comme ces
coquins de moines savaient choisir un emplacement !

Cette nouvelle exclamation était l'expression de
l'étonnement que causait au magistrat le poétique
ermitage qui s'offrait à ses regards. La maison
était située à mi-côte, sur le revers de la mon-
tagne, dont le sommet est occupé par le village de
Nerville. Les grands chênes séculaires de la forêt,
qui décrivait un cercle immense autour de cette
habitation, en faisaient une véritable solitude. Le
corps de logis jadis destiné aux moines avait son

exposition au midi. Le parc paraissait avoir une
quarantaine d'arpents[1]. Auprès de la maison,
régnait une verte prairie, heureusement découpée
par plusieurs ruisseaux clairs, par des nappes
d'eaux gracieusement posées, et sans aucun arti-
fice apparent. Çà et là s'élevaient des arbres verts
aux formes élégantes, aux feuillages variés. Puis,
des grottes habilement ménagées, des terrasses
massives avec leurs escaliers dégradés et leurs
rampes rouillées imprimaient une physionomie
particulière à cette sauvage Thébaïde[2]. L'art y
avait élégamment uni ses constructions aux plus
pittoresques effets de la nature. Les passions
humaines semblaient devoir mourir aux pieds de
ces grands arbres qui défendaient l'approche de
cet asile aux bruits du monde, comme ils y
tempéraient les feux du soleil.

— Quel désordre ! se dit monsieur d'Albon
après avoir joui de la sombre expression que les
ruines donnaient à ce paysage, qui paraissait
frappé de malédiction. C'était comme un lieu
funeste abandonné par les hommes. Le lierre
avait étendu partout ses nerfs tortueux et ses
riches manteaux. Des mousses brunes, verdâtres,
jaunes ou rouges répandaient leurs teintes romantiques sur les arbres, sur les bancs, sur les toits,
sur les pierres. Les fenêtres vermoulues étaient
usées par la pluie, creusées par le temps ; les
balcons étaient brisés, les terrasses démolies.
Quelques persiennes ne tenaient plus que par un
de leurs gonds. Les portes disjointes paraissaient

ne pas devoir résister à un assaillant. Chargées
des touffes luisantes du gui[1], les branches des
arbres fruitiers négligés s'étendaient au loin sans
donner de récolte. De hautes herbes croissaient
dans les allées. Ces débris jetaient dans le
tableau des effets d'une poésie ravissante, et des
idées rêveuses dans l'âme du spectateur. Un
poète serait resté là plongé dans une longue
mélancolie, en admirant ce désordre plein d'harmonies, cette destruction qui n'était pas sans
grâce. En ce moment, quelques rayons de soleil
se firent jour à travers les crevasses des nuages,
illuminèrent par des jets de mille couleurs cette
scène à demi sauvage. Les tuiles brunes resplen-
dirent, les mousses brillèrent, des ombres fantas-
tiques s'agitèrent sur les prés, sous les arbres ;
des couleurs mortes se réveillèrent, des opposi-
tions piquantes se combattirent, les feuillages se
découpèrent dans la clarté. Tout à coup, la
lumière disparut. Ce paysage qui semblait avoir
parlé, se tut, et redevint sombre, ou plutôt doux
comme la plus douce teinte d'un crépuscule
d'automne.

— C'est le palais de la Belle au Bois Dormant,
se dit le conseiller qui ne voyait déjà plus cette
maison qu'avec les yeux d'un propriétaire. A qui
cela peut-il donc appartenir ? Il faut être bien
bête pour ne pas habiter une si jolie propriété.

Aussitôt, une femme s'élança de dessous un
noyer planté à droite de la grille, et sans faire de
bruit passa devant le conseiller aussi rapidement

que l'ombre d'un nuage ; cette vision le rendit muet de surprise.

— Eh ! bien, d'Albon, qu'avez-vous ? lui demanda le colonel.

— Je me frotte les yeux pour savoir si je dors ou si je veille, répondit le magistrat en se collant sur la grille pour tâcher de revoir le fantôme. Elle est probablement sous ce figuier, dit-il en montrant à Philippe le feuillage d'un arbre qui s'élevait au-dessus du mur, à gauche de la grille.

— Qui, elle ?

— Eh ! puis-je le savoir ? reprit monsieur d'Albon. Il vient de se lever là, devant moi, dit-il à voix basse, une femme étrange ; elle m'a semblé plutôt appartenir à la nature des ombres qu'au monde des vivants. Elle est si svelte, si légère, si vaporeuse, qu'elle doit être diaphane. Sa figure est aussi blanche que du lait. Ses vêtements, ses yeux, ses cheveux sont noirs. Elle m'a regardé en passant, et quoique je ne sois point peureux, son regard immobile et froid m'a figé le sang dans les veines.

— Est-elle jolie ? demanda Philippe.

— Je ne sais pas. Je ne lui ai vu que les yeux dans la figure.

— Au diable le dîner de Cassan, s'écria le colonel, restons ici. J'ai une envie d'enfant d'entrer dans cette singulière propriété. Vois-tu ces châssis de fenêtres peints en rouge, et ces filets rouges dessinés sur les moulures des portes et des volets ? Ne semble-t-il pas que ce soit la maison

du diable, il aura peut-être hérité des moines.
Allons, courons après la dame blanche et noire !
En avant ! s'écria Philippe avec une gaieté factice.

En ce moment, les deux chasseurs entendirent
un cri assez semblable à celui d'une souris prise
au piège. Ils écoutèrent. Le feuillage de quelques
arbustes froissés retentit dans le silence, comme le
murmure d'une onde agitée ; mais quoiqu'ils
prêtassent l'oreille pour saisir quelques nouveaux
sons, la terre resta silencieuse et garda le secret
des pas de l'inconnue, si toutefois elle avait
marché.

— Voilà qui est singulier, s'écria Philippe en
suivant les contours que décrivaient les murs du
parc.

Les deux amis arrivèrent bientôt à une allée de
la forêt qui conduit au village de Chauvry. Après
avoir remonté ce chemin vers la route de Paris [1],
ils se trouvèrent devant une grande grille, et
virent alors la façade principale de cette habitation mystérieuse. De ce côté, le désordre était à
son comble. D'immenses lézardes sillonnaient les
murs de trois corps de logis bâtis en équerre. Des
débris de tuiles et d'ardoises amoncelées à terre et
des toits dégradés annonçaient une complète
incurie. Quelques fruits étaient tombés sous les
arbres et pourrissaient sans qu'on les récoltât.
Une vache paissait à travers les boulingrins [2], et
foulait les fleurs des plates-bandes, tandis qu'une
chèvre broutait les raisins verts et les pampres
d'une treille.

— Ici, tout est harmonie, et le désordre y est en quelque sorte organisé, dit le colonel en tirant la chaîne d'une cloche ; mais la cloche était sans battant.

Les deux chasseurs n'entendirent que le bruit singulièrement aigre d'un ressort rouillé. Quoique très délabrée, la petite porte pratiquée dans le mur auprès de la grille résista néanmoins à tout effort.

— Oh ! oh ! tout ceci devient très curieux, dit-il à son compagnon.

— Si je n'étais pas magistrat, répondit monsieur d'Albon, je croirais que la femme noire est une sorcière.

A peine avait-il achevé ces mots, que la vache vint à la grille et leur présenta son mufle chaud, comme si elle éprouvait le besoin de voir des créatures humaines. Alors une femme, si toutefois ce nom pouvait appartenir à l'être indéfinissable qui se leva de dessous une touffe d'arbustes, tira la vache par sa corde. Cette femme portait sur la tête un mouchoir rouge d'où s'échappaient des mèches de cheveux blonds assez semblables à l'étoupe d'une quenouille. Elle n'avait pas de fichu. Un jupon de laine grossière à raies alternativement noires et grises, trop court de quelques pouces, permettait de voir ses jambes. L'on pouvait croire qu'elle appartenait à une des tribus de Peaux Rouges célébrées par Cooper[1] ; car ses jambes, son cou et ses bras nus semblaient avoir été peints en couleur de brique. Aucun rayon d'intelligence n'animait sa figure plate. Ses yeux bleuâtres étaient sans chaleur et ternes. Quelques poils blancs clairsemés lui tenaient lieu de sourcils. Enfin, sa bouche était contournée de manière à laisser passer des dents mal rangées, mais aussi blanches que celle d'un chien.

— Ohé ! la femme ! cria monsieur de Sucy.

Elle arriva lentement jusqu'à la grille, en contemplant d'un air niais les deux chasseurs à la vue desquels il lui échappa un sourire pénible et forcé.

— Où sommes-nous ? Quelle est cette maison-là ? A qui est-elle ? Qui êtes-vous ? Êtes-vous d'ici ?

A ces questions et à une foule d'autres que lui adressèrent successivement les deux amis, elle ne répondit que par des grognements gutturaux qui semblaient appartenir plus à l'animal qu'à la créature humaine.

— Ne voyez-vous pas qu'elle est sourde et muette ? dit le magistrat.

— *Bons-Hommes !* s'écria la paysanne.

— Ah ! elle a raison. Ceci pourrait bien être l'ancien couvent des Bons-Hommes[1], dit monsieur d'Albon.

Les questions recommencèrent. Mais, comme un enfant capricieux, la paysanne rougit, joua avec son sabot, tortilla la corde de la vache qui s'était remise à paître, regarda les deux chasseurs, examina toutes les parties de leur habillement ; elle glapit, grogna, gloussa, mais elle ne parla pas.

— Ton nom ? lui dit Philippe en la contemplant fixement comme s'il eût voulu l'ensorceler.

— Geneviève, dit-elle en riant d'un air bête.

— Jusqu'à présent la vache est la créature la plus intelligente que nous ayons vue, s'écria le magistrat. Je vais tirer un coup de fusil pour faire venir du monde.

Au moment où d'Albon saisissait son arme, le colonel l'arrêta par un geste, et lui montra du doigt l'inconnue qui avait si vivement piqué leur curiosité. Cette femme semblait ensevelie dans une méditation profonde, et venait à pas lents par une allée assez éloignée, en sorte que les deux amis eurent le temps de l'examiner. Elle était vêtue d'une robe de satin noir tout usée. Ses longs cheveux tombaient en boucles nombreuses sur son front, autour de ses épaules, descendaient jusqu'en bas de sa taille, et lui servaient de châle. Accoutumée sans doute à ce désordre, elle ne chassait que rarement sa chevelure de chaque côté de ses tempes ; mais alors, elle agitait la tête par un mouvement brusque, et ne s'y prenait pas à deux fois pour dégager son front ou ses yeux de ce voile épais. Son geste avait d'ailleurs, comme celui d'un animal, cette admirable sécurité de mécanisme dont la prestesse pouvait paraître un prodige dans une femme. Les deux chasseurs étonnés la virent sauter sur une branche de pommier et s'y attacher avec la légèreté d'un oiseau. Elle y saisit des fruits, les mangea, puis se laissa tomber à terre avec la gracieuse mollesse qu'on admire chez les écureuils. Ses membres possédaient une élasticité qui ôtait à ses moindres mouvements jusqu'à l'apparence de la gêne ou de l'effort. Elle joua sur le gazon, s'y roula comme aurait pu le faire un enfant ; puis, tout à coup, elle jeta ses pieds et ses mains en avant, et resta étendue sur l'herbe avec l'abandon, la grâce, le naturel d'une jeune chatte endormie au soleil. Le tonnerre ayant grondé dans le lointain, elle se retourna subitement, et se mit à quatre pattes avec la miraculeuse adresse d'un chien qui entend venir un étranger. Par l'effet de cette bizarre attitude, sa noire chevelure se sépara tout à coup en deux larges bandeaux qui retombèrent de chaque côté de sa tête, et permit aux deux spectateurs de cette scène singulière d'admirer des épaules dont la peau blanche brilla comme les marguerites de la prairie, un cou dont la perfection faisait juger celle de toutes les proportions du corps.

Elle laissa échapper un cri douloureux, et se leva tout à fait sur ses pieds. Ses mouvements se succédaient si gracieusement, s'exécutaient si lestement, qu'elle semblait être, non pas une créature humaine, mais une de ces filles de l'air célébrées par les poésies d'Ossian [1]. Elle alla vers une nappe d'eau, secoua légèrement une de ces jambes pour la débarrasser de son soulier, et parut se plaire à tremper son pied blanc comme l'albâtre dans la source en y admirant sans doute les ondulations qu'elle y produisait, et qui res-

semblaient à des pierreries. Puis elle s'agenouilla
sur le bord du bassin, s'amusa, comme un enfant,
à y plonger ses longues tresses et à les en tirer
brusquement pour voir tomber goutte à goutte
l'eau dont elles étaient chargées, et qui, traversée
par les rayons du jour, formait[1] comme des
chapelets de perles.

— Cette femme est folle, s'écria le conseiller.

Un cri rauque, poussé par Geneviève, retentit et
parut s'adresser à l'inconnue, qui se redressa
vivement en chassant ses cheveux de chaque côté
de son visage. En ce moment, le colonel et
d'Albon purent voir distinctement les traits de
cette femme, qui, en apercevant les deux amis,
accourut en quelques bonds à la grille avec la
légèreté d'une biche.

— *Adieu !* dit-elle d'une voix douce et harmo-
nieuse, mais sans que cette mélodie, impatiemment attendue par les chasseurs, parût dévoiler le
moindre sentiment ou la moindre idée.

Monsieur d'Albon admira les longs cils de ses
yeux, ses sourcils noirs bien fournis, une peau
d'une blancheur éblouissante et sans la plus
légère nuance de rougeur. De petites veines bleues
tranchaient seules sur son teint blanc. Quand le
conseiller se tourna vers son ami pour lui faire
part de l'étonnement que lui inspirait la vue de
cette femme étrange, il le trouva étendu sur
l'herbe et comme mort. Monsieur d'Albon
déchargea son fusil en l'air pour appeler du
monde, et cria : « *Au secours !* » en essayant de

relever le colonel. Au bruit de la détonation, l'inconnue, qui était restée immobile, s'enfuit avec la rapidité d'une flèche, jeta des cris d'effroi comme un animal blessé, et tournoya sur la prairie en donnant les marques d'une terreur profonde. Monsieur d'Albon entendit le roulement d'une calèche sur la route de L'Isle-Adam[1], et implora l'assistance des promeneurs en agitant son mouchoir. Aussitôt, la voiture se dirigea vers les Bons-Hommes, et monsieur d'Albon y reconnut monsieur et madame de Granville, ses voisins[2], qui s'empressèrent de descendre de leur voiture en l'offrant au magistrat. Madame de Granville avait, par hasard, un flacon de sels, que l'on fit respirer à monsieur de Sucy. Quand le colonel ouvrit les yeux, il les tourna vers la prairie où l'inconnue ne cessait de courir en criant, et laissa échapper une exclamation indistincte, mais qui révélait un sentiment d'horreur ; puis il ferma de nouveau les yeux en faisant un geste comme pour demander à son ami de l'arracher à ce spectacle. Monsieur et madame de Granville laissèrent le conseiller libre de disposer de leur voiture, en lui disant obligeamment qu'ils allaient continuer leur promenade à pied[3].

— Quelle est donc cette dame ? demanda le magistrat en désignant l'inconnue.

— L'on présume qu'elle vient de Moulins, répondit monsieur de Granville. Elle se nomme la comtesse de Vandières[4], on la dit folle ; mais comme elle n'est ici que depuis deux mois, je ne

saurais vous garantir la véracité de tous ces ouï-
dire.

Monsieur d'Albon remercia monsieur et
madame de Granville et partit pour Cassan.

— C'est elle, s'écria Philippe en reprenant ses
sens.

— Qui ? elle ! demanda d'Albon.

— Stéphanie [1]. Ah ! morte et vivante, vivante
et folle, j'ai cru que j'allais mourir.

Le prudent magistrat, qui apprécia la gravité
de la crise à laquelle son ami était tout en proie, se
garda bien de le questionner ou de l'irriter, il
souhaitait impatiemment arriver au château ; car
le changement qui s'opérait dans les traits et dans
toute la personne du colonel lui faisait craindre
que la comtesse n'eût communiqué à Philippe sa
terrible maladie. Aussitôt que la voiture atteignit
l'avenue de L'Isle-Adam, d'Albon envoya le
laquais chez le médecin du bourg ; en sorte qu'au
moment où le colonel fut couché, le docteur se
trouva au chevet de son lit.

— Si monsieur le colonel n'avait pas été presque à jeun, dit le chirurgien, il était mort. Sa
fatigue l'a sauvé.

Après avoir indiqué les premières précautions à
prendre, le docteur sortit pour aller préparer lui-
même une potion calmante. Le lendemain matin
monsieur de Sucy était mieux ; mais le médecin
avait voulu le veiller lui-même.

— Je vous avouerai, monsieur le marquis, dit
le docteur à monsieur d'Albon, que j'ai craint une

lésion au cerveau. Monsieur de Sucy a reçu une bien violente commotion, ses passions sont vives ; mais, chez lui, le premier coup porté décide de tout. Demain il sera peut-être hors de danger.

Le médecin ne se trompa point, et le lendemain il permit au magistrat de revoir son ami.

— Mon cher d'Albon, dit Philippe en lui serrant la main, j'attends de toi un service ! Cours promptement aux Bons-Hommes ! informe-toi de tout ce qui concerne la dame que nous y avons vue, et reviens promptement ; car je compterai les minutes.

Monsieur d'Albon sauta sur un cheval, et galopa jusqu'à l'ancienne abbaye. En y arrivant, il aperçut devant la grille un grand homme sec dont la figure était prévenante, et qui répondit affirmativement quand le magistrat lui demanda s'il habitait cette maison ruinée. Monsieur d'Albon lui raconta les motifs de sa visite.

— Eh ! quoi, monsieur, s'écria l'inconnu, serait-ce vous qui avez tiré ce coup de fusil fatal ? Vous avez failli tuer ma pauvre malade[1].

— Eh ! monsieur, j'ai tiré en l'air.

— Vous auriez fait moins de mal à madame la comtesse, si vous l'eussiez atteinte.

— Eh ! bien, nous n'avons rien à nous reprocher, car la vue de votre comtesse a failli tuer mon ami, monsieur de Sucy.

— Serait-ce le baron Philippe de Sucy ! s'écria le médecin en joignant les mains. Est-il allé en Russie, au passage de la Bérésina ?

— Oui, reprit d'Albon, il a été pris par les Cosaques et mené en Sibérie, d'où il est revenu depuis onze mois environ.

— Entrez, monsieur, dit l'inconnu en conduisant le magistrat dans un salon situé au rez-de-chaussée de l'habitation où tout portait les marques d'une dévastation capricieuse.

Des vases de porcelaine précieux étaient brisés à côté d'une pendule dont la cage était respectée [1]. Les rideaux de soie drapés devant les fenêtres étaient déchirés, tandis que le double rideau de mousseline restait intact.

— Vous voyez, dit-il à monsieur d'Albon en entrant, les ravages exercés par la charmante créature à laquelle je me suis consacré. C'est ma nièce [2]; malgré l'impuissance de mon art, j'espère lui rendre un jour la raison, en essayant une méthode qu'il n'est malheureusement permis qu'aux gens riches de suivre.

Puis, comme toutes les personnes qui vivent dans la solitude, en proie à une douleur renaissante, il raconta longuement au magistrat l'aventure suivante, dont le récit a été coordonné et dégagé des nombreuses digressions que firent le narrateur et le conseiller.

II

LE PASSAGE DE LA BÉRÉSINA [1]

En quittant, sur les neuf heures du soir, les hauteurs de Studzianka [2], qu'il avait défendues pendant toute la journée du 28 novembre 1812, le maréchal Victor y laissa un millier d'hommes chargés de protéger jusqu'au dernier moment celui des deux ponts construits sur la Bérésina qui subsistait encore. Cette arrière-garde s'était dévouée pour tâcher de sauver une effroyable multitude de traînards engourdis par le froid, qui refusaient obstinément de quitter les équipages de l'armée. L'héroïsme de cette généreuse troupe devait être inutile. Les soldats qui affluaient par masses sur les bords de la Bérésina y trouvaient, par malheur, l'immense quantité de voitures, de caissons et de meubles de toute espèce que l'armée avait été obligée d'abandonner en effectuant son passage pendant les journées des 27 et 28 novembre. Héritiers de richesses inespérées, ces malheureux, abrutis par le froid, se logeaient dans les bivouacs vides, brisaient le matériel de l'armée pour se construire des cabanes, faisaient du feu avec tout ce qui leur tombait sous la main, dépeçaient les chevaux pour se nourrir, arrachaient le drap ou les toiles des voitures pour se

couvrir, et dormaient au lieu de continuer leur
route et de franchir paisiblement pendant la nuit
cette Bérésina qu'une incroyable fatalité avait
déjà rendue si funeste à l'armée[1]. L'apathie de
ces pauvres soldats ne peut être comprise que par
ceux qui se souviennent d'avoir traversé ces
vastes déserts de neige[2], sans autre boisson que la
neige, sans autre lit que la neige, sans autre
perspective qu'un horizon de neige, sans autre
aliment que la neige ou quelques betteraves
gelées, quelques poignées de farine ou de la chair
de cheval. Mourant de faim, de soif, de fatigue et
de sommeil, ces infortunés arrivaient sur une
plage où ils apercevaient du bois, des feux, des
vivres, d'innombrables équipages abandonnés,
des bivouacs, enfin toute une ville improvisée. Le
village de Studzianka avait été entièrement
dépecé, partagé, transporté des hauteurs dans la
plaine. Quelque *dolente* et périlleuse que fût cette
cité[3], ses misères et ses dangers souriaient à des
gens qui ne voyaient devant eux que les épouvantables déserts de la Russie. Enfin c'était un vaste
hôpital qui n'eut pas vingt heures d'existence. La
lassitude de la vie ou le sentiment d'un bien-être
inattendu rendait cette masse d'hommes inacces-
sible à toute pensée autre que celle du repos.
Quoique l'artillerie de l'aile gauche des Russes
tirât sans relâche sur cette masse qui se dessinait
comme une grande tache, tantôt noire, tantôt
flamboyante, au milieu de la neige, ces infatiga-
bles boulets ne semblaient à la foule engourdie

qu'une incommodité de plus. C'était comme un orage dont la foudre était dédaignée par tout le monde, parce qu'elle devait n'atteindre, çà et là, que des mourants, des malades, ou des morts peut-être. A chaque instant, les traîneurs arrivaient par groupes. Ces espèces de cadavres ambulants se divisaient aussitôt, et allaient mendier une place de foyer en foyer ; puis, repoussés le plus souvent, ils se réunissaient de nouveau pour obtenir de force l'hospitalité qui leur était refusée. Sourds à la voix de quelques officiers qui leur prédisaient la mort pour le lendemain, ils dépensaient la somme de courage nécessaire pour passer le fleuve, à se construire un asile d'une nuit, à faire un repas souvent funeste ; cette mort qui les attendait ne leur paraissait plus un mal, puisqu'elle leur laissait une heure de sommeil. Ils ne donnaient le nom de *mal* qu'à la faim, à la soif, au froid. Quand il ne se trouva plus ni bois, ni feu, ni toile, ni abris, d'horribles luttes s'établirent entre ceux qui survenaient dénués de tout et les riches qui possédaient une demeure. Les plus faibles succombèrent. Enfin, il arriva un moment où quelques hommes chassés par les Russes n'eurent plus que la neige pour bivouac, et s'y couchèrent pour ne plus se relever. Insensiblement, cette masse d'êtres presque anéantis devint si compacte, si sourde, si stupide, ou si heureuse peut-être, que le maréchal Victor, qui en avait été l'héroïque défenseur en résistant à vingt mille Russes commandés par Wittgenstein [1], fut obligé

de s'ouvrir un passage, de vive force, à travers
cette forêt d'hommes, afin de faire franchir la
Bérésina aux cinq mille braves qu'il amenait à
l'empereur. Ces infortunés se laissaient écraser
plutôt que de bouger, et périssaient en silence, en
souriant à leurs feux éteints, et sans penser à la
France.

A dix heures du soir seulement, le duc de
Bellune[1] se trouva de l'autre côté du fleuve.
Avant de s'engager sur les ponts qui menaient à
Zembin, il confia le sort de l'arrière-garde de
Studzianka à Éblé, ce sauveur de tous ceux qui
survécurent aux calamités de la Bérésina. Ce fut
environ vers minuit que ce grand général, suivi
d'un officier de courage, quitta la petite cabane
qu'il occupait auprès du pont, et se mit à
contempler le spectacle que présentait le camp
situé entre la rive de la Bérésina et le chemin de
Borisov[2] à Studzianka. Le canon des Russes avait
cessé de tonner ; des feux innombrables, qui au
milieu de cet amas de neige, pâlissaient et semblaient ne pas jeter de lueur, éclairaient çà et là
des figures qui n'avaient rien d'humain. Des
malheureux, au nombre de trente mille environ,
appartenant à toutes les nations que Napoléon
avait jetées sur la Russie, étaient là, jouant leurs
vies avec une brutale insouciance.

— Sauvons tout cela, dit le général à l'officier.
Demain matin les Russes seront maîtres de Studzianka. Il faudra donc brûler le pont au moment
où ils paraîtront ; ainsi, mon ami, du courage !

Fais-toi jour jusqu'à la hauteur. Dis au général
Fournier [1] qu'à peine a-t-il le temps d'évacuer sa
position, de percer tout ce monde, et de passer le
pont. Quand tu l'auras vu se mettre en marche, tu
le suivras. Aidé par quelques hommes valides, tu
brûleras sans pitié les bivouacs, les équipages, les
caissons, les voitures, tout ! Chasse ce monde-là
sur le pont ! Contrains tout ce qui a deux jambes à
se réfugier sur l'autre rive. L'incendie est maintenant notre dernière ressource. Si Berthier [2]
m'avait laissé détruire ces damnés équipages, ce
fleuve n'aurait englouti personne que mes pauvres pontonniers, ces cinquante héros qui ont
sauvé l'armée et qu'on oubliera !

Le général porta la main à son front et resta
silencieux. Il sentait que la Pologne serait son
tombeau [3], et qu'aucune voix ne s'élèverait en
faveur de ces hommes sublimes qui se tinrent
dans l'eau, l'eau de la Bérésina ! pour y enfoncer
les chevalets des ponts. Un seul d'entre eux vit
encore, ou, pour être exact, souffre dans un village, ignoré [4] ! L'aide de camp partit. A peine ce
généreux officier avait-il fait cent pas vers Studzianka, que le général Éblé réveilla plusieurs de
ses pontonniers souffrants, et commença son
œuvre charitable en brûlant les bivouacs établis
autour du pont, et obligeant ainsi les dormeurs
qui l'entouraient à passer la Bérésina. Cependant
le jeune aide de camp était arrivé, non sans peine,
à la seule maison de bois qui fût restée debout, à
Studzianka.

— Cette baraque est donc bien pleine, mon camarade ? dit-il à un homme qu'il aperçut en dehors.

— Si vous y entrez, vous serez un habile troupier, répondit l'officier sans se détourner et sans cesser de démolir avec son sabre le bois de la maison.

— Est-ce vous, Philippe ? dit l'aide de camp en reconnaissant au son de la voix l'un de ses amis.

— Oui. Ah ! ah ! c'est toi, mon vieux, répliqua monsieur de Sucy en regardant l'aide de camp, qui n'avait, comme lui, que vingt-trois ans. Je te croyais de l'autre côté de cette sacrée rivière. Viens-tu nous apporter des gâteaux et des confitures pour notre dessert ? Tu seras bien reçu, ajouta-t-il en achevant de détacher l'écorce du bois qu'il donnait, en guise de provende, à son cheval.

— Je cherche votre commandant pour le prévenir, de la part du général Éblé, de filer sur Zembin. Vous avez à peine le temps de percer cette masse de cadavres que je vais incendier tout à l'heure, afin de les faire marcher.

— Tu me réchauffes presque ! ta nouvelle me fait suer. J'ai deux amis à sauver ! Ah ! sans ces deux marmottes, mon vieux, je serais déjà mort ! C'est pour eux que je soigne mon cheval, et que je ne le mange pas. Par grâce, as-tu quelque croûte ? Voilà trente heures que je n'ai rien mis dans mon coffre, et je me suis battu comme un enragé, afin de conserver le peu de chaleur et de courage qui me restent.

— Pauvre Philippe ! rien, rien. Mais votre général est là !

— N'essaie pas d'entrer ! Cette grange contient nos blessés. Monte encore plus haut ! tu rencontreras, sur ta droite, une espèce de toit à porc, le général est là ! Adieu, mon brave. Si jamais nous dansons la trénis [1] sur un parquet de Paris...

Il n'acheva pas, la bise souffla dans ce moment avec une telle perfidie, que l'aide de camp marcha pour ne pas se geler, et que les lèvres du major Philippe se glacèrent. Le silence régna bientôt. Il n'était interrompu que par les gémissements qui partaient de la maison, et par le bruit sourd que faisait le cheval de monsieur de Sucy, en broyant, de faim et de rage, l'écorce glacée des arbres avec lesquels la maison était construite. Le major remit son sabre dans le fourreau, prit brusquement la bride du précieux animal qu'il avait su conserver, et l'arracha, malgré sa résistance, à la déplorable pâture dont il paraissait friand.

— En route, Bichette ! en route. Il n'y a que toi, ma belle, qui puisses [2] sauver Stéphanie. Va, plus tard, il nous sera permis de nous reposer, de mourir, sans doute.

Philippe, enveloppé d'une pelisse à laquelle il devait sa conservation et son énergie, se mit à courir en frappant de ses pieds la neige durcie pour entretenir la chaleur. A peine le major eut-il

fait cinq cents pas, qu'il aperçut un feu considérable à la place où, depuis le matin, il avait laissé sa
voiture sous la garde d'un vieux soldat. Une
inquiétude horrible s'empara de lui. Comme tous
ceux qui, pendant cette déroute, furent dominés
par un sentiment puissant, il trouva, pour secou-
rir ses amis, des forces qu'il n'aurait pas eues
pour se sauver lui-même. Il arriva bientôt à
quelques pas d'un pli formé par le terrain, et au
fond duquel il avait mis à l'abri des boulets une
jeune femme, sa compagne d'enfance et son bien
le plus cher !

A quelques pas de la voiture, une trentaine de
traînards étaient réunis devant un immense foyer
qu'ils entretenaient en y jetant des planches, des
dessus de caissons, des roues et des panneaux de
voitures. Ces soldats étaient, sans doute, les
derniers venus de tous ceux qui, depuis le large
sillon décrit par le terrain au bas de Studzianka
jusqu'à la fatale rivière, formaient comme un
océan de têtes, de feux, de baraques, une mer
vivante agitée par des mouvements presque
insensibles, et d'où il s'échappait un sourd bruis-
sement, parfois mêlé d'éclats terribles. Poussés
par la faim et par le désespoir, ces malheureux
avaient probablement visité de force la voiture.
Le vieux général et la jeune femme qu'ils y
trouvèrent couchés sur des hardes, enveloppés de
manteaux et de pelisses, gisaient en ce moment
accroupis devant le feu. L'une des portières de la
voiture était brisée. Aussitôt que les hommes

placés autour du feu entendirent les pas du cheval et du major, il s'éleva parmi eux un cri de rage inspiré par la faim.

— Un cheval ! un cheval !

Les voix ne formèrent qu'une seule voix.

— Retirez-vous ! gare à vous ! s'écrièrent deux ou trois soldats en ajustant le cheval.

Philippe se mit devant sa jument en disant :

— Gredins ! je vais vous culbuter tous dans votre feu. Il y a des chevaux morts là-haut ! Allez les chercher.

— Est-il farceur, cet officier-là ! Une fois, deux fois, te déranges-tu ? répliqua un grenadier colossal. Non ! Eh ! bien, comme tu voudras, alors.

Un cri de femme domina la détonation. Philippe ne fut heureusement pas atteint ; mais Bichette, qui avait succombé, se débattait contre la mort ; trois hommes s'élancèrent et l'achevèrent à coups de baïonnette.

— Cannibales ! laissez-moi prendre la couverture et mes pistolets, dit Philippe au désespoir.

— Va pour les pistolets, répliqua le grenadier. Quant à la couverture, voilà un fantassin qui depuis deux jours *n'a rien dans le fanal*[1], et qui grelotte avec son méchant habit de vinaigre[2]. C'est notre général...

Philippe garda le silence en voyant un homme dont la chaussure était usée, le pantalon troué en dix endroits, et qui n'avait sur la tête qu'un mauvais bonnet de police chargé de givre. Il s'empressa de prendre ses pistolets. Cinq hommes amenèrent la jument devant le foyer, et se mirent à la dépecer avec autant d'adresse qu'auraient pu le faire des garçons bouchers de Paris. Les morceaux étaient miraculeusement enlevés et jetés sur des charbons. Le major alla se placer auprès de la femme qui avait poussé un cri d'épouvante en le reconnaissant, il la trouva immobile, assise sur un coussin de la voiture et se chauffant ; elle le regarda silencieusement, sans lui sourire. Philippe aperçut alors près de lui le soldat auquel il avait confié la défense de la voiture ; le pauvre homme était blessé. Accablé par le nombre, il venait de céder aux traînards qui l'avaient attaqué ; mais, comme le chien qui a défendu jusqu'au dernier moment le dîner de son maître, il avait pris sa part du butin, et s'était fait une espèce de manteau avec un drap blanc. En ce moment, il s'occupait à retourner un morceau de la jument, et le major vit sur sa figure la joie que lui causaient les apprêts du festin. Le comte de Vandières, tombé depuis trois jours comme en enfance, restait sur un coussin, près de sa femme, et regardait d'un œil fixe ces flammes dont la chaleur commençait à dissiper son engourdissement. Il n'avait pas été plus ému du danger et de l'arrivée de Philippe que du combat par suite duquel sa voiture venait d'être pillée. D'abord Sucy saisit la main de la jeune comtesse, comme pour lui donner un témoignage d'affection et lui exprimer la douleur qu'il éprouvait de la voir ainsi réduite à la dernière misère; mais il resta silencieux près d'elle, assis sur un tas de neige qui ruisselait en fondant, et céda lui-même au bonheur de se chauffer, en oubliant le péril, en oubliant tout. Sa figure contracta malgré lui une expression de joie presque stupide, et il attendit avec impatience que le lambeau de jument donné à son soldat fût rôti. L'odeur de cette chair charbonnée irritait sa faim, et sa faim faisait taire son cœur, son courage et son amour. Il contempla sans colère les résultats du pillage de sa voiture. Tous les hommes qui entouraient le foyer s'étaient partagé les couvertures, les coussins, les pelisses, les robes, les vêtements d'homme et de femme appartenant au comte, à la comtesse et au major. Philippe se retourna pour voir si l'on pouvait encore tirer parti de la caisse. Il aperçut, à la lueur des flammes, l'or, les diamants, l'argenterie, éparpillés sans que personne songeât à s'en approprier la moindre parcelle. Chacun des individus réunis par le hasard autour de ce feu gardait un silence qui avait quelque chose d'horrible, et ne faisait que ce qu'il jugeait nécessaire à son bien-être. Cette misère était grotesque. Les figures, décomposées par le froid, étaient enduites d'une couche de boue sur laquelle les larmes traçaient, à partir des yeux jusqu'au bas des joues, un sillon qui attestait l'épaisseur de ce masque. La malpropreté de leurs longues barbes rendait ces soldats encore plus hideux. Les uns étaient enveloppés dans des châles de femme; les autres portaient des chabraques[1] de cheval, des couvertures crottées, des haillons empreints de givre qui fondait ; quelques-uns avaient un pied dans une botte et l'autre dans un soulier ; enfin il n'y avait personne dont le costume n'offrît une singularité risible. En présence de choses si plaisantes, ces hommes restaient graves et sombres. Le silence n'était interrompu que par le craquement du bois, par les pétillements de la flamme, par le lointain murmure du camp, et par les coups de sabre que les plus affamés donnaient à Bichette pour en arracher les meilleurs morceaux. Quelques malheureux, plus las que les autres, dormaient, et si l'un d'eux venait à rouler dans le foyer, personne ne le relevait. Ces logiciens sévères pensaient que s'il n'était pas mort, la brûlure devait l'avertir de se mettre en un lieu plus commode. Si le malheureux se réveillait dans le feu et périssait, personne ne le plaignait. Quelques soldats se regardaient, comme pour justifier leur propre insouciance par l'indifférence des autres. La jeune comtesse eut deux fois ce spectacle, et resta muette. Quand les différents morceaux que l'on avait mis sur des charbons furent cuits, chacun satisfit sa faim avec cette gloutonnerie qui, vue chez les animaux, nous semble dégoûtante.

— Voilà la première fois qu'on aura vu trente fantassins sur un cheval, s'écria le grenadier qui avait abattu la jument.

Ce fut la seule plaisanterie qui attestât l'esprit national.

Bientôt la plupart de ces pauvres soldats se roulèrent dans leurs habits, se placèrent sur des planches, sur tout ce qui pouvait les préserver du contact de la neige, et dormirent, nonchalants du lendemain. Quand le major fut réchauffé et qu'il eut apaisé sa faim, un invincible besoin de dormir lui appesantit les paupières. Pendant le temps assez court que dura son débat avec le sommeil, il contempla cette jeune femme qui, s'étant tourné la figure vers le feu pour dormir, laissait voir ses yeux clos et une partie de son front ; elle était enveloppée dans une pelisse fourrée et dans un gros manteau de dragon ; sa tête portait sur un oreiller taché de sang ; son bonnet d'astrakan[1], maintenu par un mouchoir noué sous le cou, lui préservait le visage du froid autant que cela était possible ; elle s'était caché les pieds dans le manteau. Ainsi roulée sur elle-même, elle ne ressemblait réellement à rien. Était-ce la dernière des vivandières ? était-ce cette charmante femme, la gloire d'un amant, la reine des bals parisiens ? Hélas ! l'œil même de son ami le plus dévoué n'apercevait plus rien de féminin dans cet amas de linges et de haillons. L'amour avait succombé sous le froid, dans le cœur d'une femme. A travers les voiles épais que le plus irrésistible de tous les sommeils étendait sur les yeux du major, il ne voyait plus le mari et la femme que comme deux points. Les flammes du foyer, ces figures étendues, ce froid terrible qui rugissait à trois pas d'une chaleur fugitive, tout était rêve. Une pensée

importune effrayait Philippe. « Nous allons tous
mourir, si je dors ; je ne veux pas dormir », se
disait-il. Il dormait. Une clameur terrible et une
explosion réveillèrent monsieur de Sucy après une
heure de sommeil. Le sentiment de son devoir, le
péril de son amie, retombèrent tout à coup sur son
cœur. Il jeta un cri semblable à un rugissement.
Lui et son soldat étaient seuls debout. Ils virent
une mer de feu qui découpait devant eux, dans
l'ombre de la nuit, une foule d'hommes, en
dévorant les bivouacs et les cabanes ; ils entendirent des cris de désespoir, des hurlements ; ils
aperçurent des milliers de figures désolées et de
faces furieuses. Au milieu de cet enfer, une
colonne de soldats se faisait un chemin vers le
pont, entre deux haies de cadavres.

— C'est la retraite de notre arrière-garde,
s'écria le major. Plus d'espoir.

— J'ai respecté votre voiture, Philippe, dit une
voix amie.

En se retournant, Sucy reconnut le jeune aide
de camp à la lueur des flammes.

— Ah ! tout est perdu, répondit le major. Ils
ont mangé mon cheval. D'ailleurs, comment
pourrais-je faire marcher ce stupide général et sa
femme ?

— Prenez un tison, Philippe, et menacez-les !

— Menacer la comtesse !

— Adieu ! s'écria l'aide de camp. Je n'ai que le
temps de passer cette fatale rivière, et il le faut !
J'ai une mère en France ! Quelle nuit ! Cette foule

aime mieux rester sur la neige, et la plupart de ces malheureux se laissent brûler plutôt que de se lever. Il est quatre heures, Philippe ! Dans deux heures, les Russes commenceront à se remuer. Je vous assure que vous verrez la Bérésina encore une fois chargée de cadavres. Philippe, songez à vous ! Vous n'avez pas de chevaux, vous ne pouvez pas porter la comtesse ; ainsi, allons, venez avec moi, dit-il en le prenant par le bras.

— Mon ami, abandonner Stéphanie !

Le major saisit la comtesse, la mit debout, la secoua avec la rudesse d'un homme au désespoir, et la contraignit de se réveiller, elle le regarda d'un œil fixe et mort.

— Il faut marcher, Stéphanie, ou nous mourons ici.

Pour toute réponse, la comtesse essayait de se laisser aller à terre pour dormir. L'aide de camp saisit un tison, et l'agita devant la figure de Stéphanie.

— Sauvons-la malgré elle ! s'écria Philippe en soulevant la comtesse, qu'il porta dans la voiture.

Il revint implorer l'aide de son ami. Tous deux prirent le vieux général, sans savoir s'il était mort ou vivant, et le mirent auprès de sa femme. Le major fit rouler avec le pied chacun des hommes qui gisaient à terre, leur reprit ce qu'ils avaient pillé, entassa toutes les hardes sur les deux époux, et jeta dans un coin de la voiture quelques lambeaux rôtis de sa jument.

— Que voulez-vous donc faire ? lui dit l'aide de camp.

— La traîner, dit le major.

— Vous êtes fou !

— C'est vrai ! s'écria Philippe en se croisant les bras sur la poitrine.

Il parut tout à coup saisi par une pensée de désespoir.

— Toi, dit-il en saisissant le bras valide de son soldat, je te la confie pour une heure ! Songe que tu dois plutôt mourir que de laisser approcher qui que ce soit de cette voiture.

Le major s'empara des diamants de la comtesse, les tint d'une main, tira de l'autre son sabre, se mit à frapper rageusement ceux des dormeurs qu'il jugeait devoir être les plus intrépides, et réussit à réveiller le grenadier colossal et deux autres hommes dont il était impossible de connaître le grade.

— Nous sommes *flambés,* leur dit-il.

— Je le sais bien, répondit le grenadier, mais ça m'est égal.

— Hé ! bien, mort pour mort, ne vaut-il pas mieux vendre sa vie pour une jolie femme, et risquer de revoir encore la France ?

— J'aime mieux dormir, dit un homme en se roulant sur la neige, et si tu me tracasses encore, major, je te *fiche* mon briquet[1] dans le ventre !

— De quoi s'agit-il, mon officier ? reprit le

grenadier. Cet homme est ivre ! C'est un Parisien ;
ça aime ses aises.

— Ceci sera pour toi, brave grenadier ! s'écria
le major en lui présentant une rivière de diamants, si tu veux me suivre et te battre comme un
enragé. Les Russes sont à dix minutes de marche ;
ils ont des chevaux ; nous allons marcher sur leur
première batterie et ramener deux lapins.

— Mais les sentinelles, major ?

— L'un de nous trois, dit-il au soldat. Il
s'interrompit, regarda l'aide de camp : Vous
venez, Hippolyte, n'est-ce pas ?

Hippolyte consentit par un signe de tête.

— L'un de nous, reprit le major, se chargera
de la sentinelle. D'ailleurs ils dorment peut-être
aussi, ces sacrés Russes.

— Va, major, tu es un brave ! Mais tu me
mettras dans ton berlingot[1] ? dit le grenadier.

— Oui, si tu ne laisses pas ta peau là-haut. Si
je succombais, Hippolyte ? et toi, grenadier, dit le
major en s'adressant à ses deux compagnons,
promettez-moi de vous dévouer au salut de la
comtesse.

— Convenu, s'écria le grenadier.

Ils se dirigèrent vers la ligne russe, sur les
batteries qui avaient si cruellement foudroyé la
masse de malheureux gisant sur le bord de la
rivière. Quelques moments après leur départ, le
galop de deux chevaux retentissait sur la neige, et
la batterie éveillée envoyait des volées qui pas-
saient sur la tête des dormeurs ; le pas des

chevaux était si précipité, qu'on eût dit des
maréchaux battant un fer. Le généreux aide de
camp avait succombé. Le grenadier athlétique
était sain et sauf. Philippe, en défendant son ami,
avait reçu un coup de baïonnette dans l'épaule :
néanmoins il se cramponnait aux crins du cheval,
et le serrait si bien avec ses jambes que l'animal se
trouvait pris comme dans un étau.

— Dieu soit loué ! s'écria le major en retrou-
vant son soldat immobile et la voiture à sa place.

— Si vous êtes juste, mon officier, vous me
ferez avoir la croix. Nous avons joliment joué de
la clarinette et du bancal [1], hein ?

— Nous n'avons encore rien fait ! Attelons les
chevaux. Prenez ces cordes.

— Il n'y en a pas assez.

— Eh ! bien, grenadier, mettez-moi la main
sur ces dormeurs, et servez-vous de leurs châles,
de leur linge...

— Tiens, il est mort, ce farceur-là ! s'écria le
grenadier en dépouillant le premier auquel il
s'adressa. Ah ! c'te farce, ils sont morts !

— Tous ?

— Oui, tous ! Il paraît que le cheval est
indigeste quand on le mange à la neige.

Ces paroles firent trembler Philippe. Le froid
avait redoublé.

— Dieu ! perdre une femme que j'ai déjà
sauvée vingt fois !

Le major secoua la comtesse en criant :

— Stéphanie, Stéphanie !

La jeune femme ouvrit les yeux.

— Madame ! nous sommes sauvés.

— Sauvés, répéta-t-elle en retombant.

Les chevaux furent attelés tant bien que mal.
Le major, tenant son sabre de sa meilleure main,
gardant les guides de l'autre, armé de ses pistolets, monta sur un des chevaux, et le grenadier sur
le second. Le vieux soldat, dont les pieds étaient
gelés, avait été jeté en travers de la voiture, sur le
général et sur la comtesse. Excités à coups de
sabre, les chevaux emportèrent l'équipage avec
une sorte de furie dans la plaine, où d'innombrables difficultés attendaient le major. Bientôt il fut
impossible d'avancer sans risquer d'écraser des
hommes, des femmes, et jusqu'à des enfants
endormis, qui tous refusaient de bouger quand le
grenadier les éveillait. En vain monsieur de Sucy
chercha-t-il la route que l'arrière-garde s'était
frayée naguère au milieu de cette masse
d'hommes, elle s'était effacée comme s'efface le
sillage du vaisseau sur la mer ; il n'allait qu'au
pas, le plus souvent arrêté par des soldats qui le
menaçaient de tuer ses chevaux.

— Voulez-vous arriver ? lui dit le grenadier.

— Au prix de tout mon sang, au prix du
monde entier, répondit le major.

— Marche ! On ne fait pas d'omelettes sans
casser des œufs.

Et le grenadier de la garde poussa les chevaux
sur les hommes, ensanglanta les roues, renversa
les bivouacs, en se traçant un double sillon de

morts à travers ce champ de têtes. Mais rendons-
lui la justice de dire qu'il ne se fit jamais faute de
crier d'une voix tonnante :

— Gare donc, charognes.

— Les malheureux ! s'écria le major.

— Bah ! ça ou le froid, ça ou le canon ! dit le
brigadier en animant les chevaux et les piquant
avec la pointe de son briquet.

Une catastrophe qui aurait dû leur arriver bien
plus tôt, et dont un hasard fabuleux les avait
préservés jusque-là, vint tout à coup les arrêter
dans leur marche. La voiture versa.

— Je m'y attendais, s'écria l'imperturbable
grenadier. Oh ! oh ! le camarade est mort.

— Pauvre Laurent, dit le major.

— Laurent ! N'est-il pas du 5ᵉ chasseurs ?

— Oui.

— C'est mon cousin. Bah ! la chienne de vie
n'est pas assez heureuse pour qu'on la regrette
par le temps qu'il fait.

La voiture ne fut pas relevée, les chevaux ne
furent pas dégagés sans une perte de temps
immense. irréparable. Le choc avait été si violent
que la jeune comtesse, réveillée et tirée de son
engourdissement par la commotion, se débarrassa
de ses vêtements et se leva.

— Philippe, où sommes-nous ? s'écria-t-elle
d'une voix douce, en regardant autour d'elle.

— A cinq cents pas du pont. Nous allons
passer la Bérésina. De l'autre côté de la rivière,
Stéphanie, je ne vous tourmenterai plus, je vous

laisserai dormir, nous serons en sûreté, nous gagnerons tranquillement Wilna[1]. Dieu veuille que vous ne sachiez jamais ce que votre vie aura coûté !

— Tu es blessé ?

— Ce n'est rien.

L'heure de la catastrophe était venue. Le canon des Russes annonça le jour. Maîtres de Studzianka, ils foudroyèrent la plaine ; et aux premières lueurs du matin, le major aperçut leurs colonnes se mouvoir et se former sur les hauteurs. Un cri d'alarme s'éleva du sein de la multitude, qui fut debout en un moment. Chacun comprit instinctivement son péril, et tous se dirigèrent vers le pont par un mouvement de vague. Les Russes descendaient avec la rapidité de l'incendie. Hommes, femmes, enfants, chevaux, tout marcha sur le pont. Heureusement le major et la comtesse se trouvaient encore éloignés de la rive. Le général Éblé venait de mettre le feu aux chevalets de l'autre bord[2]. Malgré les avertissements donnés à ceux qui envahissaient cette planche de salut, personne ne voulut reculer. Non seulement le pont s'abîma chargé de monde ; mais l'impétuosité du flot d'hommes lancés vers cette fatale berge était si furieuse, qu'une masse humaine fut précipitée dans les eaux comme une avalanche. On n'entendit pas un cri, mais le bruit sourd d'une pierre qui tombe à l'eau ; puis la Bérésina fut couverte de cadavres. Le mouvement rétrograde de ceux qui se reculèrent dans la

plaine pour échapper à cette mort, fut si violent,
et leur choc contre ceux qui marchaient en avant
fut si terrible, qu'un grand nombre de gens
moururent étouffés. Le comte et la comtesse de
Vandières durent la vie à leur voiture. Les
chevaux, après avoir écrasé, pétri une masse de
mourants, périrent écrasés, foulés aux pieds par
une trombe humaine qui se porta sur la rive. Le
major et le grenadier trouvèrent leur salut dans
leur force. Ils tuaient pour n'être pas tués. Cet
ouragan de faces humaines, ce flux et reflux de
corps animés par un même mouvement eut pour
résultat [1] de laisser pendant quelques moments la
rive de la Bérésina déserte. La multitude s'était
rejetée dans la plaine. Si quelques hommes se
lancèrent à la rivière du haut de la berge, ce fut
moins dans l'espoir d'atteindre l'autre rive qui,
pour eux, était la France, que pour éviter les
déserts de la Sibérie. Le désespoir devint une
égide [2] pour quelques gens hardis. Un officier
sauta de glaçon en glaçon jusqu'à l'autre bord ;
un soldat rampa miraculeusement sur un amas de
cadavres et de glaçons. Cette immense population
finit par comprendre que les Russes ne tueraient
pas vingt mille hommes sans armes, engourdis,
stupides, qui ne se défendaient pas, et chacun
attendit son sort avec une horrible résignation.
Alors le major, son grenadier, le vieux général et
sa femme restèrent seuls, à quelques pas de
l'endroit où était le pont. Ils étaient là, tous quatre
debout, les yeux secs, silencieux, entourés d'une

masse de morts. Quelques soldats valides, quelques officiers auxquels la circonstance rendait toute leur énergie se trouvaient avec eux. Ce groupe assez nombreux comptait environ cinquante hommes. Le major aperçut à deux cents pas de là les ruines du pont fait pour les voitures, et qui s'était brisé l'avant-veille.

— Construisons un radeau, s'écria-t-il.

A peine avait-il laissé tomber cette parole que le groupe entier courut vers ces débris. Une foule d'hommes se mit à ramasser des crampons de fer, à chercher des pièces de bois, des cordes, enfin tous les matériaux nécessaires à la construction du radeau. Une vingtaine de soldats et d'officiers armés formèrent une garde commandée par le major pour protéger les travailleurs contre les attaques désespérées que pourrait tenter la foule en devinant leur dessein. Le sentiment de la liberté qui anime les prisonniers et leur inspire des miracles ne peut pas se comparer à celui qui faisait agir en ce moment ces malheureux Français.

— Voilà les Russes ! voilà les Russes ! criaient aux travailleurs ceux qui les défendaient.

Et les bois criaient, le plancher croissait de largeur, de hauteur, de profondeur. Généraux, soldats, colonels, tous pliaient sous le poids des roues, des fers, des cordes, des planches : c'était une image réelle de la construction de l'arche de Noé. La jeune comtesse, assise auprès de son mari, contemplait ce spectacle avec le regret de ne pouvoir contribuer en rien à ce travail ; cependant elle aidait à faire des nœuds pour consolider les cordages. Enfin, le radeau fut achevé. Quarante hommes le lancèrent dans les eaux de la rivière, tandis qu'une dizaine de soldats tenaient les cordes qui devaient servir à l'amarrer près de la berge. Aussitôt que les constructeurs virent leur embarcation flottant sur la Bérésina, ils s'y jetèrent du haut de la rive avec un horrible égoïsme. Le major, craignant la fureur de ce premier mouvement, tenait Stéphanie et le général par la main ; mais il frissonna quand il vit l'embarcation noire de monde et les hommes pressés dessus comme des spectateurs au parterre d'un théâtre.

— Sauvages ! s'écria-t-il, c'est moi qui vous ai donné l'idée de faire le radeau ; je suis votre sauveur, et vous me refusez une place.

Une rumeur confuse servit de réponse. Les hommes placés au bord du radeau, et armés de bâtons qu'ils appuyaient sur la berge, poussaient avec violence le train de bois, pour le lancer vers l'autre bord et lui faire fendre les glaçons et les cadavres.

— Tonnerre de Dieu ! je vous *fiche* à l'eau si vous ne recevez pas le major et ses deux compagnons, s'écria le grenadier, qui leva son sabre, empêcha le départ, et fit serrer les rangs, malgré des cris horribles.

— Je vais tomber ! je tombe ! criaient ses compagnons. Partons ! en avant !

Le major regardait d'un œil sec sa maîtresse,

qui levait les yeux au ciel par un sentiment de résignation sublime.

— Mourir avec toi ! dit-elle.

Il y avait quelque chose de comique dans la situation des gens installés sur le radeau. Quoiqu'ils poussassent des rugissements affreux, aucun d'eux n'osait résister au grenadier ; car ils étaient si pressés, qu'il suffisait de pousser une seule personne pour tout renverser. Dans ce danger, un capitaine essaya de se débarrasser du soldat qui aperçut le mouvement hostile de l'officier, le saisit et le précipita dans l'eau en lui disant :

— Ah ! ah ! canard, tu veux boire ! Va !

— Voilà deux places ! s'écria-t-il. Allons, major, jetez-nous votre petite femme et venez ! Laissez ce vieux roquentin[1] qui crèvera demain.

— Dépêchez-vous ! cria une voix composée de cent voix.

— Allons, major. Ils grognent, les autres, et ils ont raison.

Le comte de Vandières se débarrassa de ses vêtements, et se montra debout dans son uniforme de général.

— Sauvons le comte, dit Philippe.

Stéphanie serra la main de son ami, se jeta sur lui et l'embrassa par une horrible étreinte.

— Adieu ! dit-elle.

Ils s'étaient compris. Le comte de Vandières retrouva ses forces et sa présence d'esprit pour sauter dans l'embarcation, où Stéphanie le suivit après avoir donné un dernier regard à Philippe.

— Major, voulez-vous ma place ? Je me moque
de la vie, s'écria le grenadier. Je n'ai ni femme, ni
enfant, ni mère.

— Je te les confie, cria le major en désignant le
comte et sa femme.

— Soyez tranquille, j'en aurai soin comme de
mon œil.

Le radeau fut lancé avec tant de violence vers
la rive opposée à celle où Philippe restait immobile, qu'en touchant terre la secousse ébranla
tout. Le comte, qui était au bord, roula dans la
rivière. Au moment où il y tombait, un glaçon lui
coupa la tête, et la lança au loin, comme un
boulet.

— Hein ! major ! cria le grenadier.

— Adieu ! cria une femme.

Philippe de Sucy tomba glacé d'horreur, accablé par le froid, par le regret et par la fatigue.

III

LA GUÉRISON [1]

— Ma pauvre nièce était devenue folle, ajouta
le médecin après un moment de silence. Ah !
monsieur, reprit-il en saisissant la main de monsieur d'Albon, combien la vie a été affreuse pour
cette petite femme, si jeune, si délicate ! Après

avoir été, par un malheur inouï, séparée de ce
grenadier de la garde, nommé Fleuriot, elle a été
traînée, pendant deux ans, à la suite de l'armée, le
jouet d'un tas de misérables. Elle allait, m'a-t-on
dit, pieds nus, mal vêtue, restait des mois entiers
sans soins, sans nourriture ; tantôt gardée dans les
hôpitaux, tantôt chassée comme un animal. Dieu
seul connaît les malheurs auxquels cette infortunée a pourtant survécu. Elle était dans une petite
ville d'Allemagne, enfermée avec des fous, pendant que ses parents, qui la croyaient morte,
partageaient ici sa succession. En 1816, le grenadier Fleuriot la reconnut dans une auberge de
Strasbourg, où elle venait d'arriver après s'être
évadée de sa prison[1]. Quelques paysans racontè-
rent au grenadier que la comtesse avait vécu un
mois entier dans une forêt, et qu'ils l'avaient
traquée pour s'emparer d'elle, sans pouvoir y
parvenir. J'étais alors à quelques lieues de Strasbourg. En entendant parler d'une fille sauvage,
j'eus le désir de vérifier les faits extraordinaires
qui donnaient matière à des contes ridicules. Que
devins-je en reconnaissant la comtesse ? Fleuriot
m'apprit tout ce qu'il savait de cette déplorable
histoire. J'emmenai ce pauvre homme avec ma
nièce en Auvergne, où j'eus le malheur de le
perdre. Il avait un peu d'empire sur madame de
Vandières. Lui seul a pu obtenir d'elle qu'elle
s'habillât. *Adieu !* ce mot qui, pour elle, est toute
la langue, elle le disait jadis rarement. Fleuriot
avait entrepris de réveiller en elle quelques idées ;

mais il a échoué, et n'a gagné que de lui faire prononcer un peu plus souvent cette triste parole. Le grenadier savait la distraire et l'occuper en jouant avec elle ; et par lui, j'espérais, mais...

L'oncle de Stéphanie[1] se tut pendant un moment.

— Ici, reprit-il, elle a trouvé une autre créature avec laquelle elle paraît s'entendre. C'est une paysanne idiote, qui, malgré sa laideur et sa stupidité, a aimé un maçon. Ce maçon a voulu l'épouser, parce qu'elle possède quelques quartiers de terre. La pauvre Geneviève a été pendant un an la plus heureuse créature qu'il y eût au monde. Elle se parait, et allait le dimanche danser avec Dallot ; elle comprenait l'amour ; il y avait place dans son cœur et dans son esprit pour un sentiment. Mais Dallot a fait des réflexions. Il a trouvé une jeune fille qui a son bon sens et deux quartiers de terre de plus que n'en a Geneviève. Dallot a donc laissé Geneviève. Cette pauvre créature a perdu le peu d'intelligence que l'amour avait développé en elle, et ne sait plus que garder les vaches ou faire de l'herbe. Ma nièce et cette pauvre fille sont en quelque sorte unies par la chaîne invisible de leur commune destinée, et par le sentiment qui cause leur folie. Tenez, voyez ? dit l'oncle de Stéphanie en conduisant le marquis d'Albon à la fenêtre.

Le magistrat aperçut en effet la jolie comtesse assise à terre entre les jambes de Geneviève. La paysanne, armée d'un énorme peigne d'os, mettait toute son attention à démêler la longue chevelure noire de Stéphanie, qui se laissait faire en jetant des cris étouffés dont l'accent trahissait un plaisir instinctivement ressenti. Monsieur d'Albon frissonna en voyant l'abandon du corps et la nonchalance animale qui trahissait chez la comtesse une complète absence de l'âme.

— Philippe ! Philippe ! s'écria-t-il, les malheurs passés ne sont rien. N'y a-t-il donc point d'espoir ? demanda-t-il.

Le vieux médecin leva les yeux au ciel.

— Adieu, monsieur, dit monsieur d'Albon en serrant la main du vieillard. Mon ami m'attend, vous ne tarderez pas à le voir.

— C'est donc bien elle, s'écria Sucy après avoir entendu les premiers mots du marquis d'Albon. Ah ! j'en doutais encore ! ajouta-t-il en laissant tomber quelques larmes de ses yeux noirs, dont l'expression était habituellement sévère.

— Oui, c'est la comtesse de Vandières, répondit le magistrat.

Le colonel se leva brusquement et s'empressa de s'habiller.

— Hé ! bien, Philippe, dit le magistrat stupéfait, deviendrais-tu fou ?

— Mais je ne souffre plus, répondit le colonel avec simplicité. Cette nouvelle a calmé toutes mes douleurs. Et quel mal pourrait se faire sentir quand je pense à Stéphanie ? Je vais aux Bons-Hommes, la voir, lui parler, la guérir. Elle est libre. Eh ! bien, le bonheur nous sourira, ou il n'y aurait pas de Providence. Crois-tu donc que cette pauvre femme puisse m'entendre et ne pas recouvrer la raison ?

— Elle t'a déjà vu sans te reconnaître, répliqua doucement le magistrat, qui, s'apercevant de l'espérance exaltée de son ami, cherchait à lui inspirer des doutes salutaires.

Le colonel tressaillit ; mais il se mit à sourire en laissant échapper un léger mouvement d'incrédulité. Personne n'osa s'opposer au dessein du colonel. En peu d'heures, il fut établi dans le vieux prieuré, auprès du médecin et de la comtesse de Vandières.

— Où est-elle ? s'écria-t-il en arrivant.

— Chut ! lui répondit l'oncle de Stéphanie. Elle dort. Tenez, la voici.

Philippe vit la pauvre folle accroupie au soleil sur un banc. Sa tête était protégée contre les ardeurs de l'air par une forêt de cheveux épars sur son visage ; ses bras pendaient avec grâce jusqu'à terre ; son corps gisait élégamment posé comme celui d'une biche ; ses pieds étaient pliés sous elle, sans effort ; son sein se soulevait par intervalles égaux ; sa peau, son teint, avaient cette blancheur de porcelaine qui nous fait tant admirer la figure transparente des enfants. Immobile auprès d'elle, Geneviève tenait à la main un rameau que Stéphanie était sans doute allée détacher de la plus haute cime d'un peuplier, et l'idiote agitait doucement ce feuillage au-dessus de sa compagne endormie, pour chasser les mouches et fraîchir l'atmosphère. La paysanne regarda monsieur Fanjat [1] et le colonel ; puis, comme un animal qui a reconnu son maître, elle retourna lentement la tête vers la comtesse, et continua de veiller sur elle, sans avoir donné la moindre marque d'étonnement ou d'intelligence. L'air était brûlant. Le banc de pierre semblait étinceler, et la prairie élançait vers le ciel ces lutines vapeurs qui voltigent et flambent au-dessus des herbes comme une poussière d'or ; mais Geneviève paraissait ne pas sentir cette chaleur dévorante. Le colonel serra violemment les mains du médecin dans les siennes. Des pleurs échappés des yeux du militaire roulèrent le long de ses joues mâles, et tombèrent sur le gazon, aux pieds de Stéphanie.

— Monsieur, dit l'oncle, voilà deux ans que mon cœur se brise tous les jours. Bientôt vous serez comme moi. Si vous ne pleurez pas, vous n'en sentirez pas moins votre douleur.

— Vous l'avez soignée, dit le colonel dont les yeux exprimaient autant de reconnaissance que de jalousie.

Ces deux hommes s'entendirent ; et, de nouveau, se pressant fortement la main, ils restèrent immobiles, en contemplant le calme admirable que le sommeil répandait sur cette charmante créature. De temps en temps, Stéphanie poussait un soupir, et ce soupir, qui avait toutes les apparences de la sensibilité, faisait frissonner d'aise le malheureux colonel.

— Hélas, lui dit doucement monsieur Fanjat, ne vous abusez pas, monsieur, vous la voyez en ce moment dans toute sa raison.

Ceux qui sont restés avec délices pendant des heures entières occupés à voir dormir une personne tendrement aimée, dont les yeux devaient leur sourire au réveil, comprendront sans doute le sentiment doux et terrible qui agitait le colonel. Pour lui, ce sommeil était une illusion ; le réveil devait être une mort, et la plus horrible de toutes les morts. Tout à coup un jeune chevreau accourut en trois bonds vers le banc, flaira Stéphanie, que ce bruit réveilla ; elle se mit légèrement sur ses pieds, sans que ce mouvement effrayât le capricieux animal ; mais quand elle eut aperçu Philippe, elle se sauva, suivie de son compagnon quadrupède, jusqu'à une haie de sureaux ; puis, elle jeta ce petit cri d'oiseau effarouché que déjà le colonel avait entendu près de la grille où la comtesse était apparue à monsieur d'Albon pour la première fois. Enfin, elle grimpa sur un faux ébénier[1], se nicha dans la houppe verte de cet arbre, et se mit à regarder *l'étranger* avec l'attention du plus curieux de tous les rossignols de la forêt.

— Adieu, adieu, adieu ! dit-elle sans que l'âme communiquât une seule inflexion sensible à ce mot.

C'était l'impassibilité de l'oiseau sifflant son air.

— Elle ne me reconnaît pas, s'écria le colonel

au désespoir. Stéphanie ! c'est Philippe, ton Philippe, Philippe.

Et le pauvre militaire s'avança vers l'ébénier ;
mais quand il fut à trois pas de l'arbre, la
comtesse le regarda, comme pour le défier, quoiqu'une sorte d'expression craintive passât dans
son œil ; puis, d'un seul bond, elle se sauva de
l'ébénier sur un acacia, et, de là, sur un sapin du
Nord, où elle se balança de branche en branche
avec une légèreté inouïe.

— Ne la poursuivez pas, dit monsieur Fanjat
au colonel. Vous mettriez entre elle et vous une
aversion qui pourrait devenir insurmontable ; je
vous aiderai à vous en faire connaître et à
l'apprivoiser. Venez sur ce banc. Si vous ne faites
point attention à cette pauvre folle, alors vous ne
tarderez pas à la voir s'approcher insensiblement
pour vous examiner.

— *Elle !* ne pas me reconnaître, et me fuir,
répéta le colonel en s'asseyant le dos contre un
arbre dont le feuillage ombrageait un banc rusti-
que ; et sa tête se pencha sur sa poitrine. Le
docteur garda le silence. Bientôt la comtesse
descendit doucement du haut de son sapin, en
voltigeant comme un feu follet, en se laissant aller
parfois aux ondulations que le vent imprimait aux
arbres. Elle s'arrêtait à chaque branche pour
épier l'étranger ; mais, en le voyant immobile, elle
finit par sauter sur l'herbe, se mit debout, et vint
à lui d'un pas lent, à travers la prairie. Quand elle
se fut posée contre un arbre qui se trouvait à dix

pieds environ du banc, monsieur Fanjat dit à voix basse au colonel :

— Prenez adroitement, dans ma poche droite, quelques morceaux de sucre, et montrez-les-lui, elle viendra ; je renoncerai volontiers, en votre faveur, au plaisir de lui donner des friandises. A l'aide du sucre, qu'elle aime avec passion, vous l'habituerez à s'approcher de vous et à vous reconnaître.

— Quand elle était femme, répondit tristement Philippe, elle n'avait aucun goût pour les mets sucrés.

Lorsque le colonel agita vers Stéphanie le morceau de sucre qu'il tenait entre le pouce et l'index de la main droite, elle poussa de nouveau son cri sauvage, et s'élança vivement sur Philippe ; puis elle s'arrêta, combattue par la peur instinctive qu'il lui causait ; elle regardait le sucre et détournait la tête alternativement, comme ces malheureux chiens à qui leurs maîtres défendent de toucher à un mets avant qu'on ait dit une des dernières lettres de l'alphabet qu'on récite lentement. Enfin la passion bestiale triompha de la peur ; Stéphanie se précipita sur Philippe, avança timidement sa jolie main brune pour saisir sa proie, toucha les doigts de son amant, attrapa le sucre et disparut dans un bouquet de bois. Cette horrible scène acheva d'accabler le colonel, qui fondit en larmes et s'enfuit dans le salon.

— L'amour aurait-il donc moins de courage que l'amitié ? lui dit monsieur Fanjat. J'ai de l'espoir, monsieur le baron. Ma pauvre nièce était dans un état bien plus déplorable que celui où vous la voyez.

— Est-ce possible ? s'écria Philippe.

— Elle restait nue [1], reprit le médecin.

Le colonel fit un geste d'horreur et pâlit ; le docteur crut reconnaître dans cette pâleur quelques fâcheux symptômes, il vint lui tâter le pouls, et le trouva en proie à une fièvre violente ; à force d'instances, il parvint à le faire mettre au lit, et lui prépara une légère dose d'opium, afin de lui procurer un sommeil calme.

Huit jours environ s'écoulèrent, pendant lesquels le baron de Sucy fut souvent aux prises avec des angoisses mortelles ; aussi bientôt ses yeux n'eurent-ils plus de larmes. Son âme, souvent brisée, ne put s'accoutumer au spectacle que lui présentait la folie de la comtesse, mais il pactisa, pour ainsi dire, avec cette cruelle situation, et trouva des adoucissements dans sa douleur. Son héroïsme ne connut pas de bornes. Il eut le courage d'apprivoiser Stéphanie, en lui choisissant des friandises ; il mit tant de soin à lui apporter cette nourriture, il sut si bien graduer les modestes conquêtes qu'il voulait faire sur l'instinct de sa maîtresse, ce dernier lambeau de son intelligence, qu'il parvint à la rendre plus *privée* [2] qu'elle ne l'avait jamais été. Le colonel descendait chaque matin dans le parc ; et si, après avoir longtemps cherché la comtesse, il ne pouvait deviner sur quel arbre elle se balançait molle-

ment, ni le coin dans lequel elle s'était tapie pour y
jouer avec un oiseau, ni sur quel toit elle s'était
perchée, il sifflait l'air si célèbre de *Partant pour la
Syrie*[1], auquel se rattachait le souvenir d'une
scène de leurs amours. Aussitôt Stéphanie accourait avec la légèreté d'un faon. Elle s'était si bien
habituée à voir le colonel, qu'il ne l'effrayait plus ;
bientôt elle s'accoutuma à s'asseoir sur lui, à
l'entourer de son bras sec et agile. Dans cette
attitude, si chère aux amants, Philippe donnait
lentement quelques sucreries à la friande comtesse. Après les avoir mangées toutes, il arrivait
souvent à Stéphanie de visiter les poches de son
ami par des gestes qui avaient la vélocité mécanique des mouvements du singe. Quand elle était
bien sûre qu'il n'y avait plus rien, elle regardait
Philippe d'un œil clair, sans idées, sans reconnaissance ; elle jouait alors avec lui ; elle essayait de lui
ôter ses bottes pour voir son pied, elle déchirait ses
gants, mettait son chapeau ; mais elle lui laissait
passer les mains dans sa chevelure, lui permettait
de la prendre dans ses bras, et recevait sans plaisir
des baisers ardents ; enfin, elle le regardait silencieusement quand il versait des larmes ; elle
comprenait bien le sifflement de *Partant pour la
Syrie* ; mais il ne put réussir à lui faire prononcer
son propre nom de *Stéphanie !* Philippe était
soutenu dans son horrible entreprise par un espoir
qui ne l'abandonnait jamais. Si, par une belle
matinée d'automne, il voyait la comtesse paisiblement assise sur un banc, sous un peuplier jauni, le

pauvre amant se couchait à ses pieds, et la
regardait dans les yeux aussi longtemps qu'elle
voulait bien se laisser voir, en espérant que la
lumière qui s'en échappait redeviendrait intelligente ; parfois, il se faisait illusion, il croyait avoir
aperçu ces rayons durs et immobiles, vibrant de
nouveau, amollis, vivants, et il s'écriait :

— Stéphanie ! Stéphanie ! tu m'entends, tu me
vois !

Mais elle écoutait le son de cette voix comme un
bruit, comme l'effort du vent qui agitait les
arbres, comme le mugissement de la vache sur
laquelle elle grimpait ; et le colonel se tordait les
mains de désespoir, désespoir toujours nouveau.
Le temps et ces vaines épreuves ne faisaient
qu'augmenter sa douleur. Un soir, par un ciel
calme, au milieu du silence et de la paix de ce
champêtre asile, le docteur aperçut de loin le
baron occupé à charger un pistolet. Le vieux
médecin comprit que Philippe n'avait plus
d'espoir ; il sentit tout son sang affluer à son
cœur, et s'il résista au vertige qui s'emparait de
lui, c'est qu'il aimait mieux voir sa nièce vivante
et folle que morte. Il accourut.

— Que faites-vous ! dit-il.

— Ceci est pour moi, répondit le colonel en
montrant sur le banc un pistolet chargé, et voilà
pour elle ! ajouta-t-il en achevant de fouler la
bourre au fond de l'arme qu'il tenait.

La comtesse était étendue à terre, et jouait avec
les balles.

— Vous ne savez donc pas, reprit froidement le médecin qui dissimula son épouvante, que cette nuit, en dormant, elle a dit : « Philippe ! »

— Elle m'a nommé ! s'écria le baron en laissant tomber son pistolet que Stéphanie ramassa ; mais il le lui arracha des mains, s'empara de celui qui était sur le banc, et se sauva.

— Pauvre petite, s'écria le médecin, heureux du succès qu'avait eu sa supercherie. Il pressa la folle sur son sein, et dit en continuant : Il t'aurait tuée, l'égoïste ! il veut te donner la mort, parce qu'il souffre. Il ne sait pas t'aimer pour toi, mon enfant ! Nous lui pardonnons, n'est-ce pas ? il est insensé, et toi ? tu n'es qu'une folle. Va ! Dieu seul doit te rappeler près de lui. Nous te croyons malheureuse, parce que tu ne participes plus à nos misères, sots que nous sommes ! Mais, dit-il en l'asseyant sur ses genoux, tu es heureuse, rien ne te gêne ; tu vis comme l'oiseau, comme le daim.

Elle s'élança sur un jeune merle qui sautillait, le prit en jetant un petit cri de satisfaction, l'étouffa, le regarda mort, et le laissa au pied d'un arbre sans plus y penser.

Le lendemain, aussitôt qu'il fit jour, le colonel descendit dans les jardins, il chercha Stéphanie, il croyait au bonheur ; ne la trouvant pas, il siffla. Quand sa maîtresse fut venue, il la prit par le bras ; et, marchant pour la première fois ensemble, ils allèrent sous un berceau d'arbres flétris dont les feuilles tombaient sous la brise matinale.

Le colonel s'assit, et Stéphanie se posa d'elle-même sur lui, Philippe en trembla d'aise.

— Mon amour, lui dit-il en baisant avec ardeur les mains de la comtesse, je suis Philippe.

Elle le regarda avec curiosité.

— Viens, ajouta-t-il en la pressant. Sens-tu battre mon cœur ? Il n'a battu que pour toi. Je t'aime toujours. Philippe n'est pas mort, il est là, tu es sur lui. Tu es ma Stéphanie, et je suis ton Philippe.

— Adieu, dit-elle, adieu.

Le colonel frissonna, car il crut s'apercevoir que son exaltation se communiquait à sa maîtresse. Son cri déchirant, excité par l'espoir, ce dernier effort d'un amour éternel, d'une passion délirante, réveillait la raison de son amie.

— Ah ! Stéphanie, nous serons heureux.

Elle laissa échapper un cri de satisfaction, et ses yeux eurent un vague éclair d'intelligence.

— Elle me reconnaît ! Stéphanie !

Le colonel sentit son cœur se gonfler, ses paupières devenir humides. Mais il vit tout à coup la comtesse lui montrer un peu de sucre qu'elle avait trouvé en le fouillant pendant qu'il parlait. Il avait donc pris pour une pensée humaine ce degré de raison que suppose la malice du singe. Philippe perdit connaissance. Monsieur Fanjat trouva la comtesse assise sur le corps du colonel. Elle mordait son sucre en témoignant son plaisir par des minauderies qu'on aurait admirées si, quand elle avait sa raison, elle eût voulu imiter par plaisanterie sa perruche ou sa chatte.

— Ah ! mon ami, s'écria Philippe en reprenant ses sens, je meurs tous les jours, à tous les instants ! J'aime trop ! Je supporterais tout si, dans sa folie, elle avait gardé un peu du caractère féminin. Mais la voir toujours sauvage et même dénuée de pudeur, la voir...

— Il vous fallait donc une folie d'opéra, dit aigrement le docteur. Et vos dévouements d'amour sont donc soumis à des préjugés ? Hé quoi ! monsieur, je me suis privé pour vous du triste bonheur de nourrir ma nièce, je vous ai laissé le plaisir de jouer avec elle, je n'ai gardé pour moi que les charges les plus pesantes. Pendant que vous dormez, je veille sur elle, je... Allez, monsieur, abandonnez-la. Quittez ce triste ermitage. Je sais vivre avec cette chère petite créature ; je comprends sa folie, j'épie ses gestes, je suis dans ses secrets. Un jour vous me remercierez.

Le colonel quitta les Bons-Hommes, pour n'y plus revenir qu'une fois. Le docteur fut épouvanté de l'effet qu'il avait produit sur son hôte, il commençait à l'aimer à l'égal de sa nièce. Si des deux amants il y en avait un digne de pitié, c'était certes Philippe : ne portait-il pas à lui seul le fardeau d'une épouvantable douleur ! Le médecin fit prendre des renseignements sur le colonel, et apprit que le malheureux s'était réfugié dans une terre qu'il possédait près de Saint-Germain. Le

baron avait, sur la foi d'un rêve, conçu un projet
pour rendre la raison à la comtesse. A l'insu du
docteur, il employait le reste de l'automne aux
préparatifs de cette immense entreprise. Une
petite rivière coulait dans son parc, où elle
inondait en hiver un grand marais qui ressemblait
à peu près à celui qui s'étendait le long de la rive
droite de la Bérésina. Le village de Satout [1], situé
sur une colline, achevait d'encadrer cette scène
d'horreur, comme Studzianka enveloppait la
plaine de la Bérésina. Le colonel rassembla des
ouvriers pour faire creuser un canal qui représen-
tât la dévorante rivière où s'étaient perdus les
trésors de la France, Napoléon et son armée. Aidé
par ses souvenirs, Philippe réussit à copier dans
son parc la rive où le général Éblé avait construit
ses ponts. Il planta des chevalets et les brûla de
manière à figurer les airs noirs et à demi
consumés qui, de chaque côté de la rive, avaient
attesté aux traînards que la route de France leur
était fermée. Le colonel fit apporter des débris
semblables à ceux dont s'étaient servis ses compagnons d'infortune pour construire leur embarcation. Il ravagea son parc, afin de compléter
l'illusion sur laquelle il fondait sa dernière espérance. Il commanda des uniformes et des cos-
tumes délabrés, afin d'en revêtir plusieurs centaines de paysans. Il éleva des cabanes, des
bivouacs, des batteries qu'il incendia. Enfin, il
n'oublia rien de ce qui pouvait reproduire la plus
horrible de toutes les scènes, et il atteignit à son

but. Vers les premiers jours du mois de décembre, quand la neige eut revêtu la terre d'un épais manteau blanc, il reconnut la Bérésina. Cette fausse Russie était d'une si épouvantable vérité, que plusieurs de ses compagnons d'armes reconnurent la scène de leurs anciennes misères. Monsieur de Sucy garda le secret de cette représentation tragique, de laquelle, à cette époque, plusieurs sociétés parisiennes s'entretinrent comme d'une folie.

Au commencement du mois de janvier 1820, le colonel monta dans une voiture semblable à celle qui avait amené monsieur et madame de Vandières de Moscou à Studzianka, et se dirigea vers la forêt de l'Isle-Adam. Il était traîné par des chevaux à peu près semblables à ceux qu'il était allé chercher au péril de sa vie dans les rangs des Russes. Il portait les vêtements souillés et bizarres, les armes, la coiffure qu'il avait le 29 novembre 1812. Il avait même laissé croître sa barbe, ses cheveux, et négligé son visage, pour que rien ne manquât à cette affreuse vérité.

— Je vous ai deviné, s'écria monsieur Fanjat en voyant le colonel descendre de voiture. Si vous voulez que votre projet réussisse, ne vous montrez pas dans cet équipage. Ce soir, je ferai prendre à ma nièce un peu d'opium. Pendant son sommeil, nous l'habillerons comme elle l'était à Studzianka, et nous la mettrons dans cette voiture. Je vous suivrai dans une berline.

Sur les deux heures du matin, la jeune comtesse

fut portée dans la voiture, posée sur des coussins, et enveloppée d'une grossière couverture. Quelques paysans éclairaient ce singulier enlèvement. Tout à coup, un cri perçant retentit dans le silence de la nuit. Philippe et le médecin se retournèrent et virent Geneviève qui sortait demi-nue de la chambre basse où elle couchait.

— Adieu, adieu, c'est fini, adieu, criait-elle en pleurant à chaudes larmes.

— Hé bien, Geneviève, qu'as-tu ? lui dit monsieur Fanjat.

Geneviève agita la tête par un mouvement de désespoir, leva le bras vers le ciel, regarda la voiture, poussa un long grognement, donna des marques visibles d'une profonde terreur, et rentra silencieuse.

— Cela est de bon augure, s'écria le colonel. Cette fille regrette de n'avoir plus de compagne. Elle *voit* peut-être que Stéphanie va recouvrer la raison.

— Dieu le veuille, dit monsieur Fanjat qui parut affecté de cet incident.

Depuis qu'il s'était occupé de la folie, il avait rencontré plusieurs exemples de l'esprit prophétique et du don de seconde vue dont quelques preuves ont été données par des aliénés, et qui se retrouvent, au dire de plusieurs voyageurs, chez les tribus sauvages[1].

Ainsi que le colonel l'avait calculé, Stéphanie traversa la plaine fictive de la Bérésina sur les neuf heures du matin, elle fut réveillée par une

boîte[1] qui partit à cent pas de l'endroit où la
scène avait lieu. C'était un signal. Mille paysans
poussèrent une effroyable clameur, semblable au
hourra de désespoir qui alla épouvanter les
Russes, quand vingt mille traînards se virent
livrés par leur faute à la mort ou à l'esclavage. A
ce cri, à ce coup de canon, la comtesse sauta hors
de la voiture, courut avec une délirante angoisse
sur la place neigeuse, vit les bivouacs brûlés, et le
fatal radeau que l'on jetait dans une Bérésina
glacée. Le major Philippe était là, faisant tournoyer son sabre sur la multitude. Madame de
Vandières laissa échapper un cri qui glaça tous les
cœurs, et se plaça devant le colonel, qui palpitait.
Elle se recueillit, regarda d'abord vaguement cet
étrange tableau. Pendant un instant aussi rapide
que l'éclair, ses yeux eurent la lucidité dépourvue
d'intelligence que nous admirons dans l'œil écla-
tant des oiseaux ; puis elle passa la main sur son
front avec l'expression vive d'une personne qui
médite, elle contempla ce souvenir vivant, cette
vie passée traduite devant elle, tourna vivement la
tête vers Philippe, et *le vit.* Un affreux silence
régnait au milieu de la foule. Le colonel haletait et
n'osait parler, le docteur pleurait. Le beau visage
de Stéphanie se colora faiblement ; puis, de teinte
en teinte, elle finit par reprendre l'éclat d'une
jeune fille étincelant de fraîcheur. Son visage
devint d'un beau pourpre. La vie et le bonheur,
animés par une intelligence flamboyante,
gagnaient de proche en proche comme un incen-

die. Un tremblement convulsif se communiqua des pieds au cœur. Puis ces phénomènes, qui éclatèrent en un moment, eurent comme un lien commun quand les yeux de Stéphanie lancèrent un rayon céleste, une flamme animée. Elle vivait, elle pensait ! Elle frissonna, de terreur peut-être ! Dieu déliait lui-même une seconde fois cette langue morte, et jetait de nouveau son feu dans cette âme éteinte. La volonté humaine vint avec ses torrents électriques et vivifia ce corps d'où elle avait été si longtemps absente.

— Stéphanie, cria le colonel.

— Oh ! c'est Philippe, dit la pauvre comtesse.

Elle se précipita dans les bras tremblants que le colonel lui tendait, et l'étreinte des deux amants effraya les spectateurs. Stéphanie fondait en larmes. Tout à coup ses pleurs se séchèrent, elle se cadavérisa comme si la foudre l'eût touchée, et dit d'un son de voix faible :

— Adieu, Philippe. Je t'aime, adieu !

— Oh ! elle est morte, s'écria le colonel en ouvrant les bras.

Le vieux médecin reçut le corps inanimé de sa nièce, l'embrassa comme eût fait un jeune homme, l'emporta et s'assit avec elle sur un tas de bois. Il regarda la comtesse en lui posant sur le cœur une main débile et convulsivement agitée. Le cœur ne battait plus.

— C'est donc vrai, dit-il en contemplant tour à tour le colonel immobile et la figure de Stéphanie sur laquelle la mort répandait cette beauté res-

plendissante, fugitive auréole, le gage peut-être
d'un brillant avenir. Oui, elle est morte.

— Ah ! ce sourire, s'écria Philippe, voyez donc
ce sourire ! Est-ce possible ?

— Elle est déjà froide, répondit monsieur
Fanjat.

Monsieur de Sucy fit quelques pas pour s'arracher à ce spectacle ; mais il s'arrêta, siffla l'air
qu'entendait la folle, et, ne voyant pas sa maîtresse accourir, il s'éloigna d'un pas chancelant,
comme un homme ivre, sifflant toujours, mais ne
se retournant plus.

Le général Philippe de Sucy passait dans le
monde pour un homme très aimable et surtout
très gai. Il y a quelques jours une dame le
complimenta sur sa bonne humeur et sur l'égalité
de son caractère.

— Ah ! madame, lui dit-il, je paie mes plaisanteries bien cher, le soir, quand je suis seul.

— Êtes-vous donc jamais seul ?

— Non, répondit-il en souriant.

Si un observateur judicieux de la nature
humaine avait pu voir en ce moment l'expression
du comte de Sucy, il en eût frissonné peut-être.

— Pourquoi ne vous mariez-vous pas ? reprit
cette dame qui avait plusieurs filles dans un
pensionnat. Vous êtes riche, titré, de noblesse
ancienne ; vous avez des talents, de l'avenir, tout
vous sourit.

— Oui, répondit-il, mais il est un sourire qui
me tue.

Le lendemain la dame apprit avec étonnement que monsieur de Sucy s'était brûlé la cervelle pendant la nuit[1]. La haute société s'entretint diversement de cet événement extraordinaire, et chacun en cherchait la cause. Selon les goûts de chaque raisonneur, le jeu, l'amour, l'ambition, des désordres cachés, expliquaient cette catastrophe, dernière scène d'un drame qui avait commencé en 1812. Deux hommes seulement, un magistrat et un vieux médecin, savaient que monsieur de Sucy était un de ces hommes forts auxquels Dieu donne le malheureux pouvoir de sortir tous les jours triomphants d'un horrible combat qu'ils livrent à quelque monstre inconnu. Que, pendant un moment, Dieu leur retire sa main puissante, ils succombent.

Paris, mars 1830.

Le Réquisitionnaire

A MON CHER ALBERT MARCHAND
DE LA RIBELLERIE

Tours, 1836[1].

« Tantôt ils lui voyaient, par un phénomène de vision ou de locomotion, abolir
l'espace dans ses deux modes de Temps
et de Distance, dont l'un est intellectuel
et l'autre physique. »

Hist. intell. de Louis LAMBERT[2].

Par un soir du mois de novembre 1793, les principaux personnages de Carentan se trouvaient dans le salon de madame de Dey [1], chez laquelle l'*assemblée* se tenait tous les jours. Quelques circonstances qui n'eussent point attiré l'attention d'une grande ville, mais qui devaient fortement en préoccuper une petite, prêtaient à ce rendez-vous habituel un intérêt inaccoutumé. La surveille [2], madame de Dey avait fermé sa porte à sa société, qu'elle s'était encore dispensée de recevoir la veille, en prétextant d'une indisposition. En temps ordinaire, ces deux événements eussent fait à Carentan le même effet que produit à Paris un *relâche* [3] à tous les théâtres. Ces jours-là, l'existence est en quelque sorte incomplète. Mais, en 1793, la conduite de madame de Dey pouvait avoir les plus funestes résultats. La moindre démarche hasardée devenait alors presque toujours pour les nobles une question de vie ou de mort. Pour bien comprendre la curiosité vive et les étroites finesses qui animèrent pendant cette soirée les physionomies normandes de tous ces personnages, mais surtout pour partager les perplexités secrètes de madame de Dey, il est nécessaire d'expliquer le rôle qu'elle jouait à Carentan. La position critique dans laquelle elle se trouvait en ce moment ayant été sans doute celle de bien des gens pendant la Révolution, les sympathies de plus d'un lecteur achèveront de colorer ce récit.

Madame de Dey, veuve d'un lieutenant général, chevalier des ordres[1], avait quitté la cour au commencement de l'émigration. Possédant des biens considérables aux environs de Carentan, elle s'y était réfugiée, en espérant que l'influence de la terreur s'y ferait peu sentir. Ce calcul, fondé sur une connaissance exacte du pays, était juste. La Révolution exerça peu de ravages en Basse-Normandie. Quoique madame de Dey ne vît jadis que les familles nobles du pays quand elle y venait visiter ses propriétés, elle avait, par politique, ouvert sa maison aux principaux bourgeois de la ville et aux nouvelles autorités, en s'efforçant de les rendre fiers de sa conquête, sans réveiller chez eux ni haine ni jalousie. Gracieuse et bonne, douée de cette inexprimable douceur qui sait plaire sans recourir à l'abaissement ou à la prière, elle avait réussi à se concilier l'estime générale par un tact exquis dont les sages avertissements lui permettaient de se tenir sur la ligne délicate où elle pouvait satisfaire aux exigences de cette société mêlée, sans humilier le rétif amour-propre des parvenus, ni choquer celui de ses anciens amis.

Âgée d'environ trente-huit ans, elle conservait encore, non cette beauté fraîche et nourrie qui distingue les filles de la Basse-Normandie, mais une beauté grêle et pour ainsi dire aristocratique. Ses traits étaient fins et délicats ; sa taille était souple et déliée. Quand elle parlait, son pâle visage paraissait s'éclairer et prendre de la vie. Ses grands yeux noirs étaient pleins d'affabilité, mais leur expression calme et religieuse semblait annoncer que le principe de son existence n'était plus en elle. Mariée à la fleur de l'âge avec un militaire vieux et jaloux, la fausseté de sa position au milieu d'une cour galante contribua beaucoup sans doute à répandre un voile de grave mélancolie sur une figure où les charmes et la vivacité de l'amour avaient dû briller autrefois. Obligée de réprimer sans cesse les mouvements naïfs, les émotions de la femme alors qu'elle sent encore au lieu de réfléchir, la passion était restée vierge au fond de son cœur. Aussi, son principal attrait venait-il de cette intime jeunesse que, par moments, trahissait sa physionomie, et qui donnait à ses idées une innocente expression de désir. Son aspect commandait la retenue, mais il y avait toujours dans son maintien, dans sa voix, des élans vers un avenir inconnu, comme chez une jeune fille ; bientôt l'homme le plus insensible se trouvait amoureux d'elle, et conservait néanmoins une sorte de crainte respectueuse, inspirée par ses manières polies qui imposaient. Son âme, nativement grande, mais fortifiée par des luttes

cruelles, semblait placée trop loin du vulgaire, et
les hommes se faisaient justice. A cette âme, il
fallait nécessairement une haute passion. Aussi
les affections de madame de Dey s'étaient-elles
concentrées dans un seul sentiment, celui de la
maternité. Le bonheur et les plaisirs dont avait
été privée sa vie de femme, elle les retrouvait dans
l'amour extrême qu'elle portait à son fils. Elle ne
l'aimait pas seulement avec le pur et profond
dévouement d'une mère, mais avec la coquetterie
d'une maîtresse, avec la jalousie d'une épouse.
Elle était malheureuse loin de lui, inquiète pendant ses absences, ne le voyait jamais assez, ne
vivait que par lui et pour lui. Afin de faire
comprendre aux hommes la force de ce sentiment,
il suffira d'ajouter que ce fils était non seulement
l'unique enfant de madame de Dey, mais son
dernier parent, le seul être auquel elle pût ratta-
cher les craintes, les espérances et les joies de sa
vie. Le feu comte de Dey fut le dernier rejeton de
sa famille, comme elle se trouva seule héritière de
la sienne. Les calculs et les intérêts humains
s'étaient donc accordés avec les plus nobles
besoins de l'âme pour exalter dans le cœur de la
comtesse un sentiment déjà si fort chez les
femmes. Elle n'avait élevé son fils qu'avec des
peines infinies, qui le lui avaient rendu plus cher
encore ; vingt fois les médecins lui en [1] présagè-
rent la perte ; mais, confiante en ses pressenti-
ments, en ses espérances, elle eut la joie inexprimable de lui voir heureusement traverser les

périls de l'enfance, d'admirer les progrès de sa
constitution, en dépit des arrêts de la Faculté.

Grâce à des soins constants, ce fils avait grandi,
et c'était si gracieusement développé, qu'à vingt
ans, il passait pour un des cavaliers les plus
accomplis de Versailles. Enfin, par un bonheur
qui ne couronne pas les efforts de toutes les
mères, elle était adorée de son fils ; leurs âmes
s'entendaient par de fraternelles sympathies. S'ils
n'eussent pas été liés déjà par le vœu de la nature,
ils auraient instinctivement éprouvé l'un pour
l'autre cette amitié d'homme à homme, si rare à
rencontrer dans la vie. Nommé sous-lieutenant de
dragons à dix-huit ans, le jeune comte avait obéi
au point d'honneur de l'époque en suivant les
princes dans leur émigration.

Ainsi madame de Dey, noble, riche, et mère
d'un émigré, ne se dissimulait point les dangers
de sa cruelle situation. Ne formant d'autre vœu
que celui de conserver à son fils une grande
fortune, elle avait renoncé au bonheur de l'accompagner ; mais en lisant les lois rigoureuses en
vertu desquelles la République confisquait chaque jour les biens des émigrés à Carentan, elle
s'applaudissait de cet acte de courage. Ne gar-
dait-elle pas les trésors de son fils au péril de ses
jours ? Puis, en apprenant les terribles exécutions
ordonnées par la Convention [1], elle s'endormait
heureuse de savoir sa seule richesse en sûreté, loin
des dangers, loin des échafauds. Elle se complai-
sait à croire qu'elle avait pris le meilleur parti

pour sauver à la fois toutes ses fortunes. Faisant à
cette secrète pensée les concessions voulues par le
malheur des temps, sans compromettre ni sa
dignité de femme ni ses croyances aristocratiques,
elle enveloppait ses douleurs dans un froid mystère. Elle avait compris les difficultés qui l'attendaient à Carentan. Venir y occuper la première
place, n'était-ce pas y défier l'échafaud tous les
jours ? Mais, soutenue par un courage de mère,
elle sut conquérir l'affection des pauvres en
soulageant indifféremment toutes les misères, et
se rendit nécessaire aux riches en veillant à leurs
plaisirs. Elle recevait le procureur de la commune [1], le maire, le président du district [2], l'accusateur public, et même les juges du tribunal
révolutionnaire. Les quatre premiers de ces personnages, n'étant pas mariés, la courtisaient dans
l'espoir de l'épouser, soit en l'effrayant par le mal
qu'ils pouvaient lui faire, soit en lui offrant leur
protection. L'accusateur public, ancien procureur
à Caen, jadis chargé des intérêts de la comtesse,
tentait de lui inspirer de l'amour par une conduite
pleine de dévouement et de générosité ; finesse
dangereuse ! Il était le plus redoutable de tous les
prétendants. Lui seul connaissait à fond l'état de
la fortune considérable de son ancienne cliente.
Sa passion devait s'accroître de tous les désirs
d'une avarice qui s'appuyait sur un pouvoir
immense, sur le droit de vie et de mort dans le
district. Cet homme, encore jeune, mettait tant de
noblesse dans ses procédés, que madame de Dey

n'avait pas encore pu le juger. Mais, méprisant le danger qu'il y avait à lutter d'adresse avec des Normands, elle employait l'esprit inventif et la ruse que la nature a départis aux femmes pour opposer ces rivalités les unes aux autres. En gagnant du temps, elle espérait arriver saine et sauve à la fin des troubles. A cette époque, les royalistes de l'intérieur se flattaient tous les jours de voir la Révolution terminée le lendemain ; et cette conviction a été la perte de beaucoup d'entre eux.

Malgré ces obstacles, la comtesse avait assez habilement maintenu son indépendance jusqu'au jour où, par une inexplicable imprudence, elle s'était avisée de fermer sa porte. Elle inspirait un intérêt si profond et si véritable, que les personnes venues ce soir-là chez elle conçurent de vives inquiétudes en apprenant qu'il lui devenait impossible de les recevoir ; puis, avec cette franchise de curiosité empreinte dans les mœurs provinciales, elles s'enquirent du malheur, du chagrin, de la maladie qui devait affliger madame de Dey. A ces questions une vieille femme de charge, nommée Brigitte, répondait que sa maîtresse s'était enfermée et ne voulait voir personne, pas même les gens de sa maison. L'existence, en quelque sorte claustrale, que mènent les habitants d'une petite ville crée entre eux une habitude d'analyser et d'expliquer les actions d'autrui si naturellement invincible qu'après avoir plaint madame de Dey, sans savoir si elle était réelle-

ment heureuse ou chagrine, chacun se mit à
rechercher les causes de sa soudaine retraite.

— Si elle était malade, dit le premier curieux,
elle aurait envoyé chercher le médecin ; mais le
docteur est resté pendant toute la journée chez
moi à jouer aux échecs ! Il me disait en riant que,
par le temps qui court, il n'y a qu'une maladie...
et qu'elle est malheureusement incurable.

Cette plaisanterie fut prudemment hasardée.
Femmes, hommes, vieillards et jeunes filles se
mirent alors à parcourir le vaste champ des
conjectures. Chacun crut entrevoir un secret, et ce
secret occupa les imaginations. Le lendemain les
soupçons s'envenimèrent. Comme la vie est à
jour[1] dans une petite ville, les femmes apprirent
les premières que Brigitte avait fait au marché des
provisions plus considérables qu'à l'ordinaire. Ce
fait ne pouvait être contesté. L'on avait vu
Brigitte de grand matin sur la place, et, chose
extraordinaire, elle y avait acheté le seul lièvre qui
s'y trouvât. Toute la ville savait que madame de
Dey n'aimait pas le gibier. Le lièvre devint un
point de départ pour des suppositions infinies. En
faisant leur promenade périodique, les vieillards
remarquèrent dans la maison de la comtesse une
sorte d'activité concentrée qui se révélait par les
précautions même[2] dont se servaient les gens
pour la cacher. Le valet de chambre battait un
tapis dans le jardin ; la veille, personne n'y aurait
pris garde ; mais ce tapis devint une pièce à
l'appui des romans que tout le monde bâtissait.

Chacun avait le sien. Le second jour, en apprenant que madame de Dey se disait indisposée, les
principaux personnages de Carentan se réunirent
le soir chez le frère du maire, vieux négociant
marié, homme probe, généralement estimé, et
pour lequel la comtesse avait beaucoup d'égards.
Là, tous les aspirants à la main de la riche veuve
eurent à raconter une fable plus ou moins probable ; et chacun d'eux pensait à faire tourner à son
profit la circonstance secrète qui la forçait de se
compromettre ainsi. L'accusateur public imagi-
nait tout un drame pour amener nuitamment le
fils de madame de Dey chez elle. Le maire croyait
à un prêtre insermenté[1], venu de la Vendée, et
qui lui aurait demandé un asile ; mais l'achat du
lièvre, un vendredi[2], l'embarrassait beaucoup. Le
président du district tenait fortement pour un
chef de Chouans ou de Vendéens vivement pour-
suivi. D'autres voulaient un noble échappé des
prisons de Paris. Enfin tous soupçonnaient la
comtesse d'être coupable d'une de ces générosités
que les lois d'alors nommaient un crime, et qui
pouvaient conduire à l'échafaud. L'accusateur
public disait d'ailleurs à voix basse qu'il fallait se
taire, et tâcher de sauver l'infortunée de l'abîme
vers lequel elle marchait à grands pas.

— Si vous ébruitez cette affaire, ajouta-t-il, je
serai obligé d'intervenir, de faire des perquisitions
chez elle, et alors !... Il n'acheva pas, mais chacun
comprit cette réticence.

Les amis sincères de la comtesse s'alarmèrent

tellement pour elle que, dans la matinée du troisième jour, le procureur-syndic de la commune[1] lui fit écrire par sa femme un mot pour l'engager à recevoir pendant la soirée comme à l'ordinaire. Plus hardi, le vieux négociant se présenta dans la matinée chez madame de Dey. Fort du service qu'il voulait lui rendre, il exigea d'être introduit auprès d'elle, et resta stupéfait en l'apercevant dans le jardin, occupée à couper les dernières fleurs de ses plates-bandes pour en garnir des vases.

— Elle a sans doute donné asile à son amant, se dit le vieillard pris de pitié pour cette charmante femme. La singulière expression du visage de la comtesse le confirma dans ses soupçons. Vivement ému de ce dévouement si naturel aux femmes, mais qui nous touche toujours, parce que tous les hommes sont flattés par les sacrifices qu'une d'elles fait à un homme, le négociant instruisit la comtesse des bruits qui couraient dans la ville et du danger où elle se trouvait.

— Car, lui dit-il en terminant, si, parmi nos fonctionnaires, il en est quelques-uns assez disposés à vous pardonner un héroïsme qui aurait un prêtre pour objet, personne ne vous plaindra si l'on vient à découvrir que vous vous immolez à des intérêts de cœur.

À ces mots, madame de Dey regarda le vieillard avec un air d'égarement et de folie qui le fit frissonner, lui, vieillard.

— Venez, lui dit-elle en le prenant par la main

pour le conduire dans sa chambre, où, après
s'être assurée qu'ils étaient seuls, elle tira de son
sein une lettre sale et chiffonnée : Lisez, s'écria-
t-elle en faisant un violent effort pour prononcer
ce mot.

Elle tomba dans son fauteuil, comme anéantie.
Pendant que le vieux négociant cherchait ses
lunettes et les nettoyait, elle leva les yeux sur lui,
le contempla pour la première fois avec curiosité ; puis, d'une voix altérée :

— Je me fie à vous, lui dit-elle doucement.

— Est-ce que je ne viens pas partager votre
crime ? répondit le bonhomme avec simplicité.

Elle tressaillit. Pour la première fois, dans
cette petite ville, son âme sympathisait avec celle
d'un autre. Le vieux négociant comprit tout à
coup et l'abattement et la joie de la comtesse.
Son fils avait fait partie de l'expédition de Granville, il écrivait à sa mère du fond de sa prison,
en lui donnant un triste et doux espoir[1]. Ne
doutant pas de ses moyens d'évasion, il lui
indiquait trois jours pendant lesquels il devait se
présenter chez elle, déguisé. La fatale lettre
contenait de déchirants adieux au cas où il ne
serait pas à Carentan dans la soirée du troisième
jour, et il priait sa mère de remettre une assez
forte somme à l'émissaire qui s'était chargé de
lui apporter cette dépêche, à travers mille dangers. Le papier tremblait dans les mains du
vieillard.

— Et voici le troisième jour, s'écria madame

de Dey qui se leva rapidement, reprit la lettre, et
marcha.

— Vous avez commis des imprudences, lui dit
le négociant. Pourquoi faire prendre des provisions ?

— Mais il peut arriver, mourant de faim,
exténué de fatigue, et... Elle n'acheva pas...

— Je suis sûr de mon frère, reprit le vieillard,
je vais aller le mettre dans vos intérêts.

Le négociant retrouva dans cette circonstance
la finesse qu'il avait mise jadis dans les affaires, et
lui dicta des conseils empreints de prudence et de
sagacité. Après être convenus de tout ce qu'ils
devaient dire et faire l'un ou l'autre, le vieillard
alla, sous des prétextes habilement trouvés, dans
les principales maisons de Carentan, où il
annonça que madame de Dey qu'il venait de voir,
recevrait dans la soirée, malgré son indisposition.
Luttant de finesse avec les intelligences normandes dans l'interrogatoire que chaque famille
lui imposa sur la nature de la maladie de la
comtesse, il réussit à donner le change à presque
toutes les personnes qui s'occupaient de cette
mystérieuse affaire. Sa première visite fit mer-
veille. Il raconta devant une vieille dame gout-
teuse que madame de Dey avait manqué périr
d'une attaque de goutte à l'estomac ; le fameux
Tronchin [1] lui ayant recommandé jadis, en
pareille occurrence, de se mettre sur la poitrine la
peau d'un lièvre écorché vif, et de rester au lit
sans se permettre le moindre mouvement. la

comtesse, en danger de mort, il y a deux jours, se trouvait, après avoir suivi ponctuellement la bizarre ordonnance de Tronchin, assez bien rétablie pour recevoir ceux qui viendraient la voir pendant la soirée. Ce conte eut un succès prodigieux, et le médecin de Carentan, royaliste *in petto*[1], en augmenta l'effet par l'importance avec laquelle il discuta le spécifique[2]. Néanmoins les soupçons avaient trop fortement pris racine dans l'esprit de quelques entêtés ou de quelques philosophes pour être entièrement dissipés ; en sorte que, le soir, ceux qui étaient admis chez madame de Dey vinrent avec empressement et de bonne heure chez elle, les uns pour épier sa contenance, les autres par amitié, la plupart saisis par le merveilleux de sa guérison. Ils trouvèrent la comtesse assise au coin de la grande cheminée de son salon, à peu près aussi modeste que l'étaient ceux de Carentan ; car, pour ne pas blesser les étroites pensées de ses hôtes, elle s'était refusée aux jouissances de luxe auxquelles elle était jadis habituée, elle n'avait donc rien changé chez elle. Le carreau de la salle de réception n'était même pas frotté. Elle laissait sur les murs de vieilles tapisseries sombres, conservait les meubles du pays, brûlait de la chandelle[3], et suivait les modes de la ville, en épousant la vie provinciale sans reculer ni devant les petitesses les plus dures, ni devant les privations les plus désagréables. Mais sachant que ses hôtes lui pardonneraient les magnificences qui auraient leur bien-être pour but, elle ne négligeait rien quand il s'agissait de leur procurer des jouissances personnelles. Aussi leur donnait-elle d'excellents dîners. Elle allait jusqu'à feindre de l'avarice pour plaire à ces esprits calculateurs ; et, après avoir eu l'art de se faire arracher certaines concessions de luxe, elle savait obéir avec grâce. Donc, vers sept heures du soir, la meilleure mauvaise compagnie de Carentan se trouvait chez elle, et décrivait un grand cercle devant la cheminée. La maîtresse du logis, soutenue dans son malheur par les regards compatissants que lui jetait le vieux négociant, se soumit avec un courage inouï aux questions minutieuses, aux raisonnements frivoles et stupides de ses hôtes. Mais à chaque coup de marteau frappé sur sa porte, ou toutes les fois que des pas retentissaient dans la rue, elle cachait ses émotions en soulevant des questions intéressantes pour la fortune du pays. Elle éleva de bruyantes discussions sur la qualité des cidres, et fut si bien secondée par son confident, que l'assemblée oublia presque de l'espionner en trouvant sa contenance naturelle et son aplomb imperturbable. L'accusateur public et l'un des juges du tribunal révolutionnaire restaient taciturnes, observaient avec attention les moindres mouvements de sa physionomie, écoutaient dans la maison, malgré le tumulte ; et, à plusieurs reprises, ils lui firent des question embarrassantes, auxquelles la comtesse répondit cependant avec une admirable présence d'esprit. Les

mères ont tant de courage! Au moment où
madame de Dey eut arrangé les parties, placé tout
le monde à des tables de boston, de reversis ou de
whist[1], elle resta encore à causer auprès de
quelques jeunes personnes avec un extrême lais-
ser-aller, en jouant son rôle en actrice consom-
mée. Elle se fit demander un loto, prétendit savoir
seule où il était, et disparut.

— J'étouffe, ma pauvre Brigitte, s'écria-t-elle
en essuyant des larmes qui sortirent vivement de
ses yeux brillants de fièvre, de douleur et d'impatience. Il ne vient pas, reprit-elle en regardant la
chambre où elle était montée. Ici, je respire et je
vis. Encore quelques moments, il sera là, pourtant! car il vit encore, j'en suis certaine. Mon
cœur me le dit. N'entendez-vous rien, Brigitte?
Oh! je donnerais le reste de ma vie pour savoir s'il
est en prison ou s'il marche à travers la campagne! Je voudrais ne pas penser.

Elle examina de nouveau si tout était en ordre
dans l'appartement. Un bon feu brillait dans la
cheminée; les volets étaient soigneusement
fermés; les meubles reluisaient de propreté; la
manière dont avait été fait le lit, prouvait que la
comtesse s'était occupée avec Brigitte des moindres détails; et ses espérances se trahissaient dans
les soins délicats qui paraissaient avoir été pris
dans cette chambre où se respiraient et la gracieuse douceur de l'amour et ses plus chastes
caresses dans les parfums exhalés par les fleurs[2].
Une mère seule pouvait avoir prévu les désirs

d'un soldat et lui préparer de si complètes satis-
factions. Un repas exquis, des vins choisis, la
chaussure, le linge, enfin tout ce qui devait être
nécessaire ou agréable à un voyageur fatigué, se
trouvait rassemblé pour que rien ne lui manquât,
pour que les délices du chez-soi lui révélassent
l'amour d'une mère.

— Brigitte ? dit la comtesse d'un son de voix
déchirant en allant placer un siège devant la
table, comme pour donner de la réalité à ses
vœux, comme pour augmenter la force de ses
illusions.

— Ah ! madame, il viendra. Il n'est pas loin. Je
ne doute pas qu'il ne vive et qu'il ne soit en
marche, reprit Brigitte. J'ai mis une clef dans la
Bible, et je l'ai tenue sur les doigts pendant que
Cottin lisait l'Évangile de saint Jean… et,
madame ! la clef n'a pas tourné.

— Est-ce bien sûr ? demanda la comtesse.

— Oh ! madame, c'est connu. Je gagerais mon
salut qu'il vit encore. Dieu ne peut pas se
tromper.

— Malgré le danger qui l'attend ici, je voudrais bien cependant l'y voir.

— Pauvre monsieur Auguste, s'écria Brigitte,
il est sans doute à pied, par les chemins.

— Et voilà huit heures qui sonnent au clocher,
s'écria la comtesse avec terreur.

Elle eut peur d'être restée plus longtemps
qu'elle ne le devait, dans cette chambre où elle
croyait à la vie de son fils, en voyant tout ce qui

lui en ¹ attestait la vie, elle descendit ; mais avant
d'entrer au salon, elle resta pendant un moment
sous le péristyle de l'escalier, en écoutant si
quelque bruit ne réveillait pas les silencieux échos
de la ville. Elle sourit au mari de Brigitte, qui se
tenait en sentinelle, et dont les yeux semblaient
hébétés à force de prêter attention aux murmures
de la place et de la nuit. Elle voyait son fils en tout
et partout. Elle rentra bientôt, en affectant un air
gai, et se mit à jouer au loto avec des petites filles ;
mais, de temps en temps, elle se plaignit de
souffrir, et revint occuper son fauteuil auprès de
la cheminée.

Telle était la situation des choses et des esprits
dans la maison de madame de Dey, pendant que,
sur le chemin de Paris à Cherbourg, un jeune
homme vêtu d'une carmagnole brune, costume de
rigueur à cette époque ², se dirigeait vers Carentan. A l'origine des réquisitions, il y avait peu ou
point de discipline. Les exigences du moment ne
permettaient guère à la République d'équiper
sur-le-champ ses soldats, et il n'était pas rare de
voir les chemins couverts de réquisitionnaires ³
qui conservaient leurs habits bourgeois. Ces
jeunes gens devançaient leurs bataillons aux lieux
d'étape, ou restaient en arrière, car leur marche
était soumise à leur manière de supporter les
fatigues d'une longue route. Le voyageur dont il
est ici question se trouvait assez en avant de la
colonne de réquisitionnaires qui se rendait à
Cherbourg, et que le maire de Carentan attendait

d'heure en heure, afin de leur distribuer des
billets de logement. Ce jeune homme marchait
d'un pas alourdi, mais ferme encore, et son
allure semblait annoncer qu'il s'était familiarisé
depuis longtemps avec les rudesses de la vie
militaire. Quoique la lune éclairât les herbages
qui avoisinent Carentan, il avait remarqué de
gros nuages blancs prêts à jeter de la neige sur
la campagne ; et la crainte d'être surpris par un
ouragan animait sans doute sa démarche, alors
plus vive que ne le comportait sa lassitude. Il
avait sur le dos un sac presque vide, et tenait à
la main une canne de buis, coupée dans les
hautes et larges haies que cet arbuste forme
autour de la plupart des héritages[1] en Basse-
Normandie. Ce voyageur solitaire entra dans
Carentan, dont les tours, bordées de lueurs fan-
tastiques par la lune, lui apparaissaient depuis
un moment. Son pas réveilla les échos des rües
silencieuses, où il ne rencontra personne ; il fut
obligé de demander la maison du maire à un
tisserand qui travaillait encore. Ce magistrat
demeurait à une faible distance, et le réquisitionnaire se vit bientôt à l'abri sous le porche de
la maison du maire, et s'y assit sur un banc de
pierre, en attendant le billet de logement qu'il
avait réclamé. Mais mandé par ce fonctionnaire,
il comparut devant lui, et devint l'objet d'un
scrupuleux examen. Le fantassin était un jeune
homme de bonne mine qui paraissait appartenir
à une famille distinguée. Son air trahissait la

noblesse. L'intelligence due à une bonne éducation respirait sur sa figure.

— Comment te nommes-tu ? lui demanda le maire en lui jetant un regard plein de finesse.

— Julien Jussieu, répondit le réquisitionnaire.

— Et tu viens ? dit le magistrat en laissant échapper un sourire d'incrédulité.

— De Paris.

— Tes camarades doivent être loin, reprit le Normand d'un ton railleur.

— J'ai trois lieues d'avance sur le bataillon.

— Quelque sentiment t'attire sans doute à Carentan, citoyen réquisitionnaire ? dit le maire d'un air fin. C'est bien, ajouta-t-il en imposant silence par un geste de main au jeune homme prêt à parler, nous savons où t'envoyer. Tiens, ajouta-t-il en lui remettant son billet de logement, va, *citoyen Jussieu !*

Une teinte d'ironie se fit sentir dans l'accent avec lequel le magistrat prononça ces deux derniers mots, en tendant un billet sur lequel la demeure de madame de Dey était indiquée. Le jeune homme lut l'adresse avec un air de curiosité.

— Il sait bien qu'il n'a pas loin à aller. Et quand il sera dehors, il aura bientôt traversé la place ! s'écria le maire en se parlant à lui-même pendant que le jeune homme sortait. Il est joliment hardi ! Que Dieu le conduise ! Il a réponse à tout. Oui, mais si un autre que moi lui avait demandé à voir ses papiers, il était perdu !

En ce moment, les horloges de Carentan avaient sonné neuf heures et demie ; les falots[1] s'allumaient dans l'antichambre de madame de Dey ; les domestiques aidaient leurs maîtresses et leurs maîtres à mettre leurs sabots, leurs houppelandes ou leurs mantelets ; les joueurs avaient soldé leurs comptes, et allaient se retirer tous ensemble, suivant l'usage établi dans toutes les petites villes.

— Il paraît que l'accusateur veut rester, dit une dame en s'apercevant que ce personnage important leur manquait au moment où chacun se sépara sur la place pour regagner son logis, après avoir épuisé toutes les formules d'adieu.

Ce terrible magistrat était en effet seul avec la comtesse, qui attendait, en tremblant, qu'il lui plût de sortir.

— Citoyenne, dit-il enfin après un long silence qui eut quelque chose d'effrayant, je suis ici pour faire observer les lois de la République...

Madame de Dey frissonna.

— N'as-tu donc rien à me révéler ? demanda-t-il.

— Rien, répondit-elle étonnée.

— Ah ! madame, s'écria l'accusateur en s'asseyant auprès d'elle et changeant de ton, en ce moment, faute d'un mot, vous ou moi, nous pouvons porter notre tête sur l'échafaud. J'ai trop bien observé votre caractère, votre âme, vos manières, pour partager l'erreur dans laquelle vous avez su mettre votre société ce soir. Vous attendez votre fils, je n'en saurais douter.

La comtesse laissa échapper un geste de dénégation; mais elle avait pâli, mais les muscles de son visage s'étaient contractés par la nécessité où elle se trouvait d'afficher une fermeté trompeuse, et l'œil implacable de l'accusateur public ne perdit aucun de ses mouvements.

— Eh! bien, recevez-le, reprit le magistrat révolutionnaire; mais qu'il ne reste pas plus tard que sept heures du matin sous votre toit. Demain, au jour, armé d'une dénonciation que je me ferai faire, je viendrai chez vous...

Elle le regarda d'un air stupide qui aurait fait pitié à un tigre.

— Je démontrerai, poursuivit-il d'une voix douce, la fausseté de la dénonciation par d'exactes perquisitions, et vous serez, par la nature de mon rapport, à l'abri de tous soupçons ultérieurs. Je parlerai de vos dons patriotiques, de votre civisme, et nous serons *tous* sauvés.

Madame de Dey craignait un piège, elle restait immobile, mais son visage était en feu et sa langue glacée. Un coup de marteau retentit dans la maison.

— Ah! cria la mère épouvantée, en tombant à genoux. Le sauver, le sauver!

— Oui, sauvons-le! reprit l'accusateur

public, en lui lançant un regard de passion, dût-il
nous en coûter la vie.

— Je suis perdue, s'écria-t-elle pendant que
l'accusateur la relevait avec politesse.

— Eh ! madame, répondit-il par un beau
mouvement oratoire, je ne veux vous devoir à
rien... qu'à vous-même.

— Madame, le voi..., s'écria Brigitte qui
croyait sa maîtresse seule.

À l'aspect de l'accusateur public, la vieille
servante, de rouge et joyeuse qu'elle était, devint
immobile et blême.

— Qui est-ce, Brigitte ? demanda le magistrat
d'un air doux et intelligent.

— Un réquisitionnaire que le maire nous
envoie à loger, répondit la servante en montrant
le billet.

— C'est vrai, dit l'accusateur après avoir lu le
papier. Il nous arrive un bataillon ce soir !

Et il sortit.

La comtesse avait trop besoin de croire en ce
moment à la sincérité de son ancien procureur
pour concevoir le moindre doute ; elle monta
rapidement l'escalier, ayant à peine la force de se
soutenir ; puis, elle ouvrit la porte de sa chambre,
vit son fils, se précipita dans ses bras, mourante :

— Oh ! mon enfant, mon enfant ! s'écria-t-elle
en sanglotant et en le couvrant de baisers
empreints d'une sorte de frénésie.

— Madame, dit l'inconnu.

— Ah ! ce n'est pas lui, cria-t-elle en reculant

d'épouvante et restant debout devant le réquisitionnaire qu'elle contemplait d'un air hagard.

— O saint bon Dieu, quelle ressemblance ! dit
Brigitte.

Il y eut un moment de silence, et l'étranger lui-
même tressaillit à l'aspect de madame de Dey.

— Ah ! monsieur, dit-elle en s'appuyant sur le
mari de Brigitte, et sentant alors dans toute son
étendue une douleur dont la première atteinte
avait failli la tuer ; monsieur, je ne saurais vous
voir plus longtemps, souffrez que mes gens me
remplacent et s'occupent de vous.

Elle descendit chez elle, à demi portée par
Brigitte et son vieux serviteur.

— Comment, madame ! s'écria la femme de
charge en asseyant sa maîtresse, cet homme va-
t-il coucher dans le lit de monsieur Auguste,
mettre les pantoufles de monsieur Auguste !
quand on devrait me guillotiner, je...

— Brigitte ! cria madame de Dey.

Brigitte resta muette.

— Tais-toi donc, bavarde, lui dit son mari à
voix basse, veux-tu tuer madame ?

En ce moment le réquisitionnaire fit du bruit
dans sa chambre en se mettant à table.

— Je ne resterai pas ici, s'écria madame de
Dey, j'irai dans la serre, d'où j'entendrai mieux ce
qui se passera au dehors pendant la nuit.

Elle flottait encore entre la crainte d'avoir
perdu son fils et l'espérance de le voir reparaître.
La nuit fut horriblement silencieuse. Il y eut, pour

la comtesse, un moment affreux, quand le bataillon des réquisitionnaires vint en ville et que
chaque homme y chercha son logement. Ce fut[1]
des espérances trompées à chaque pas, à chaque
bruit ; puis bientôt la nature reprit un calme
effrayant. Vers le matin, la comtesse fut obligée
de rentrer chez elle. Brigitte, qui surveillait les
mouvements de sa maîtresse, ne la voyant pas
sortir, entra dans la chambre et y trouva la
comtesse morte.

— Elle aura probablement entendu ce réquisitionnaire qui achève de s'habiller et qui marche
dans la chambre de monsieur Auguste en chan-
tant leur damnée *Marseillaise*, comme s'il était
dans une écurie, s'écria Brigitte. Ça l'aura tuée !

La mort de la comtesse fut causée par un
sentiment plus grave, et sans doute par quelque
vision terrible. A l'heure précise où madame de
Dey mourait à Carentan, son fils était fusillé dans
le Morbihan[2]. Nous pouvons joindre ce fait
tragique à toutes les observations sur les sympathies qui méconnaissent les lois de l'espace ;
documents que rassemblent avec une savante
curiosité quelques hommes de solitude, et qui
serviront un jour à asseoir les bases d'une science
nouvelle à laquelle il a manqué jusqu'à ce jour un
homme de génie.

Paris, février 1831.

DOSSIER

VIE DE BALZAC

La biographie de Balzac est tellement chargée d'événements si divers, et tout s'y trouve si bien emmêlé, qu'un exposé purement chronologique des faits serait d'une confusion extrême.

Dans l'ordre chronologique, nous nous sommes donc contenté de distinguer, d'une manière aussi peu arbitraire que possible, cinq grandes époques de la vie de Balzac : des origines à 1814, 1815-1828, 1828-1833, 1833-1840, 1841-1850.

A l'intérieur des périodes principales, nous avons préféré, quand il y avait lieu, classer les faits selon leur nature : l'œuvre, les autres activités touchant la littérature, la vie sentimentale, les voyages, etc. (mais en reprenant, à l'intérieur de chaque paragraphe, l'ordre chronologique).

Famille, enfance ; des origines à 1814.

En juillet 1746 naît dans le Rouergue, d'une lignée paysanne, Bernard-François Balssa, qui sera le père du romancier et mourra en 1829 ; trente ans plus tard nous retrouvons le nom orthographié « Balzac ».

Janvier 1797 : Bernard-François, directeur des vivres de la division militaire de Tours, épouse à cinquante ans Laure Sallambier, qui en a dix-huit, et qui vivra jusqu'en 1854.

1799, 20 mai : naissance à Tours d'Honoré Balzac (le nom

ne comporte pas encore la particule). Un premier fils, né jour pour jour un an plus tôt, n'avait pas vécu.

Après Honoré, trois autres enfants naîtront : 1° Laure (1800-1871), qui épousera en 1820 Eugène Surville, ingénieur des Ponts et Chaussées ; 2° Laurence (1802-1825), devenue en 1821 Mme de Montzaigle : c'est sur son acte de baptême que la particule « de » apparaît pour la première fois devant le nom des Balzac. Elle mourra dans la misère, honnie par sa mère, sans raison ; 3° Henry (1807-1858), fils adultérin dont le père était Jean de Margonne (1780-1858), châtelain de Saché.

L'enfance et l'adolescence d'Honoré seront affectées par la préférence de la mère pour Henry, lequel, dépourvu de dons et de caractère, traînera une existence assez misérable ; les ternes séjours qu'il fera dans les îles de l'océan Indien avant de mourir à Mayotte contrastent absolument avec les aventures des romanesques coureurs de mers balzaciens. Balzac gardera des liens étroits avec Margonne et séjournera souvent à Saché, où l'on montre encore sa chambre et sa table de travail.

Dès sa naissance, Honoré est mis en nourrice chez la femme d'un gendarme à Saint-Cyr-sur-Loire, aujourd'hui faubourg de Tours (rive droite). De 1804 à 1807 il est externe dans un établissement scolaire de Tours, de 1807 à 1813 il est pensionnaire au collège de Vendôme. Puis, pendant quelques mois, en 1813, atteint de troubles et d'une espèce d'hébétude qu'on attribue à un abus de lecture, il demeure dans sa famille, au repos. De l'été 1813 à juin 1814, il est pensionnaire dans une institution du Marais. De juillet à septembre 1814, il reprend ses études au collège de Tours, comme externe.

Son père, alors administrateur de l'Hospice général de Tours, est nommé directeur des vivres dans une entreprise parisienne de fournitures aux armées. Toute la famille quitte Tours pour Paris en novembre 1814.

Apprentissage, 1815-1828.

1815-1819. Honoré poursuit ses études à Paris. Il entreprend son droit, suit des cours à la Sorbonne et au Muséum. Il travaille comme clerc dans l'étude de Me Guillonnet-Merville, avoué, puis dans celle de Me Passez, notaire ; ces deux stages laisseront sur lui une empreinte profonde.

Son père ayant pris sa retraite, la famille, dont les ressources sont désormais réduites, quitte Paris et s'installe pendant l'été 1819 à Villeparisis. Le 16 août, le frère cadet de Bernard-François était guillotiné à Albi pour l'assassinat, dont il n'était peut-être pas coupable, d'une fille de ferme. Cependant Honoré, qu'on destinait au notariat, obtient de renoncer à cette carrière, et de demeurer seul à Paris, dans une mansarde, rue Lesdiguières, pour éprouver sa vocation en s'exerçant au métier des lettres. En septembre 1820, au tirage au sort, il a obtenu un « bon numéro » le dispensant du service militaire.

Dès 1817 il a rédigé des *Notes sur la philosophie et la religion*, suivies en 1818 de *Notes sur l'immortalité de l'âme*, premiers indices du goût prononcé qu'il gardera longtemps pour la spéculation philosophique ; maintenant il s'attaque à une tragédie, *Cromwell*, cinq actes en vers, qu'il termine au printemps de 1820. Soumise à plusieurs juges successifs, l'œuvre est uniformément estimée détestable ; Andrieux, aimable écrivain, professeur au Collège de France et académicien, conclut que l'auteur peut tenter sa chance dans n'importe quelle voie, hormis la littérature. Balzac continue sa recherche philosophique avec *Falthurne* (1820) et *Sténie* (1821), que suivront bientôt (1823) un *Traité de la prière* et un second *Falthurne* d'inspiration religieuse et mystique.

De 1822 à 1827, soit en collaboration soit seul, sous les pseudonymes de lord R'hoone et Horace de Saint-Aubin, il publie une masse considérable de produits romanesques « de consommation courante », qu'il lui arrivera d'appeler

« petites opérations de littérature marchande » ou même
« cochonneries littéraires ». A leur sujet, les balzaciens se
partagent ; les uns y cherchent des ébauches de thèmes et les
signes avant-coureurs du génie romanesque ; les autres
doutent que Balzac, soucieux seulement de satisfaire sa
clientèle, y ait rien mis qui soit vraiment de lui-même.

En 1822 commence sa longue liaison (mais, de sa part,
non exclusive) avec Antoinette de Berny, qu'il a rencontrée à
Villeparisis l'année précédente. Née en 1777, elle a alors
deux fois l'âge d'Honoré qui aura pour celle qu'il a
rebaptisée Laure, et la *Dilecta*, un amour ambivalent, où il
trouvera une compensation à son enfance frustrée.

Fille d'un musicien de la Cour et d'une femme de la
chambre de Marie-Antoinette, femme d'expérience, Laure
initiera son jeune amant aux secrets de la vie. Elle restera
pour lui un soutien, et le guide le plus sûr. Elle mourra en
1836.

En 1825, Balzac entre en relations avec la duchesse
d'Abrantès (1784-1838) : cette nouvelle maîtresse, qui d'ailleurs s'ajoute à la précédente et ne se substitue pas à elle, a
encore quinze ans de plus que lui. Fort avertie de la grande et
petite histoire de la Révolution et de l'Empire, elle complète
l'éducation que lui a donnée Mme de Berny, et le présente aux
nombreux amis qu'elle garde dans le monde ; lui-même, plus
tard, se fera son conseiller et peut-être son collaborateur
lorsqu'elle écrira ses *Mémoires*.

Durant la fin de cette période, il se lance dans des affaires
qui enrichissent d'une manière incomparable l'expérience du
futur auteur de *La Comédie humaine*, mais qui, en attendant, se soldent par de pénibles et coûteux échecs.

Il se fait éditeur en 1825, imprimeur en 1826, fondeur de
caractères en 1827, toujours en association, les fonds de ses
propres apports étant constitués par sa famille et par Mme de
Berny. En 1825 et 1826, il publie, entre autres, des éditions
compactes de Molière et de La Fontaine, pour lesquelles il a

composé des notices. En 1828, la société de fonderie est
remaniée ; il en est écarté au profit d'Alexandre de Berny,
fils de son amie : l'entreprise deviendra une des plus belles
réalisations françaises dans ce domaine. L'imprimerie est
liquidée quelques mois plus tard, en août ; elle laisse à
Balzac 60 000 francs de dettes (dont 50 000 envers sa
famille).

Nombreux voyages et séjours en province, notamment
dans la région de L'Isle-Adam, en Normandie, et souvent en
Touraine.

Les débuts, 1828-1833.

A la mi-septembre 1828, Balzac va s'établir pour six
semaines à Fougères, en vue du roman qu'il prépare sur la
chouannerie. *Le Dernier Chouan ou la Bretagne en 1800*,
dont le titre deviendra finalement *Les Chouans,* paraît en
mars 1829 ; c'est le premier roman dont il assume ouverte-
ment la responsabilité en le signant de son véritable nom.

En décembre 1829, il publie sous l'anonymat *Physiologie
du mariage,* un essai ou, comme il dira plus tard, une
« étude analytique » qu'il avait ébauchée puis délaissée
plusieurs années auparavant.

1830 : les *Scènes de la vie privée* réunissent en deux
volumes six courts récits. Ce nombre sera porté à quinze
dans une réédition du même titre en quatre tomes (1832).

1831 : *La Peau de chagrin ;* ce roman est repris pour
former la même année, avec douze autres récits, trois
volumes de *Romans et contes philosophiques ;* l'ensemble
est précédé d'une introduction de Philarète Chasles, certainement inspirée par l'auteur. 1832 : les *Nouveaux Contes
philosophiques* augmentent cette collection de quatre récits
(dont une première version de *Louis Lambert*).

Les *Contes drolatiques.* A l'imitation des *Cent Nouvelles
nouvelles* (il avait un goût très vif pour la vieille littérature),
il voulait en écrire cent, répartis en dix dizains. Le premier

dizain paraît en 1832, le deuxième en 1833 ; le troisième ne
sera publié qu'en 1837, et l'entreprise s'arrêtera là.

Septembre 1833 : *Le Médecin de campagne*. Pendant
toute cette époque, Balzac donne une foule de textes divers à
de nombreux périodiques. Il poursuivra ce genre de collaboration durant toute sa vie, mais à une cadence moindre.

Laure de Berny reste la *Dilecta*, Laure d'Abrantès devient
une amie.

Passade avec Olympe Pélissier.

Entré en liaison d'abord épistolaire avec la duchesse de
Castries en 1831, il séjourne auprès d'elle, à Aix-les-Bains et
à Genève, en septembre et octobre 1832 ; elle se laisse
chaudement courtiser, mais ne cède pas, ce dont il se
« venge » par *La Duchesse de Langeais*.

Au début de 1832, il reçoit d'Odessa une lettre signée
« l'Étrangère », et répond par une petite annonce insérée
dans *La Gazette de France* : c'est le début de ses relations
avec Mᵐᵉ Hanska (1805-1882), sa future femme, qu'il
rencontre pour la première fois à Neuchâtel dans les derniers
jours de septembre 1833.

Vers cette même époque il a une maîtresse discrète, Maria
du Fresnay.

Voyages très nombreux. Outre ceux que nous avons
signalés ci-dessus (Fougères, Aix, Genève, Neuchâtel), il faut
mentionner plusieurs séjours à Saché, près de Nemours chez
Mᵐᵉ de Berny, près d'Angoulême chez Zulma Carraud, etc.

Son travail acharné n'empêche pas qu'il ne soit très
répandu dans les milieux littéraires et dans le monde ; il
mène une vie ostentatoire et dispendieuse.

En politique, il s'affiche légitimiste. Il envisage de se
présenter aux élections législatives de 1831, et en 1832 à une
élection partielle.

L'essor, 1833-1840.

Durant cette période, Balzac ne se contente pas d'assurer le développement de son œuvre : il se préoccupe de lui assurer une organisation d'ensemble, comme en témoignaient déjà les *Scènes de la vie privée* et les *Romans et contes philosophiques*. Maintenant il s'avance sur la voie qui le conduira à la conception globale de *La Comédie humaine*.

En octobre 1833, il signe un contrat pour la publication des *Études de mœurs au XIX* *siècle*, qui doivent rassembler aussi bien les rééditions que des ouvrages nouveaux répartis en quatre tomes de *Scènes de la vie privée*, quatre de *Scènes de la vie de province* et quatre de *Scènes de la vie parisienne*. Les douze volumes paraissent en ordre dispersé de décembre 1833 à février 1837. Le tome I est précédé d'une importante *Introduction* de Félix Davin, prête-nom de Balzac. La classification a une valeur littérale et symbolique ; elle se fonde à la fois sur le cadre de l'action et sur la signification du thème.

Parallèlement paraissent de 1834 à 1840 vingt volumes d'*Études philosophiques*, avec une nouvelle introduction de Félix Davin.

Principales créations en librairie de cette période : *Eugénie Grandet*, fin 1833 ; *La Recherche de l'absolu*, 1834 ; *Le Père Goriot, La fleur des pois* (titre qui deviendra *Le Contrat de mariage*), *Séraphita*, 1835 ; *Histoire des Treize*, 1833-1835 ; *Le Lys dans la vallée*, 1836 ; *La Vieille Fille, Illusions perdues* (début), *César Birotteau*, 1837 ; *La Femme supérieure* (titre qui deviendra *Les Employés*), *La Maison Nucingen, La Torpille* (début de *Splendeurs et Misères des courtisanes*), 1838 ; *Le Cabinet des antiques, Une fille d'Ève, Béatrix*, 1833 ; *Une princesse parisienne* (titre qui deviendra *Les Secrets de la princesse de Cadignan*), *Pierrette, Pierre Grassou*, 1840.

En marge de cette activité essentielle, Balzac prend à la fin de 1835 une participation majoritaire dans la *Chronique de Paris*, journal politique et littéraire ; il y publie un bon nombre de textes, jusqu'à ce que la société, irrémédiablement déficitaire, soit dissoute six mois plus tard. Curieusement il réédite (et complète à l'aide de « nègres »), en gardant un pseudonyme qui n'abuse personne, une partie de ses romans de jeunesse : les *Œuvres complètes d'Horace de Saint-Aubin,* seize volumes, 1836-1840.

En 1838, il s'inscrit à la toute jeune Société des Gens de Lettres, il la préside en 1839, et mène diverses campagnes pour la protection de la propriété littéraire et des droits des auteurs.

Candidat à l'Académie française en 1839, il s'efface devant Hugo, qui ne sera pas élu.

En 1840, il fonde la *Revue parisienne,* mensuelle et entièrement rédigée par lui ; elle disparaît après le troisième numéro, où il a inséré son long et fameux article sur *La Chartreuse de Parme.*

Théâtre, vieille et durable préoccupation depuis le *Cromwell* de ses vingt ans : en 1839, la Renaissance refuse *L'École des ménages,* pièce dont il donne chez Custine une lecture à laquelle assistent Stendhal et Théophile Gautier. En 1840, la censure, après plusieurs refus, finit par autoriser *Vautrin,* qui sera interdit dès le lendemain de la première.

Il séjourne à Genève auprès de Mme Hanska du 24 décembre 1833 au 8 février 1834 ; il la retrouve à Vienne (Autriche) en mai-juin 1835 ; alors commence une séparation qui durera huit ans

Le 4 juin 1834, naît Marie du Fresnay, présumée être sa fille, et qu'il regarde comme telle ; elle mourra en 1930.

Mme de Berny, malade depuis 1834, accablée de malheurs familiaux, cesse de le voir à la fin de 1835 ; elle va mourir le 27 juillet 1836.

Le 29 mai 1836, naissance de Lionel Richard, fils présumé de Balzac et de la comtesse Guidoboni-Visconti.

Juillet-août 1836 ; Mme Marbouty, déguisée en homme,

l'accompagne à Turin où il doit régler une affaire de succession pour le compte et avec la procuration du mari de Frances Sarah, le comte Guidoboni-Visconti. Ils rentrent par la Suisse.

Autres voyages toujours nombreux, et nombreuses rencontres.

Au cours de l'excursion autrichienne de 1835, il est reçu par Metternich, et visite le champ de bataille de Wagram en vue d'un roman qu'il ne parviendra jamais à écrire. En 1836, séjournant en Touraine, il se voit accueilli par Talleyrand et la duchesse de Dino. L'année suivante, c'est George Sand qui l'héberge à Nohant ; elle lui suggère le sujet de *Béatrix*.

Durant un second voyage italien en 1837, il a appris à Gênes qu'on pouvait exploiter fructueusement en Sardaigne les scories d'anciennes mines de plomb argentifère ; en 1838, en passant par la Corse, il se rend sur place pour y constater que l'idée était si bonne qu'une société marseillaise l'a devancé ; retour par Gênes, Turin, et Milan où il s'attarde.

On signale en 1834 un dîner réunissant Balzac, Vidocq et les bourreaux Sanson père et fils.

Démêlés avec la Garde nationale, où il se refuse obstinément à assurer ses tours de garde : en 1835, à Chaillot sous le nom de « madame veuve Durand », il se cache autant de ses créanciers que de la garde qui l'incarcérera, en 1836, pendant une semaine dans sa prison surnommée « Hôtel des Haricots » ; nouvel emprisonnement en 1839, pour la même raison.

En 1837, près de Paris, à Sèvres, au lieu-dit Les Jardies, il achète les premiers éléments de ce dont il voudra constituer tout un domaine. Sa légende commençant, on prétendra qu'il aura rêvé d'y faire fortune en y acclimatant la culture de l'ananas. Ses projets assez grandioses lui coûteront fort cher et ne lui amèneront que des déboires. Liquidation onéreuse et longue ; à la mort de Balzac, l'affaire n'était pas entièrement liquidée.

C'est en octobre 1840 que, quittant les Jardies, il s'installe à Passy dans l'actuelle rue Raynouard, où sa maison est redevenue aujourd'hui « La Maison de Balzac ».

Suite et fin, 1841-1850.

Le fait marquant qui inaugure cette période est l'acte de naissance officiel de *La Comédie humaine* considérée comme un ensemble organique. Cet acte, c'est le contrat passé le 2 octobre 1841 avec un groupe d'éditeurs pour la publication, sous ce « titre général », des « œuvres complètes » de Balzac, celui-ci se réservant « l'ordre et la distribution des matières, la tomaison et l'ordre des volumes ».

Nous avons vu le romancier, dès ses véritables débuts ou presque, montrer le souci d'un ordre et d'un classement. Une lettre à Mme Hanska du 26 octobre 1834 en faisait déjà état. Une lettre de décembre 1839 ou janvier 1840, adressée à un éditeur non identifié, et restée sans suite, mentionnait pour la première fois le « titre général », avec un plan assez détaillé. Cette fois le grand projet va enfin se réaliser (sous réserve de quelques changements de détail ultérieurs dans le plan, de plusieurs ouvrages annoncés qui ne seront jamais composés et, enfin, de quelques autres composés et non annoncés).

Réunissant rééditions et nouveautés, l'ensemble désormais intitulé *La Comédie humaine* paraît de 1842 à 1848 en dix-sept volumes, complétés en 1855 par un tome XVIII, et suivis, en 1855 encore, d'un tome XIX (*théâtre*) et d'un tome XX (*Contes drolatiques*). Trois parties : *Études de mœurs, Études philosophiques, Études analytiques* — la première partie étant elle-même divisée en *Scènes de la vie privée, Scènes de la vie de province, Scènes de la vie parisienne, Scènes de la vie politique, Scènes de la vie militaire* et *Scènes de la vie de campagne.*

L'*Avant-propos* est un texte doctrinal capital. Avant de se résoudre à l'écrire lui-même, Balzac avait demandé vainement une préface à Nodier, à George Sand, ou envisagé de reproduire les introductions de Davin aux anciennes *Études de mœurs* et *Études philosophiques*.

Premières publications en librairie : *Le Curé de village*, 1841 ; *Mémoires de deux jeunes mariées*, *Ursule Mirouët*, *Albert Savarus*, *La Femme de trente ans* (sous sa forme et son titre définitifs après beaucoup d'avatars), *Les Deux Frères* (titre qui deviendra *La Rabouilleuse*), 1842 ; *Une ténébreuse affaire*, *La Muse du département*, *Illusions perdues* (au complet), 1843 ; *Honorine*, *Modeste Mignon*, 1844 ; *Petites misères de la vie conjugale*, 1846 ; *La Dernière Incarnation de Vautrin* (achevant *Splendeurs et Misères des courtisanes*), 1847 ; *Les Parents pauvres* (*Le Cousin Pons* et *La Cousine Bette*), 1847-1848.

Romans posthumes. *Le Député d'Arcis* et *Les Petits Bourgeois*, restés inachevés, et terminés, avec une désinvolture confondante, par Charles Rabou agréé par la veuve, paraissent respectivement en 1854 et 1856. La veuve assure elle-même, avec beaucoup plus de tact, la mise au point des *Paysans* qu'elle publie en 1855.

Théâtre. Représentation et échec des *Ressources de Quinola*, 1842 ; de *Paméla Giraud*, 1843. Succès sans lendemain de *La Marâtre*, pièce créée à une date peu favorable (25 mai 1848) ; trois mois plus tard la Comédie-Française reçoit *Mercadet ou le Faiseur*, mais la pièce ne sera pas représentée.

Chevalier de la Légion d'honneur depuis avril 1845, Balzac, encore candidat à l'Académie française, obtient 4 voix le 11 janvier 1849, dont celles de Hugo et de Lamartine (on lui préfère le duc de Noailles), et, aux trois scrutins du 18 janvier, 2 voix (Vigny et Hugo), 1 voix (Hugo) et 0 voix, le comte de Saint-Priest étant élu.

Amours et voyages, durant toute cette période, portent pratiquement un seul et même nom : Mme Hanska. Le comte Hanski était mort le 10 novembre 1841, en Ukraine ; mais Balzac sera informé le 5 janvier 1842 seulement de l'événe-

ment. Son amie, libre désormais de l'épouser, va neanmoins
le faire attendre près de dix ans encore, soit qu'elle manque
d'empressement, soit que réellement le régime tsariste se
dispose à confisquer ses biens, qui sont considérables, si elle
s'unit à un étranger.

En 1843, après huit ans de séparation, Balzac va la
retrouver pour deux mois à Saint Pétersbourg ; il rentre par
Berlin, les pays rhénans, la Belgique En 1845, voyages
communs en Allemagne, en France, en Hollande, en Belgique, en Italie. En 1846, ils se rencontrent à Rome et
voyagent en Italie, en Suisse, en Allemagne.

Mme Hanska est enceinte ; Balzac en est profondément
heureux, et, de surcroît, voit dans cette circonstance une
occasion de hâter son mariage ; il se désespère lorsquelle
accouche en novembre 1846 d'un enfant mort-né

En 1847, elle passe quelques mois à Paris ; lui-même,
peu après, rédige un testament en sa faveur. A l'automne, il
va la retrouver en Ukraine où il séjourne près de cinq mois.
Il rentre à Paris, assiste à la révolution de février 1848
et envisage une candidature aux élections législatives, puis
il repart dès la fin de septembre pour l'Ukraine, où il
séjourne jusqu'à la fin d'avril 1850. Malade, il ne travaille
plus : depuis plusieurs années sa santé n'a pas cessé de se
dégrader.

Il épouse Mme Hanska, le 14 mars 1850, à Berditcheff.

Rentrés à Paris vers le 20 mai, les deux époux, le 4 juin,
se font donation mutuelle de tous leurs biens en cas de
décès.

Balzac est rentré à Paris pour mourir. Affaibli, presque
aveugle, il ne peut bientôt plus écrire ; la dernière lettre
connue, de sa main, date du 1er juin 1850. Le 18 août, il
reçoit l'extrême-onction, et Hugo, venu en visite, le trouve
inconscient : il meurt à onze heures et demie du soir. On
l'enterre au Père-Lachaise trois jours plus tard ; les cordons
du poêle sont tenus par Hugo et Dumas, mais aussi par le
navrant Sainte-Beuve qui lui vouait la haine des impuis-
sants, et par le ministre de l'Intérieur ; devant sa tombe,

superbe discours de Hugo, ni Hugo ni Baudelaire ne se sont trompés sur le génie de Balzac.

La femme de Balzac, après avoir trouvé quelques consolations à son veuvage, mourra ruinée de sa propre main et par sa fille en 1882

NOTICE

I

LE COLONEL CHABERT

A. *Du manuscrit au Furne corrigé.*

Balzac a offert le manuscrit de cette œuvre à Zulma Carraud ; mais la collection Lovenjoul, à la bibliothèque de l'Institut, n'en possède aujourd'hui que les 14 derniers feuillets (cf. p. 54, n. 1 et p. 91, n. 1), sous la cote A. 226 ; aucune des épreuves n'a été conservée.

Les 19 et 26 février et les 5 et 12 mars 1832, la revue *L'Artiste* publie le premier texte imprimé de l'œuvre, que Balzac a probablement rédigé vite, à mesure de la publication. La nouvelle s'intitule alors *La Transaction* : elle comporte quatre chapitres et une conclusion, qui ne correspondent pas aux livraisons successives ; elle est de près d'un quart plus courte que dans son état définitif. En octobre 1832, un volume intitulé *Le Salmigondis, contes de toutes les couleurs* (tome I) reproduit la version de *L'Artiste* sous le titre *Le Comte Chabert* : Balzac n'a pas revu le texte de cette édition qui ne présente à ce titre aucun intérêt.

Début mai 1835, le tome XII des *Études de mœurs au XIXᵉ siècle* publiées par la veuve Béchet comprend une version augmentée et très remaniée de la nouvelle, qui s'intitule cette fois *La Comtesse à deux maris* : il n'y a plus que trois parties au lieu de cinq. En 1839, l'éditeur

Charpentier reproduit telle quelle cette version de 1835, sans que Balzac semble avoir relu son œuvre.

En 1844, la nouvelle trouve enfin son titre actuel pour entrer au tome X de *La Comédie humaine ;* les divisions en chapitres disparaissent, et les modifications, moins importantes qu'en 1835, sont encore nombreuses. Le « Furne corrigé » (exemplaire personnel de Balzac) ne porte que des corrections minimes ; en revanche, le « Catalogue des ouvrages que contiendra *La Comédie humaine* » dressé par Balzac en 1845 prévoit que *Le Colonel Chabert* doit passer des *Scènes de la vie parisienne* (où il figurait depuis 1835) aux *Scènes de la vie privée,* juste après *Le Père Goriot.*

B. *La rencontre de trois mondes.*

Les scènes d'étude. Balzac avait été, on le sait, clerc chez l'avoué Guillonnet-Merville (nov. 1816-mars 1818) ; il nourrit donc le début de son œuvre de souvenirs personnels. Mais *Le Colonel Chabert* s'inscrit à ce titre dans une surabondante tradition littéraire contemporaine, dont il faut retenir une pièce de Scribe, *L'Intérieur de l'Étude* (1821) : le héros, un avoué, s'y appelle Derville ; son caractère et son genre de vie austère et organisé préfigurent le personnage de Balzac : c'est assez naturel, car Scribe avait, comme Balzac, travaillé comme clerc chez Guillonnet-Merville, et Derville semble donc bien avoir la même « source », Guillonnet-Merville, dans les deux œuvres. Mais le Derville de Balzac s'appelle d'abord Émile M. (dans la première version de *Gobseck,* en 1830) ; et le nom du personnage de Scribe semble avoir été rappelé à Balzac, en 1832, par le pseudonyme utilisé par un de ses confrères journalistes, Louis Desnoyers, qui signait ses articles « Derville » — de plus, Desnoyers avait publié en janvier 1832 (un mois avant *Chabert*) une scène d'étude riche en plaisanteries du style de celles que nous lisons aux premières pages de l'œuvre : Balzac avait donc de multiples raisons de reprendre et un thème à la mode et un nom déjà familier.

L'aristocratie de la Restauration : les Ferraud. Le ménage Ferraud est un « être » romanesque bizarre : Balzac décrit longuement la carrière du comte, qui n'apparaît jamais dans l'œuvre, et n'est cité qu'épisodiquement dans *La Comédie humaine.* Ce comte s'appelait Ferrand dans la première livraison de *L'Artiste;* dans la seconde, Ferrand devint Ferraud, et une note de Balzac affirme qu'il s'agissait d'une inadvertance (p. 56, n. 1). Dans la pièce tirée de l'œuvre dès juillet 1832, le comte s'appelle aussi Ferrand; mais les représentations sont interrompues après la première, sous prétexte d'une indisposition des acteurs; à la reprise, le comte s'appelle Ferrière. Ces deux modifications peuvent avoir été réclamées par la famille du véritable comte Ferrand (1751-1825), parti en 1789 avec les princes, très influent sous la Restauration et chargé en 1814 puis 1815 de la restitution de leurs biens aux émigrés. Balzac a dédoublé le personnage afin que « son » comte Ferraud soit assez jeune pour séduire la veuve Chabert. Peut-être avait-il l'intention de donner un rôle à ce personnage (dont le portrait est précisé et augmenté en 1835), et l'hostilité de la famille y a-t-elle mis un coup d'arrêt. Reste en tout cas cette longue biographie, qui fait un peu « verrue », même si elle précise l'image de madame Ferraud. Nul spécialiste toutefois n'a encore trouvé de modèle réel à cette dernière, incarnation après d'autres du mythe de la « femme sans cœur »; il semble toutefois probable que la marquise de Castries a donné des traits psychologiques à ce personnage si habile à utiliser les sentiments et le désir masculins « jusqu'à un certain point » : en février 1832, l'épisode d'Aix n'avait pas encore eu lieu, mais Balzac courtisait — sans succès — la grande dame depuis plusieurs mois; en 1835, après la rebuffade, Balzac n'avait guère de raisons de laisser de côté le désir de vengeance déjà « libéré » en partie dans *Le Médecin de campagne* et *La Duchesse de Langeais.*

Qui est Chabert ? L'Empire est à la mode en littérature, surtout depuis 1825 : ici encore, Balzac s'insère dans un courant. Divers romans oubliés préfigurent le destin exceptionnel de Chabert, notamment *Le Passage de la Bérésina* de Debraux (cf. la notice d'*Adieu*) et surtout le récit anonyme *Éléonore* (1826). Mais Balzac a dû connaître un soldat réel à qui pareille aventure fût arrivée; car le thème de la disparition d'un officier qui reparaît longtemps après revient plusieurs fois dans son œuvre, notamment dans *Wann-Chlore* (1825), *Adieu* (cf. ci-après) et *Modeste Mignon* (1844). Aucun des nombreux Chabert réels dont Pierre Citron a fait le recensement ne correspond exactement à celui de la nouvelle, sauf un colonel Louis Chabert, blessé à la tête en Espagne, et qui avait été, en 1830, accusé de bigamie; Balzac pouvait avoir entendu parler de son aventure et de sa mort assez pitoyable au Val-de-Grâce en mai 1831. Un autre détail nous conduit ailleurs : dans la première livraison de *L'Artiste*, Chabert est hospitalisé non à Heilsberg mais à Kreislaw; la rectification a lieu dans la note déjà citée à propos de Ferraud. Cette fois les deux noms sont bien différents, et Kreislaw fait penser à Kresslawka, ville proche de certains champs de bataille de la campagne de Russie. Or, en juillet 1812, avait été « mortellement blessé » à la tête un général de Saint-Geniès, qui ne revint en France que deux ans plus tard, quand tous le croyaient mort. Il prit une retraite provisoire à Saint-Cyr-sur-Loire, près de Tours, de 1816 à 1818, et s'y fit remarquer par son bonapartisme agressif. Il eut une résidence dans la région jusqu'à sa mort (1839), et Balzac, qui venait souvent en Touraine vers 1830, ne pouvait ignorer l'existence et les aventures d'un personnage aussi remarquable. Une certitude : le Chabert de Balzac est un personnage composite, comme presque tous les héros de *La Comédie humaine*.

C. *Notre texte.*

C'est celui du Furne corrigé. Jean-A. Ducourneau en a donné une reproduction infiniment précieuse accompagnée d'utiles éclaircissements dans l'édition des « Bibliophiles de l'Originale ». Nous respectons l'usage des majuscules, significatives dans cette œuvre : Balzac les a systématisées (avec des lacunes, d'ailleurs) dans l'édition Furne pour donner plus de poids au monde juridique qui écrase Chabert. Nous avons conservé la ponctuation, sauf lorsque l'usage moderne imposait, pour la clarté, de supprimer une virgule ou de changer un point d'interrogation en un point ou un point d'exclamation. Lorsque nous avons corrigé les graphies de noms propres et les coquilles typographiques, nous les signalons par des notes dans chaque cas nouveau *. Nous avons rétabli les trois chapitres de l'édition de 1835 (plus logiques que les cinq de 1832), pour aérer la lecture ; on sait d'ailleurs que Balzac ne s'était résolu à ces suppressions que pour gagner de la place dans l'édition Furne, très compacte. Nous signalons en note tous les changements qui relèvent du procédé des personnages reparaissants, et les additions si elles portent sur des passages longs ou intéressants pour le sens. Nous montrons enfin que, malgré ses efforts pour accentuer la cohérence de l'œuvre, Balzac a laissé subsister des contradictions ou des incertitudes ; il reste en particulier des flottements dans la chronologie (l'intrigue centrale se situe en 1816 dans *L'Artiste*, 1817 en 1835, 1818-1819 dans l'édition Furne), et surtout le dénouement dépend d'une assez grosse invraisemblance : cet enlèvement de Chabert à Groslay, qui rend sensible l'inexistence bizarre du comte Ferraud. Encore Balzac a-t-il amélioré les choses par rapport à 1832, où l'épisode prenait place en hiver ! Le chapitre de l'enlèvement se terminait d'ailleurs bien différemment dans le manuscrit ; nous donnons en appendice ce passage, auquel Balzac, conscient de son désordre mélodramatique, a heureusement renoncé.

Pour la bibliographie, voir p. 262.

---

* Ces remarques valent pour les trois autres nouvelles rassemblées dans ce volume.

II

EL VERDUGO

Cette nouvelle parut le 28 janvier 1830 dans le journal *La Mode*, sous le titre *Souvenirs soldatesques, El Verdugo; guerre d'Espagne (1809)*. Elle fut incluse en septembre 1831 au tome II des *Romans et contes philosophiques*, sous son titre actuel ; en janvier 1835, Balzac la data d'octobre 1829 et la fit entrer au tome V des *Études philosophiques*; en 1846, précédé de sa dédicace, *El Verdugo* prit place au tome XV de *La Comédie humaine*; en 1847 enfin, Balzac l'utilisa pour compléter une édition séparée du *Provincial à Paris* (*Les Comédiens sans le savoir*).

Ce bref récit, l'un des plus anciens de *La Comédie humaine*, n'a pratiquement pas été retouché par Balzac. Le thème choisi par l'écrivain répondait à un courant de curiosité dans le public : on avait lu en 1828 *Le Dernier Jour d'un condamné* de Hugo et *L'Âne mort et la femme guillotinée* de Janin, on allait lire en 1830 les *Mémoires* du bourreau Sanson (rédigés par Balzac). Mais *El Verdugo* a probablement pour origine une histoire vraie, si l'on en croit cette note du romancier dans *La Mode* du 28 janvier 1830 : « Le respect dû à des infortunes contemporaines oblige le narrateur à changer le nom de la ville et de la famille dont il s'agit. » En fait il existe des marquis de Léganès, mais en Castille ; Balzac semble prendre ici pour cadre la région de Santander, sur la côte nord de l'Espagne, où se fit effectivement en 1809 un débarquement anglais qui mit les troupes françaises d'occupation en difficulté, notamment en la personne d'un colonel Étienne Gauthier, dont Balzac avait pu entendre parler : il avait vécu à Tours de sa retraite à sa mort (1815-1826). Mais l'anecdote a pu aussi lui être fournie par la duchesse d'Abrantès : il séjourne auprès d'elle, à Maffliers, dans la région de l'Isle-Adam, précisément en octobre 1829 (date qu'il donne à sa nouvelle) ; or son mari, le général Junot, avait servi en Espagne. Le dédicataire de la

nouvelle (cf. p. 123, n. 1) n'est peut-être pas non plus
étranger à sa conception : on pense que Macumer, dans les
Mémoires de deux jeunes mariées (1841-42), ressemble
physiquement à Martinez de la Rosa. Il se pourrait ici que
Juanito, l'aîné des Léganès, petit et laid comme Macumer,
soit décrit d'après le même original.

Notre texte est celui de l'édition Furne, Balzac n'ayant
porté aucune correction sur son exemplaire personnel ; pour
la bibliographie, cf. ci-après, p. 262.

III

ADIEU

Balzac publia ce récit dans *La Mode* des 15 mai et 5 juin
1830, sous le titre *Souvenirs soldatesques*, *Adieu*, qui
rappelait au lecteur *El Verdugo* et laissait présager un recueil
entier de « souvenirs soldatesques ». Il n'en fut rien et nous
voyons ici l'un des innombrables « faux départs » des *Scènes
de la vie militaire* que Balzac ne put jamais mener à bien. La
collection Lovenjoul, à l'Institut, conserve le manuscrit du
premier chapitre. En mai 1832 la nouvelle, intitulée bizarrement *Le Devoir d'une femme*, paraît au tome III (daté 1831)
de la 2ᵉ édition des *Scènes de la vie privée* ; en 1835, sous le
titre *Adieu*, datée de mars 1830 et précédée d'une épigraphe
(cf. p. 141, n. 1), elle entre au tome IV des *Études
philosophiques*, et enfin en 1846 au tome XV de *La Comédie
humaine*, avec la dédicace à Schwarzenberg.

Adieu s'inscrit dans une série d'œuvres inspirées par les
guerres de la Révolution et de l'Empire (cf. *El Verdugo* et *Le
Réquisitionnaire*), probablement sous l'influence de la
duchesse d'Abrantès, que Balzac voit souvent depuis 1826,
et qu'il aida à rédiger ses *Mémoires* après 1830. La date d'*El
Verdugo* (octobre 1829) était, nous l'avons vu, celle d'un
séjour fait à Maffliers auprès de la duchesse. Peut-être à cette
occasion Balzac a-t-il de nouveau sillonné la forêt, qu'il

connaissait bien pour être souvent venu jeune homme chez
M. de Villers-La Faye, à L'Isle-Adam même (août ou
septembre 1817, avril 1820, mai 1821). La carte proposée
en appendice permettra au lecteur de mesurer le mélange
d'exactitude et de fausses pistes que constitue le paysage du
premier chapitre d'*Adieu;* Balzac, tout en leur donnant
partiellement l'aspect des ruines de l'Abbaye du Val, près de
Mériel, situe ses Bons-Hommes à l'emplacement exact du
domaine qui porte encore aujourd'hui ce nom, à 2 km
seulement de Maffliers. Nous signalons en notes les détails
qui posent un problème.

Le second chapitre, que l'on pourrait isoler de l'œuvre
comme le récit de Goguelat l'a été du *Médecin de campagne*
(cf. notre édition de ce roman dans Folio), montre l'apparition dans l'œuvre de Balzac du thème de la disparition à la
guerre d'un officier qui revient bien des années après. Nous
avons vu (notice du *Colonel Chabert*) que Balzac avait
connu au moins une victime de ce genre d'aventure, aventure
survenue précisément pendant la campagne de Russie; par
ailleurs un roman récent d'Émile Debraux (*Le Passage de la
Bérésina*, 1826) avait montré un colonel, blessé près du
pont, et restant fou pendant deux ans; ici comme souvent,
Balzac a pu s'inspirer de ce sujet au prix d'un transfert : c'est
la comtesse, dans *Adieu*, qui est folle.

Ce personnage n'avait pas été identifié jusqu'à 1973; on
se référait, sans doute avec raison, à Victor de l'Aveyron
(« l'enfant sauvage » de Truffaut), qui, amené à Paris après
sa capture, avait pu être aperçu par Balzac au Luxembourg,
où on le promenait, lorsque le romancier habitait tout près,
rue Cassini. Comme la comtesse, il vivait nu lorsqu'il fut
pris, et resta presque muet malgré tous les efforts de son
précepteur. Mais Anne-Marie Meininger a suggéré récemment une piste bien plus riche : la comtesse de Vandières
aurait comme source Laure-Alexandrine de Berny, née en
1813, quatrième fille de Mme de Berny; « devenue folle
hystérique » (*Lettres à Mme Hanska*, éd. Pierrot, I, p. 365), la
jeune fille avait dû être placée en maison de santé en 1834; il

semble d'après un document conservé à Lovenjoul que sa maladie se soit déclarée dès avant la rédaction d'*Adieu*; enfin d'assez nombreux détails du texte concordent avec les données biographiques en notre possession concernant les Berny : nous en citons quelques-uns (cf. notes, *passim*). Les indications convaincantes de Mme Meininger ne font que confirmer une fois de plus combien Balzac puise très souvent tout près de lui-même, dans sa famille ou parmi ses intimes ; et comment il n'utilise presque jamais une seule source, mais plusieurs, pour un récit unique — quitte à ce qu'une source unique nourrisse plusieurs récits, ainsi — avec ses transpositions — l'aventure de l'officier disparu.

Notre texte est celui de l'édition Furne, Balzac n'ayant porté aucune correction sur son exemplaire personnel. Nous rétablissons pour la clarté les trois têtes de chapitres de 1830, réduites dans Furne à trois blancs soulignés d'un trait. Pour la bibliographie, cf. ci-après p. 262.

IV

LE RÉQUISITIONNAIRE

Balzac a rapidement rédigé ces quelques pages vigoureuses pour remplacer un texte refusé : il avait proposé au docteur Véron, directeur de la *Revue de Paris*, le manuscrit de *La Belle Impéria*; mais la peinture défavorable de l'Église dans ce conte ne parut pas pouvoir être présentée à des lecteurs qui voyaient dans la rue les effets de la violente réaction anticléricale du début de la Monarchie de Juillet (sac de Saint-Germain-l'Auxerrois et de l'archevêché les 14 et 15 février 1831), et Véron pria Balzac de ménager la pruderie de ses abonnés (lettre du 18 février 1831, *Correspondance* de Balzac, éd. Pierrot, I, p. 499). *La Belle Impéria* parut donc ailleurs avant de figurer en tête des *Contes drolatiques* (premier dizain, avril 1832). Balzac donna en échange à Véron *Le Réquisitionnaire*, qui parut dans la *Revue de Paris* dès le 27 février 1831, puis fut inclus dans les

Romans et contes philosophiques (septembre). En 1835, la nouvelle reçut sa date et figura au tome V des *Études philosophiques* ; en 1846, sa dédicace, au tome XV de *La Comédie humaine*. Comme pour beaucoup de ses nouvelles brèves, le romancier n'a apporté, en quinze ans, aucune modification notable à son texte.

Les dernières lignes de l'œuvre rappellent l'espoir de Balzac de faire œuvre scientifique, ou du moins de provoquer des études sérieuses sur ces domaines difficiles du psychisme auxquels il donna toujours toute sa curiosité. L'anecdote sur laquelle s'appuie cette affirmation de la « sympathie » (nous dirions « télépathie ») n'a pas encore été identifiée, mais sa source, si elle existe, doit être cherchée non à Carentan, que Balzac semble peu connaître (il ne le décrit pas : c'est un indice), mais probablement à Bayeux, où Balzac a séjourné en 1822 chez les Surville (cette ville ou ses environs fournissent le décor d'un épisode d'*Une double famille*, paru en avril 1830 ; de *L'Enfant maudit*, dont la première partie est publiée en janvier 1831 ; de *La Femme abandonnée*, qui date de septembre 1832) ; ou peut-être à Fougères, où Balzac, en 1828, a rassemblé chez les Pommereul la documentation de son roman *Le Dernier Chouan* (mars 1829 ; plus tard *Les Chouans*). Frappant, quoi qu'il en soit, l' « air de famille » qui rapproche madame de Dey de Jeanne d'Hérouville (*L'Enfant maudit*) : ces deux Normandes, créées par l'auteur à un mois d'intervalle, sont deux mères abusives, qui reportent sur un fils faible et adoré l'amour que ne leur a pas donné un mari vieux, militaire et difficile à vivre. Le caractère quasi amoureux des relations entre madame de Dey et Auguste laisse deviner chez Balzac, à la fois le regret de n'avoir ni été choyé, enfant, par sa mère, ni pu, adulte, s'entendre avec elle, et un hommage indirect à la « mère » que fut pour lui Mme de Berny, initiatrice et guide de vingt-deux ans son aînée. Enfin cette œuvre, riche de promesses thématiques et stylistiques, annonce à la fois *Le Père Goriot*, avec un transfert de la passion maternelle sur le personnage du père grandi jusqu'au mythe ; *Louis Lambert*, qui développe la théorie de la transmission de pensée (cf. l'épigraphe ajoutée en 1835) ; et des œuvres comme *Le Curé de Tours* (1832), par l'analyse ici déjà très maîtrisée des milieux sociaux de province, routiniers et épieurs.

Notre texte, comme pour les deux nouvelles précédentes, est celui de l'édition Furne, Balzac n'ayant porté aucune correction sur son exemplaire personnel.

ORIENTATION BIBLIOGRAPHIQUE

Sur *Le Colonel Chabert* :

Pierre CITRON, édition critique, Didier, 1961 ;

Marcelle MARINI, « Chabert mort ou vif », *Littérature*, n° 13, février 1974, p. 92-112 ;

Pierre BARBÉRIS, introduction, choix de variantes et notes, in *La Comédie humaine*, Gallimard, Bibliothèque de la Pléiade, t. III, 1976, p. 293-309 et p. 1333-1369.

Peter BROOKS, « Constructions psychanalytiques et narratives », *Poétique*, n° 61, février 1985, p. 63-74 ;

Patrick BERTHIER, « Folbert, Chabert, Falbert ? », *L'Année balzacienne 1987*, Garnier, p. 394-398.

Sur *El Verdugo* :

Pierre CITRON, introduction, choix de variantes et notes, in *La Comédie humaine*, éd. citée, t. X, 1979, p. 1123-1131 et p. 1814-1821 ;

Janet L. BEIZER, « Victor Marchand : the narrator as story teller », *Novel*, Fall 1983, p. 44-51.

Sur *Adieu* .

Anne-Marie MEININGER, « Sur Adieu », *L'Année balzacienne 1973*, p. 380-381 ;

Shoshana FELMAN, « Women and madness : the critical phallacy », *Diacritics*, Winter 1975, p. 2-10, repris en français dans *La Folie et la chose littéraire*, Seuil, 1978, p 143 146 [il s'agit d'un commentaire hostile de la présente édition];

Moïse LE YAOUANC, introduction, choix de variantes et notes, in *La Comédie humaine*, éd. citée, t. X, 1979, p. 963-972 et p. 1764-1780;

Patrick BERTHIER, « Adieu au théâtre », *L'Année balzacienne 1987*, p. 41-58.

Sur *Le Réquisitionnaire* :

Thierry BODIN, introduction, choix de variantes et notes, in *La Comédie humaine*, éd. citée, t. X, 1979, p. 1097-1104 et p. 1804-1814;

Franc SCHUEREWEGEN, « Lire dans ou hors du livre. Deux lectures du *Réquisitionnaire* de Balzac », *Littératures*, nº 12, printemps 1985, p. 61-75.

Sur les *Scènes de la vie militaire* :

Roland CHOLLET, introduction à *La Bataille*, in *La Comédie humaine*, éd. citée, t. XII, 1981, p. 649-652;

Patrick BERTHIER, « Absence et présence du récit guerrier dans l'œuvre de Balzac », in *L'Année balzacienne 1984*, p. 225-246, et actes du colloque *La Bataille, l'armée, la gloire*, Clermont-Ferrand, 1985, t. II, p. 335-352.

NOTES

LE COLONEL CHABERT

Page 19.

1. Balzac connaissait depuis février 1843 cette comtesse belge (1797-1872), qui peignit à l'aquarelle les soixante-cinq écussons de l'armorial constitué par Grammont pour les familles nobles de *La Comédie humaine*. Balzac avait d'abord pensé dédier l'œuvre au marquis de Custine (cf. *Lettres à Mme Hanska*, éd. Pierrot, 7 novembre 1843, t. II, p. 271), qui eut en compensation la dédicace de *L'Auberge rouge*.

Page 21.

1. Titre de la 1re partie dans l'édition de 1835. Dans *L'Artiste,* on lisait : § *1er. Scène d'étude.*

2. Manteau anglais à capes superposées.

3. La rue Vivienne va du boulevard Montmartre aux jardins du Palais-Royal en passant devant la Bourse de Paris.

4. Jusqu'en 1835 ce personnage est anonyme ; Balzac avait imprimé en 1827 une œuvre d'un vaudevilliste de ce nom.

Page 22.

1. Les coucous, voitures à deux chevaux pour huit passagers, assuraient le service omnibus de banlieue au

départ de Paris; cf. les premières pages d'*Un début dans la vie* (1842), dont le titre primitif était *Un voyage en coucou*.

2. Godeschal est créé en 1835 mais il tient alors le rôle de Huré (cf. p. 24, n. 2); il prend sa place définitive dans l'édition Furne. Godeschal joue un rôle important dans *Un début dans la vie* (1842) et *Les Petits Bourgeois* (roman inachevé, 1843-44).

3. C'est seulement dans le Furne corrigé que Balzac donne au quatrième clerc le nom de ce personnage important créé en 1838 pour *La Maison Nucingen*; à l'inverse de Derville, il figure dans *La Comédie humaine* le type de l'avoué sans scrupule (cf. aussi *La Rabouilleuse*).

Page 24.

1. Jusqu'en 1835 ce personnage est anonyme; comme Simonnin, il n'apparaît dans aucun autre roman.

2. Jusqu'en 1835 ce personnage est anonyme; en 1835 il se nomme Godeschal, et reçoit son nom actuel pour l'édition Furne (cf. p. 22, n. 2); il n'apparaît dans aucun autre roman.

3. Cette plaisanterie était peut-être compréhensible pour les lecteurs de 1832, mais je n'en ai pas découvert la clé...

4. Débiter des absurdités ou se moquer de tout pourvu qu'on réussisse, d'après le grand *Larousse du XIXᵉ siècle*, qui cite ce passage.

5. L'ordonnance sur la restitution de leurs biens aux émigrés est en fait du 5-6 décembre 1814. Balzac donne d'ailleurs la date exacte dans le *Code des gens honnêtes* (1825), où figure déjà un développement ironique très proche de l'improvisation de Godeschal. A noter que dans le texte de l'ordonnance les biens « affectés à un service public » sont exclus des restitutions, contrairement à ce qui est dit ici (p. 23, l. 15-16).

6. Depuis le début de l'œuvre, les appellations de Maître-clerc, Principal clerc et Premier clerc désignent toutes le seul Boucard.

Page 25.

1. Furne imprime « apportée », nous rétablissons l'ac
cord grammatical, respecté dans toutes les éditions antérieures.

2. Toutes les éditions portent ce *et* malencontreux qui
alourdit la phrase plus qu'il ne la structure.

Page 26.

1. Le Grand et le Petit Châtelet défendaient l'accès dans
Paris dès le IXe siècle. Le Grand Châtelet, qui servait de
palais de justice sous l'ancien régime, fut démoli en 1802
pour aménager l'actuelle place du Châtelet

Page 27.

1. Équivalent, tiré du refrain de nombreuses chansons
populaires, de tournures beaucoup plus triviales commençant par les mêmes mots ; l'expression semble elle-même
assez vulgaire au XIXe siècle

2. Ce mot alors d'usage en Touraine (province natale du
romancier) remplace dans l'édition Furne son synonyme
« souffre-douleur », qu'on lisait dans les versions antérieures.

Page 28.

1. Le texte de 1835, qui donne « *le* laissèrent », est plus
correct.

Page 29.

1. C'est-à-dire : qui ont la manie des procès.

Page 30.

1. *Crâne* : homme fier et décidé (n'a pas la nuance
impliquée aujourd'hui par l'expression « quel crâneur ! »).

Page 32.

1. Madame Saqui (1786-1866), acrobate célèbre sous
l'Empire, avait ouvert boulevard du Temple en 1816 un
théâtre de pantomimes et de funambules.

2. Parce qu'il y avait un droit de péage pour franchir le Pont Neuf.

Page 33.

1. Ancêtre du Musée Grévin, l'un des deux cabinets fondés par l'Allemand Curtius vers 1770 se trouvait, comme le théâtre de madame Saqui, boulevard du Temple.

2. *Sic.* Pure invention verbale de Balzac semble t il.

3. On lisait Ferrand dans *L'Artiste*. Cf. la notice et p. 56, n 1.

Page 34

1. Voir le célèbre tragédien Talma (1763 1826) jouer le Néron du *Britannicus* de Racine semble avoir été l'un des grands désirs insatisfaits de Balzac jeune (cf. *Le Colonel Chabert*, éd. Citron, p 25, n 1).

Page 35.

1. Cet incident est un ajout de l'édition Furne Boucard reproche à Godeschal de nuire aux intérêts financiers de Derville parce qu'une requête favorablement accueillie terminerait trop tôt le procès ; mais cette allusion à deux des plus grandes familles nobles de *La Comédie humaine* donne surtout l'occasion à Balzac de reprocher une fois de plus à l'aristocratie de n'avoir vu dans la Restauration que l'occasion de rentrer dans ses biens, au lieu de se soucier de la reconstruction de l'État. Cf. notamment *La Duchesse de Langeais*.

2. Nous figurons par le blanc qui suit le passage du premier au deuxième chapitre dans *L'Artiste* (§ II. *La Résurrection*).

Page 37.

1. Cf, p 24, n 6

2. Donnée seulement comme « familière » par le grand *Larousse du XIXe siècle*.

Page 38.

1. Synonyme d'idiotie, au sens de stupidité ; encore usité au sens médical. On lisait plus simplement « idiotie » en 1835 et « idiot » en 1832.

Page 39.

1. Cf. un incident comparable dans *Splendeurs et Misères des courtisanes* (Folio n° 405, p. 419), où la tête de Vautrin, dépouillée de la perruque de l'abbé Herrera, apparaît elle aussi « épouvantable à voir ».

2. Cette demande de précision est conforme à la vraisemblance et à l'histoire ; il y avait eu plusieurs Chabert dans l'armée impériale. Cf. la notice.

Page 40.

1. *Victoires, conquêtes, revers et guerres civiles des Français de 1792 à 1815 :* cet ouvrage de compilation en 29 volumes, paru de 1817 à 1823, eut beaucoup de succès et plusieurs rééditions.

Page 41.

1. C'est seulement à partir de 1835 que Balzac écrit le mot en entier ; dans la bouche d'un soldat, ce juron (abrégé « s... » dans *L'Artiste*) pouvait « passer ». Cette note vaut pour toutes les occurrences du mot.

Page 42.

1. Balzac écrit Stuttgard ; nous rétablissons l'orthographe reconnue par l'usage moderne. Cette note vaut pour toutes les occurrences du mot.

2. Balzac a corrigé pour l'édition Furne le « dont » de *L'Artiste* et de 1835 en « de qui ». Cette correction qui nous semble aujourd'hui peu heureuse est presque systématique dans le texte « définitif » de *La Comédie humaine.*

3. « Jeu de cartes pliées et entaillées en forme de capuce [capuchon des moines], que les enfants s'amusent à renverser » (Grand Robert).

Page 43.

1. Toxique et malodorant (mot introduit par Rabelais).

Page 44.

1. On remarquera le curieux retour, à une page d'intervalle, de la même image dans deux utilisations différentes
(cf. p. 42, n. 3).

2. Ce verbe ne peut convenir pour parler de la peau ; cette
impropriété vient d'une correction de 1835 ; on lisait dans
L'Artiste : « (...) heureusement les débris de ma tête, ceux
des camarades et de mon cheval, que sais-je ! m'avaient
comme enduit d'un emplâtre naturel. »

Page 45.

1. Cf. p. 42, n. 2. On lisait « dont » dans *L'Artiste* et en
1835.

2. Ville de Prusse orientale, à 30 km d'Eylau. Dans
L'Artiste on lisait « Kreislaw » : cf. la notice et p. 56, n. 1.

Page 46.

1. Ce personnage est anonyme jusqu'en 1835. Ce nom a
probablement été inspiré à Balzac par celui de son relieur,
Spachmann, co-éditeur, avec Werdet, du *Père Goriot*
(1835).

Page 47.

1. Approximativement 400 francs français actuels.

Page 49.

1. Approximativement 6 000 francs actuels.

2. Selon la même approximation, 100 francs.

3. Si Balzac met l'alchimie en tête de toutes les produc-
tions du cœur humain, ce n'est pas seulement parce qu'il la
tient pour une science à part entière : en 1832, il est déjà
agité par certaines des préoccupations qui le conduisirent, en
1834, à raconter l'aventure de Balthazar Claës (*La
Recherche de l'Absolu*)

4. Souligne par Balzac. Emploi nouveau que celui de ce mot, jusqu'alors presque exclusivement utilisé comme préfixe ; mais il n'a bien entendu encore aucune des connotations que lui imposa la psychanalyse au XXᵉ siècle.

Page 51.

1. Le texte de *L'Artiste* présente des variantes assez piquantes : « (...) une face de *Requiem*, j'étais vêtu comme Dieu fut vendu, je ressemblais plutôt à un Esquimau qu'à un homme (...) ».

2. *Muscadin :* au XVIᵉ siècle, pastille parfumée au musc ; ce mot désigna les élégants par leur parfum favori. Sous la Révolution, il est à peu près l'équivalent des « Incroyables » (idée d'élégance excessive et recherchée).

3. Ici finit la première livraison de *La Transaction* dans *L'Artiste*. Balzac commet une assez grosse inadvertance en faisant de Chabert, « mort » à Eylau, un comte d'Empire la noblesse d'Empire ne fut créée qu'en mars 1808.

4. Cf. p. 42, n. 2.

5. Ce personnage est nommé dès 1832 ; son nom est peut-être celui d'un riche marchand de bois parisien (cf. éd. Citron, p. L et n. 3). Il ne réapparaît pas dans *La Comédie humaine*.

Page 52.

1. C'est-à-dire pendant l'occupation française du printemps 1797. Balzac situe à Ravenne un projet de nouvelle dont cet épisode peut être le reflet ou l'annonce : « Sujet. *L'incendie de Ravenne.* Un des faubourgs de Ravenne plein de brigands, la terreur de la ville, un soldat français y est assassiné en plein jour (...) » (*Pensées, sujets, fragments,* éd Crépet, 1910, p. 79).

Page 53.

1. Balzac écrit « Carlsruhe » ; nous nous conformons à l'usage moderne

Page 54.

1. « Fin de la partie dont j'ai eu le manuscrit pour contrôler avec le texte » (note du vicomte de Lovenjoul sur son exemplaire personnel de *L'Artiste ;* mais nous n'avons plus trace de ce début de manuscrit).

2. Le 6 juillet 1815.

3. Près de Claye-Souilly, à 25 km à l'est de Paris sur la N. 3.

Page 55.

1. *R*edevenue, plus exactement . la rue de la Chaussee-d'Antin, qui existait avant la Révolution, s'appela rue Mirabeau de 1791 à 1793 et rue du Mont-Blanc de 1793 à 1816, date à laquelle elle retrouva son ancien nom.

2. Ici on lit bien « Ferraud » dans la deuxième livraison de *L'Artiste.* Cf. la notice et p. 56, n. 1.

3. Cet établissement psychiatrique existait depuis 1641, et son nom était déjà utilisé en plaisanterie

Page 56.

1. « Dans le premier article, Kreislaw a été mis par inadvertance au lieu d'Heilsberg et Ferrand pour Ferraud. » (Note de Balzac dans la deuxième livraison de *L'Artiste.* Cf. la notice, p. 33, n. 3 et p. 45, n. 2.)

Page 57.

1. Toutes les éditions sauf celle de 1839 (Charpentier) impriment « costume ». Balzac n'a pas vu la coquille sur son exemplaire personnel du Furne.

Page 58.

1. Début de la seconde partie dans l'édition de 1835, et du § III, intitulé *Les deux visites,* dans la deuxième livraison de *L'Artiste.*

Page 59.

1. Allusion a la faillite, dans *Eugénie Grandet* (1833 ; Folio n° 31), du notaire Roguin, cité page suivante. Quant à

Crottat, son successeur, il reçoit également son nom dans l'édition de 1835, année où Balzac le crée (cf. *Melmoth réconcilié* et la IVe partie de *La Femme de trente ans*). La faillite de Roguin joue aussi un grand rôle dans *César Birotteau*, ébauché dès avril 1834, mais rédigé pour l'essentiel fin 1837

Page 60.

1. Nom donné au site de la bataille pour le distinguer de Deutsch-Eylau, autre localité prussienne.

2. Cf. p. 59, n. 1. Ces répliques datent, bien sûr, de 1835.

Page 61.

1. Le domaine : le domaine public, c'est-à-dire l'État (cf. « le fisc », trois lignes plus loin) ; la moitié restante allait légalement à la veuve, comme le précise Balzac p. 70.

2. Ces mots, qui terminent l'addition de 1835, évoquent *Le Pour et le Contre,* titre de la première partie de *La Fleur des pois,* rédigée la même année (cette œuvre devint *Le Contrat de mariage,* Folio n° 302)

3. On lisait en 1835 : « Le comte Chabert, dont Derville trouva l'adresse au bas de la première quittance que lui avait remise le notaire... » ; en supprimant le nom de Derville dans l'édition Furne, Balzac a rendu la phrase incompréhensible.

4. Cette petite rue (aujourd'hui rue Watteau) prend sur le boulevard de l'Hôpital non loin de la place d'Italie. Dans *L'Artiste* le nourrisseur habitait rue d'Orléans-Saint-Marcel (aujourd'hui rue Daubenton, près du centre universitaire Censier) ; mais en 1835 Balzac déplaça son domicile de près d'un kilomètre en direction des faubourgs, pour rendre plus vraisemblable un décor aussi champêtre.

5. Ce personnage a son nom dès 1832 ; Balzac l'a fait, après coup, reparaître dans *La Vendetta* (1830). Un nourrisseur est « celui qui entretient des vaches pour la vente de leur lait ».

Page 64.

1. P. Citron a montré quels souvenirs tourangeaux inter-
viennent dans ce paysage (*Revue d'histoire littéraire de la
France,* oct.-déc. 1959). Cf. notre édition Folio du *Médecin
de campagne.*

Page 65.

1. *Brûle-gueule :* pipe à tuyau court ; ce mot apparu fin
XVIIIᵉ est donné comme « populaire et trivial » par le grand
Larousse du XIXᵉ siècle. L'adjectif *culotté* est alors un
néologisme ; il est familier.

Page 66.

1. Ils avaient d'abord été publiés séparément pour toutes
les campagnes d'octobre 1805 à décembre 1812. Leurs
accents épiques quand il s'agit de victoires, leur extrême
discrétion dans l'aveu des désastres, contribuèrent également
à laisser de l'empereur une image idéalisée.

Page 67.

1. Le boulevard de l'Hôpital fut la limite sud-est de Paris
jusqu'en 1860.

2. Balzac écrit souvent « vieux » là où nous jugeons
« vieil » nécessaire.

3. Cf. p. 42, n. 2.

4. Cette allusion à la campagne de 1798-99 établit un lien
fragile avec une nouvelle balzacienne parue en décembre
1830, *Une passion dans le désert.*

Page 68.

1. Le monopole de l'État sur le tabac est effectif en
France depuis 1810.

2. La conversation qui commence ici (jusqu'au départ de
Derville, p. 74, l. 30) est réduite à une douzaine de lignes très
sèches dans *L'Artiste.*

Page 69.

1. Adverbe familier créé par Regnard (1690) : comme on voit, les italiques servent souvent à Balzac d'excuse pour un « écart » de langage.

Page 71.

1. C'est-à-dire le revenu annuel de 300 000 francs (la part de Chabert) placés à 8 % . approximativement 40 000 francs actuels par mois.

Page 72.

1. Allusion au célèbre ususier qui a fait une « faveur » à Derville en ne lui prêtant les 150 000 francs nécessaires à l'achat de sa charge « qu' » à 15 % d'intérêt (cf. *Gobseck*).
2. Faut-il rappeler que ce monument fut fondu avec le bronze d'Austerlitz ? Commencée en août 1806, la colonne fut terminée en août 1810.

Page 73.

1. Balzac veut probablement dire : sans formalités.
2. Bien que sa fortune vienne de Baudelaire, le mot fut introduit en France dès 1745 ; Voltaire et Diderot l'emploient.

Page 75.

1. Cf. p. 67, n. 2.
2. Première occurrence, selon Robert, du sens moderne de ce mot dans la littérature française (sens premier : petite mie, miette).

Page 76.

1. Étriller son cheval, en argot militaire. Cf. *Adieu*, p. 179, l. 8.
2. Le nom de ce personnage introduit en 1835 vient peut-être de celui d'un marchand de vin installé en 1828 près de la rue Bonaparte, non loin de l'imprimerie de Balzac.

Page 77.

1. *Sic.* On lisait même « va-z-être » en 1835.

2. On ne peut compléter que d'après la scène qui suit (quelque chose comme : « ne s'effraient que de voir leur position sociale remise en cause »). Ce paragraphe et le suivant sont des additions de 1835.

Page 78.

1. *Sénatorerie :* à partir de 1805, district dans lequel un sénateur jouissait de revenus spéciaux attachés à sa dignité, et avait la prééminence sur tous les magistrats.

Page 79.

1. Rédaction un peu elliptique. Il y a trois idées : 1º Ferraud est une gloire de l'aristocratie (ennemie de Napoléon) ; 2º la comtesse Chabert est la veuve d'un colonel (partisan de Napoléon) ; 3º mais *a*) Ferraud, joli garçon, a des maîtresses, *b*) la comtesse Chabert, âpre au gain, arrondit sa fortune (devenant ainsi un parti dont la richesse peut faire oublier le passé politique), *c*) par conséquent le mariage de Ferraud et de la comtesse Chabert, déjà sa maîtresse (détail précisé cinq lignes plus loin) n'est pas une surprise pour les coteries aristocrates : au contraire, les salons accueillent cette nouvelle venue, si évidemment disposée à se joindre au clan.

2. Troisième présentation du même fait : pour Crottat, partisan de l'enrichissement de l'État bourgeois, cette restitution était une « monstruosité » (p. 61) ; pour Derville, technicien objectif, c'est un élément d'information parmi d'autres (p. 70) ; pour Balzac lui-même, ce fut une tentative de Bonaparte pour ramener à lui une « transfuge ». Un détail de ce type permet de mesurer le souci balzacien de présenter un « kaléidoscope » social (les mêmes éléments vus dans diverses combinaisons).

3. Thème souvent abordé par Balzac, par exemple dans un texte de 1840 intitulé justement *La Femme comme il faut*, qui figure maintenant dans la nouvelle composite *Autre Étude de femme*.

4. On lit dans Furne « phase » ; nous rétablissons « phrase », qui figure dans les éditions antérieures. « Cléricale » est à entendre au sens étymologique : écrite par un clerc.

Page 80.

1. Ce personnage est nommé dès le manuscrit, mais plus loin dans l'œuvre (p. 104 et n. 1) ; tout ce développement sur la carrière de Ferraud ne prend sa dimension et sa cohérence qu'en 1835. Delbecq n'apparaît pas ailleurs dans *La Comédie humaine.*

2. Balzac emploie très souvent « en » et « y » à propos de personnes, comme il était d'usage au XVIIe siècle, et sans donner à ce tour la valeur expressive (de mépris généralement, implicite ou explicite), qu'il revêt dans la littérature contemporaine. Cf. Grevisse, *Le Bon Usage,* §§ 502 et 504, *in fine.*

Page 81.

1. Cf. p. 42, n. 2. Mais ici on lisait « de qui » dès 1835.

Page 82.

1. Furne imprime « avec lequel », ce qui rend la phrase incorrecte. Même lapsus dans l'édition de 1835. La correction s'impose.

2. Talleyrand s'était séparé en 1815 de sa femme, dont la sottise était aussi célèbre que la beauté ; la comtesse Ferraud craint comme elle d'être soudain estimée « inutilisable ».

Page 83.

1. Balzac emploie toujours cette forme savante (au lieu de cal).

2. Cette rue, qui joint le boulevard des Invalides au boulevard Raspail en passant devant l'hôtel Matignon, peut être considérée comme partie intégrante du « faubourg Saint-Germain », fief géographique de l'aristocratie.

3. Rappelons que cette grande dame est une des clientes de Derville, dont elle a largement favorisé les succès profes-

sionnels dans le milieu noble (cf. p. 35, n. 1, et *Gobseck*). Ce détail, comme tout le passage, date de 1835.

Page 84.

1. Familles de haute noblesse et de longue lignée.

2. Balzac emploie ce mot dans un sens disparu aujourd'hui : « conte inventé pour abuser quelqu'un » (dictionnaire Robert).

3. Le snobisme de 1831-32 avait mis ces animaux à la mode (cf. un texte de Balzac du 10 mars 1831, *Œuvres diverses*, éd. Conard, II, p. 316).

Page 86.

1. Dès le XVIIᵉ siècle : élégante à la mise recherchée, femme coquette, voire maniérée et prétentieuse.

2. Nous rectifions l'orthographe : Balzac écrit Cogniard dans toutes les éditions. Pierre Coignard (1779 ?-1831), célèbre bagnard évadé qui vécut libre plus de dix ans sous de fausses identités, était lieutenant-colonel de gendarmerie de Louis XVIII lorsqu'il fut reconnu par un ancien compagnon de chaîne lors d'une revue aux Tuileries et arrêté (1818). L'événement avait fait un bruit énorme.

Page 87.

1. C'est bien en quoi l' « honnête » Derville s'aventure aux franges de la légalité, surtout s'il y a procès. Fraisier, dans *Le Cousin Pons* (Folio n° 380) se fait prendre à une manœuvre de ce type et perd sa charge, mais ce personnage tardif (1847) est poussé au noir.

Page 88.

1. Environ quatre millions et demi de francs actuels.

Page 89.

1. L'un des gendres du comte Ferrand, pair de France, avait été autorisé par une ordonnance de 1819 à porter le nom de Ferrand et aurait reçu la pairie par le même canal si

la mort n'avait enlevé trop tôt son beau père. Balzac connaissait-il ces détails ? Cf. la notice, p 254.

Page 90

1. Fin de la deuxième livraison de *L'Artiste* Nous figurons par un blanc le passage au chapitre suivant, qui coïncide avec le début de la troisième livraison (§ *IV. L'Hospice de la vieillesse*).

Page 91.

1. A ce mot commence la partie du manuscrit conservée à Chantilly (cf. la notice et p. 54, n 1).

Page 92.

1. .. à deux maris . cf le titre de la nouvelle en 1835.
2. Il la voit par la fenêtre traverser la cour pour monter l escalier.
3. Le bonapartiste Chabert a les tics de l'Empereur...
4. Calembour ?

Page 93

1. *L'Artiste* donnait sa date de naissance . 1ᵉʳ juillet 1765 (1770 dans le manuscrit) ; il a donc 53 ans. ce qui suffit largement, à l'époque et vu les épreuves subies. à faire de lui un vieillard.
2. Nous corrigeons Furne qui imprime « nommée »

Page 94

1. *Sous-seing :* acte fait entre des particuliers sans l'intervention d'un officier ministériel (« acte sous seing privé »).
2. Sur Crottat, cf. p. 59, n. 1. *Acte de notoriété :* acte « par lequel un officier public ou ministériel relate des témoignages constatant la notoriété de certains faits » (Dalloz) : notoriété dérive de notoire. non de notaire (cf. « acte notarié »).
3. « Afin de rétablir le crédit en rassurant les rentiers. la loi du 24 août 1793 institua le *Grand Livre* de la Dette

publique sur lequel devaient être inscrits nominativement les créanciers de l'État, en particulier les rentiers. Cette formalité a été maintenue jusqu'à nos jours. » (E. B. Dubern, « La rente française chez Balzac », *L'Année balzacienne 1963*, p. 252.)

Page 95.

1. La fin de ce dialogue est bien différente dans le manuscrit et dans *L'Artiste* : la transaction y stipule que Chabert exige que « tous ses droits d'époux soient reconnus » deux jours par mois, « pris l'un au commencement et l'autre au milieu du mois ». Ce détail convient à l'ensemble du personnage, à en croire la maison de passe de Ravenne (p. 52) et l'endroit où il a trouvé sa femme (p. 95) ; mais en le supprimant, Balzac entend laisser de son colonel une image plus idéalisée, et accentuer le dualisme manichéiste femme sans cœur/mari innocent.

2. Cf. p. 92, n. 3.

3. Haut lieu de la prostitution parisienne vers 1800.

Page 97.

1. Comme il est précisé plus loin, ce village est situé près de Montmorency, à 11 km au nord de Paris (porte de la Chapelle).

2. Nous corrigeons Furne qui imprime « physyonomie ».

Page 98.

1. Aussi bien Balzac reprend-il dans ce passage la thèse de Diderot dans son *Paradoxe sur le comédien*.

Page 99.

1. La comédienne soigne ses nuances : à Chabert, homme de l'Empire, elle parle de « Napoléon » ; à Derville, qui la connaît comme épouse d'un ultra, elle parlait de « Bonaparte » (p. 86, l. 28).

Page 101.

1. Le manuscrit ajoutait : « La colère me faisait trouver des plaisirs vengeurs dans cette prostitution, je ne l'aurais jamais exigée » (cf. p. 95, n. 1).

Page 104.

1. C'est seulement ici que l'intendant reçoit un nom dans le manuscrit (cf. p. 80, n. 1).

Page 105.

1. C'est-à-dire dans un acte officiel authentifié par la signature d'un homme de loi.

2. *Pudeur :* sens de l'honneur (cf. latin *pudor*).

3. « Voici comment » ou « voici pourquoi » est un des plus célèbres tics de style balzaciens. Celui-ci est une addition de l'édition Furne.

Page 106.

1. Dans *L'Artiste,* Jules était un enfant moins cérémonieux : « C'est-y vous qui faites pleurer maman ? »

2. ... à tel point que Balzac oublie de les faire partir, alors qu'il est invraisemblable qu'ils assistent à la scène dramatique qui suit.

Page 107.

1. Journal fondé le 29 octobre 1815, et qui ralliait l'opinion bonapartiste sous des dehors modérés. Toutefois l'allusion ne convient pas à une scène de juin 1818, car *Le Constitutionnel* fut interdit de juillet 1817 à mai 1819 : l'erreur provient du changement de date de l'intrigue d'une édition à l'autre (cf. la notice).

2. Ici finit la troisième livraison de *L'Artiste.* Admirons au passage, alors que le roman-feuilleton n'est pas encore une institution, l'art déjà consommé du : « la suite au prochain numéro »...

Page 108.

1. A 10 km au nord-ouest de Groslay.

2. « Ironiquement : se dit d'une personne qui se trouve dans une situation étrange ou ennuyeuse » (grand *Larousse du XIXᵉ siècle*).

3. D'ici à la fin du chapitre, le texte du manuscrit est complètement différent. Cf. l'appendice p. 299, et la notice p. 256.

Page 109.

1. Large fossé figurant ou renforçant la clôture d'une propriété (cf. *Une ténébreuse affaire*, Folio nº 468, p. 27 et n. 1).

Page 112.

1 Titre introduit en 1835 ; il ne correspond à aucune division dans le manuscrit ou dans *L'Artiste*.

2. Brive, précisait le manuscrit (« B. » dans *L'Artiste*).

Page 113.

1. Le passage qui commence ici (jusqu'aux mots « l'avoué du comte Chabert », p. 116, l. 30) ne figurait pas sur le manuscrit. Ajout sur épreuves, donc (car il est dans *L'Artiste*), et intéressant dans la mesure où il complète en Derville la peinture de l'homme d'affaires avide et arriviste, plus instinctivement préoccupé d'argent que d'honneur : le siècle que gouverne l' « Ote-toi de là que je m'y mette » ne laisse place aux « bons sentiments » (cf. p 38-58) que s'ils ne contrecarrent pas la bonne marche des affaires bourgeoises : la conduite de l'avoué ici ne relève pas du manque de tact ou de politesse, mais de la logique d'un système.

2. *Dépôts de mendicité* : établissements où l'on faisait travailler les détenus pris en délit de mendicité dans un endroit où elle est interdite. Organisés en 1764, ils avaient connu leur apogée sous l'Empire (un par département) ; en

1830, il n'y en avait plus que 7 — dont un dans le Doubs, à en croire *Le Rouge et le Noir* (Folio n° 17, I, ch 2·3).

3. *Déposait de* : témoignait de.

Page 114.

1. Balzac, lui, y reviendra plusieurs fois, ne serait-ce que dans les deux dernières parties de *Splendeurs et Misères des courtisanes* (Folio n° 405).

2. Les mots « dont se plaignent. les prévenir » sont ajoutés en 1835. Le thème du suicide fut à l'honneur cette année-là avec le *Chatterton* de Vigny, auquel Balzac était très hostile ; mais le romancier vise plus précisément Théodore Muret, l'un de ses ennemis, qui venait de publier contre le suicide un mauvais roman à thèse, *Georges ou un entre mille*. Balzac revint plusieurs fois sur le problème socio-politique du suicide, notamment dès l'année suivante dans *La Chronique de Paris* (*Œuvres diverses*, éd. Conard, III, p. 1-5).

Page 115

1. Où eurent lieu les exécutions capitales jusqu'en 1834 ; elle était rebaptisée place de l'Hôtel-de-Ville depuis 1830, mais l'habitude survivait.

Page 116.

1. Nous figurons par le blanc qui suit le passage à la dernière partie (intitulée CONCLUSION dans le manuscrit et dans *L'Artiste*).

Page 117.

1. Cet épilogue a lieu en juillet 1830 dans le manuscrit et *L'Artiste*, en juin 1832 dans toutes les autres éditions ; sur le Furne corrigé, Balzac, comme il le fait souvent en relisant ses œuvres anciennes, repousse la date au-delà de celle de la première publication.

2. Autre modification du Furne corrigé : Godeschal devenu avoué remplace un personnage anonyme dont l'intervention tardive rompait l'unité du récit

3. Ris Orangis, à 17 km de Paris sur la N 7 ; Balzac avait fait cette route en 1829 pour aller voir sa sœur Laure à Champrosay (1 km à l'est).

4. L'hospice de Bicêtre, créé en 1656, est tout près de l'actuelle porte d'Italie Celui de la Salpêtrière, créé en 1648, reçut en 1823 l'appellation d' « hospice de la vieillesse » que Balzac reprend ici à propos de Bicêtre.

5. On lisait dans le manuscrit : « Il ressemble à ces bonshommes en chocolat que vendent les confiseurs » ; les « grotesques » dont il est question ici sont-ils des confiseries ? ou bien Balzac pense-t-il à ces vases, à ces pots de bière, à ces petites statues représentant des nains, des personnages de comédie, des barbons ridicules qui abondent dans la production allemande de la fin du XVIIIe et du début du XIXe siècle ? Les plus étonnants de ces grotesques se trouvent dans certains jardins, ceux de Wurtzbourg ou de Salzbourg.

Page 118.

1. Le thème du héros vieilli relégué à l'hospice par une femme de la haute société est repris en 1836 dans *Facino Cane*.

2. Détail qui contredit la réplique de Chabert selon laquelle sa femme était pensionnaire d'une maison de passe (p. 95, l. 25).

Page 119.

1. Environ quatre cents de nos francs

2. Victoire de Frédéric II de Prusse sur les Français (1757).

3. Cette anecdote du Prussien devient anachronique de la même façon que l'allusion au *Constitutionnel* (p. 107, n. 1) : elle était placée en 1818 dans *L'Artiste*, date limite puisque l'évacuation du territoire français par les occupants prit fin le 30 novembre de cette année-là.

Page 120.

1. L'œuvre finit ici dans le manuscrit et dans *L'Artiste*. L'essentiel du reste date de 1835.

2. Allusion au *Père Goriot*, paru en librairie en mars 1835.

3. Allusion plus vague à *Gobseck*, publié en 1830 mais que Balzac remanie considérablement en 1835. Le thème du testament dérobé revient notamment dans *Ursule Mirouet* (1841) et *Le Cousin Pons* (1847).

4. Allusion... au *Colonel Chabert* lui-même ; on retrouve un thème voisin en 1841-42, dans *La Rabouilleuse*.

5. L'opposition entre l'enfant du devoir et l'enfant de l'amour est cruciale dans la vie même de Balzac : on sait (et il pensait) que son frère Henry, le préféré de sa mère, était très probablement le fils de M. de Margonne, le châtelain de Saché ; le thème apparaît très souvent dans l'œuvre, notamment dans *Le Doigt de Dieu* (1831-32), qui est maintenant la IVe partie de *La Femme de trente ans*.

Page 121.

1. Le dégoût de l'homme de loi face aux horreurs sociales est fréquent à l'époque ; cf., pour un éclairage différent, le début de *La Fille aux yeux d'or*, rédigé en 1834. Pour les principales réapparitions de Derville, cf. surtout *Gobseck*, et aussi *Le Père Goriot*, *César Birotteau*, *Un début dans la vie* ; en tout Derville est cité dans douze romans de Balzac ; à l'inverse Chabert n'a droit qu'à une allusion dans *La Rabouilleuse* (c'est souvent le sort des héros très typés cf. Grandet).

2. Addition du Furne corrigé. Desroches est passé avoué avant Godeschal, bien que parti de plus bas, parce qu'il est moins honnête (cf. *Un début dans la vie*).

EL VERDUGO

Page 123.

1. Francisco Martinez de la Rosa (1789-1862) vécut exilé à Paris de 1824 à 1831 et de 1840 à 1843 ; il y fut ambassadeur d'Espagne en 1844 et 1846, date à laquelle apparaît cette dédicace dans l'édition Furne. Balzac le connaissait peut-être déjà en 1829, et avait pu entendre de lui certains récits sur la résistance espagnole à l'invasion française (cf. aussi la notice).

Page 125.

1. Il existe un hameau de ce nom en Galice, mais ce n'est très probablement qu'une coïncidence ; en fait Balzac décrit ici assez fidèlement le site de la ville forte de Santander (moins de trente mille habitants à l'époque), nettement partagée entre la ville haute, avec le château de San Felipe qui domine la mer de près de cent mètres, et la ville basse, où se trouve notamment la caserne.

Page 126.

1. Le titre de grands d'Espagne était réservé à ceux des nobles de très haut rang qui avaient le privilège de rester couverts devant le roi.

2. Le nom de ce personnage fait penser à deux officiers de l'Empire : le général Jean-Gabriel Marchand (1765-1851), qui combattit en Espagne en 1808-1809, et l'un des douze maréchaux, Claude-Victor Perrin dit Victor, duc de Bellune (1764-1841), qui combattit aussi en Espagne en 1809 ; il est cité quelques mois plus tard dans *Adieu* (cf. p. 166 et suiv.). Mais ce nom doublement évocateur n'est peut-être qu'une coïncidence : rappelons aussi que le père d'Albert Marchant (dont Balzac orthographie le nom Marchand), camarade de collège du romancier qui lui dédia *Le Réquisitionnaire* (cf. p. 211, n. 1), avait été commissaire ordonnateur en chef de la même armée d'Espagne.

3. Dignité de grand d'Espagne : comme souvent, Balzac recherche le mot technique juste ; il réutilise ce terme en 1841 à propos d'un autre Espagnol, le duc de Soria des *Mémoires de deux jeunes mariés*.

Page 127.

1. Sur les noms de G..t..r et de Léganès, cf. la notice. Ferdinand VII de Bourbon (1784-1883) était devenu roi d'Espagne à la place de son père Charles IV en mars 1808, à la suite d'une émeute. Mais, ayant occupé le pays, Napoléon contraignit Ferdinand à l'abdication au profit de son frère Joseph Bonaparte (6 mai 1808) ; le roi légitime fut retenu en résidence surveillée à Valençay jusqu'en 1813. Les 2 et 3 mai 1808 un soulèvement populaire contre l'envahisseur français avait entraîné une féroce répression qu'illustrent deux tableaux de Goya (*Dos de Mayo* et *Tres de Mayo*). Le récit de Balzac est à placer dans cette atmosphère sanglante. Ney commanda l'expédition d'Espagne d'octobre 1808 à l'automne 1809. Enfin l'Angleterre, en guerre avec la France depuis 1793, sauf une trève en 1802-1803, était de toutes les coalitions internationales contre Napoléon.

2. Ce détail date le récit ; la Saint-Jacques (25 juillet) est une fête solennelle en Espagne à cause du célèbre pèlerinage de Compostelle.

Page 129.

1. Furne imprime « andaloux » ; la correction s'impose. Ce mot désigne le cheval que Marchand trouve en effet quelques lignes plus loin, et non quelque comparse humain, comme semblent le croire celles des éditions modernes qui impriment indûment un A majuscule.

Page 130.

1. Le maréchal Ney (cf. p. 127, n. 1).

Page 133.

1. Joseph Bonaparte, l'usurpateur (cf. p. 127, n. 1).

Page 134.

1. Aussi courant au XIXe siècle que son synonyme « l'avant-veille ».

Page 135.

1. Il s'agit du grand peintre officiel de la Convention et de l'Empire, Louis David (1748-1825) ; mais à quelle « page républicaine » pense Balzac ? Peut-être aux *Sabines arrêtant le combat entre les Romains et les Sabins,* terminé en 1799.

Page 137.

1. C'est le prénom d'amour que Paquita donne à la marquise de San-Réal (deuxième partie de *La Fille aux yeux d'or,* 1835) ; cette dernière a pour modèle partiel la comtesse Merlin, espagnole de naissance, et dont le mari avait guerroyé en Espagne : Balzac la connaissait probablement déjà en 1829, et elle serait alors une source possible supplémentaire de l'anecdote racontée ici

Page 138.

1. Balzac écrit toujours *c'est, c'était* ou *ce fut* au singuliei quand le nom qui suit est au pluriel, et corrige en ce sens dans l'édition Furne si les textes antérieurs portent le pluriel

ADIEU

Page 141.

1. Le général Frédéric Schwarzenberg (1800-1870), fils de l'adversaire de Napoléon, avait fait visiter le champ de bataille de Wagram à Balzac le 31 mai 1835. La dédicace date de 1846. Dans l'édition de 1835, on lisait l'épigraphe suivante, tirée d'un roman alors inédit : « Les plus hardis physiologistes sont effrayés par les résultats physiques de ce phénomène moral, qui n'est cependant qu'un foudroiement opéré à l'intérieur, et comme tous les effets électriques, bizarre et capricieux dans ses modes. (*Études philosophi-*

ques, tome V, *Histoire de la grandeur et de la décadence de César Birotteau, marchand parfumeur, etc.*) » En fait la nouvelle alors ébauchée prit les proportions d'un roman et ne fut menée à bien qu'en 1837.

Page 143.

1. Sur son manuscrit Balzac a d'abord écrit, puis rayé, un titre plus banal, *La Partie de chasse.* Sur les Bons-Hommes, cf. la notice, p. 258.

2. Citation ironique de la dernière réplique du *Jeu de l'amour et du hasard* de Marivaux.

3. Balzac écrit « l'Ile-Adam » ; nous restituons l'orthographe moderne (cette correction est signalée une fois pour toutes).

Page 145.

1. D'Albon est magistrat comme M. de Berny. Cf. la notice et A.-M. Meininger, « Sur *Adieu* », *L'Année balzacienne 1973*, p. 380.

2. Pour la topographie de cet épisode, cf. la carte p. 303. Cassan est le nom d'une propriété réelle disparue tout récemment, à la sortie nord-est de L'Isle-Adam.

Page 147.

1. Différence d'âge surprenante pour de « vieux camarades de collège » (cf. p. 145, l. 8) !

2. Article qui condamne le meurtrier à la peine de mort.

Page 150.

1. Environ 17 hectares, selon la mesure de l'arpent la plus courante.

2. *Thébaïde* : région aride du sud de l'Égypte ancienne (ville principale Thèbes). Se dit au figuré d'un lieu solitaire. Balzac décrit ici partiellement le parc de Cassan.

Page 151.

1. Furne imprime « guy » ; nous corrigeons la coquille.

Page 153.

1. Ce détail n'est pas très clair, si Balzac décrit le site des Bons-Hommes. Il y a visiblement une certaine recomposition, volontaire ou non, du souvenir.

2. Déformation de l'anglais *bowling-green* (« gazon pour jouer aux boules ») : parterre de gazon pour l'ornement des jardins dits « à la française ». Ce détail vient de Cassan.

Page 154.

1. Fenimore Cooper (1789-1851), « le Walter Scott américain », l'une des grandes admirations de Balzac. Son « best-seller » *Le Dernier des Mohicans* date de 1826. Il séjourna en France en 1830 et fut témoin des journées de Juillet.

Page 155.

1. Sur ce décor cf. la notice et la carte (p. 303).

Page 157.

1. Recueil de chants écossais attribués au barde légendaire Ossian (IIIe siècle) par l'adaptateur Macpherson en 1760 ; l'énorme succès de cet ouvrage, qui édulcore singulièrement la vigueur du folklore original, contamina toute l'Europe jusqu'au milieu du XIXe siècle, malgré une traduction beaucoup plus scrupuleuse parue en 1807.

Page 158.

1. Furne imprime « formaient », ce qui rend la phrase incohérente. La correction s'impose.

Page 159.

1. Encore une indication trop vague (cf. p. 153, n. 1).

2. Sur le manuscrit et dans *La Mode*, on lit « M. et Mme de B... » ; dans les éditions de 1831 et 1835, « M. et Mme de Bueil » (cf. Gaston de *N*ueil, dans *La Femme abandonnée* de 1832 ?). Dans l'édition Furne, Balzac semble avoir choisi les Granville au hasard (par inadvertance, il écrit même

« Grandville » : nous corrigeons partout) : le ménage désuni que nous voyons dans *La Comédie humaine* ne « colle » pas avec ce couple de hobereaux serviables ; mais de la sorte un lien est créé avec *Une double famille* (Folio n° 302), qui date aussi de 1830.

3. Extrême obligeance ! si l'on songe qu'ils se trouvent à près de 10 km de chez eux (cf. la carte p. 303).

4. Balzac avait d'abord écrit, puis rayé sur le manuscrit un autre nom, qu'A.-M. Meininger lit « Marchagny » et où il me semble lire plutôt « Marchangny » ; rature significative, quoi qu'il en soit, car un magistrat avec lequel M. de Berny fut en relations en 1822 s'appelait Marchangy. Cf. la notice et l'article cité, *L'Annnée balzacienne 1973,* p. 380.

Page 160.

1. La comtesse s'appelle Julie jusqu'à l'édition de 1831 inclusivement.

Page 161.

1. Fin du septième et dernier feuillet du manuscrit conservé.

Page 162.

1. Détail curieux, qu'A.-M. Meininger rapproche de cette remarque d'une relation de la famille de Berny : « *Laure* [la quatrième fille de Mme de Berny : cf. la notice] devint folle dans un pensionnat d'Orléans d'où Alexandre [son frère] la ramena à Paris avec grand-peine et grand souci, car elle avait la manie de se dévêtir. Bien soignée chez son père, on la crut guérie, mais ses regards étranges faisaient peur et quand elle se mit à jeter les pendules par les fenêtres on la jugea incurable » (collection Lovenjoul, A 377 *bis*, f° 29 v°). En présentant négativement ce souvenir pénible, Balzac cherche-t-il à l'éloigner ?

2. De même Laure-Alexandrine de Berny fut soignée par un frère de son oncle, le docteur Louyer-Villermay (1776-1837), spécialiste des maladies mentales (cf. art. cit., p. 381-382).

Page 163.

1. Balzac reprend ici le titre d'un roman contemporain (cf. la notice p. 259). Ce chapitre repose sur une documentation généralement précise : tous les noms de lieux et de personnes sont réels, et la plupart figurent dans les dictionnaires ; nous ne signalerons que les moins connus.

2. Ou Studianka. Ce village dominait le passage choisi par Éblé, à 12 km au nord de Borisov. L'essentiel des effectifs sortis vivants de cette bataille avait déjà franchi le fleuve les 26, 27 et 28 novembre.

Page 164.

1. Allusion possible aux difficultés qu'avaient connues, dans cette région même, les troupes de Charles XII de Suède, finalement écrasées à Poltava (1709). Mais, plus banalement, Balzac pense sans doute aux milliers de morts de la journée qui se termine au début de ce chapitre.

2. Remarque qui rappelle que Balzac doit en partie ses renseignements sur la retraite de Russie à des survivants de celle-ci, notamment son ami Périolas (le Genestas du *Médecin de campagne*).

3. Expression empruntée à *La Divine Comédie* : la *città dolente*, c'est l'enfer (cf. *L'Enfer*, III, 1).

Page 165.

1. En fait Wittgenstein, général prussien au service de la Russie, et participant actif à l'expulsion des Français, ne commandait pas en personne à la bataille de la Bérésina.

Page 166.

1. C'est le titre du maréchal Victor (cf. *El Verdugo*, p. 126, n. 2).

2. Balzac écrit « Borizof » ; nous adoptons l'orthographe habituelle des atlas modernes.

Page 167.

1. François Fournier-Sarlovèze (1775-1827) venait d'être nommé général le 11 novembre. Il fut emprisonné à la fin de 1813 « pour avoir tenu des propos trop libres contre l'Empereur », et destitué.

2. Chef d'état-major général de l'armée jusqu'en 1814.

3. Éblé mourut d'épuisement à Kœnigsberg le 31 décembre 1812.

4. Voir *Le Médecin de campagne*, éd. Folio, p. 134-141.

Page 169.

1. Contredanse (la quatrième figure du quadrille ordinaire) inventée par le célèbre danseur Trenitz.

2. Furne imprime « puisse ». Il nous semble nécessaire de corriger.

Page 171.

1. Ici Balzac excuse par les italiques le caractère nettement argotique de l'expression, ignorée des dictionnaires de l'époque.

2. *Habit de vinaigre :* habit trop léger pour la température.

Page 174.

1. Peau de chèvre ou de mouton servant de couverture.

Page 175.

1. Balzac écrit « astracan » ; nous rectifions selon l'usage moderne.

Page 178.

1. *Briquet :* sabre d'infanterie, court et légèrement recourbé.

Page 179.

1. *Berlingot :* demi-berline n'ayant que la banquette du fond ; cf. le berlingot du vieux marquis de Chargebœuf dans

Une ténébreuse affaire (Folio n° 468, p. 143). Le terme était familier et un peu péjoratif.

Page 180.

1. *Clarinette* : fusil de munition, en argot militaire. *Bancal* : sabre recourbé (ce mot n'est pas, lui, argotique au XIXe siècle).

Page 183.

1. Ou Vilna, à 200 km environ à l'ouest de la Bérésina. Cette grosse ville fut le centre de ravitaillement, puis l'hôpital de la Grande Armée pendant toute la campagne.

2. Obéissant en cela, le plus tard possible, à un ordre formel de Napoléon.

Page 184.

1. Furne imprime « résultats » ; nous corrigeons.

2. L'égide (litt. « peau de chèvre ») était le bouclier donné par Zeus à Athéna. Au figuré : ce qui protège, d'où ce qui guide (cf. *houlette*)

Page 187.

1. S'écrivait jadis « rocantin » : vétéran attaché à la défense d'une citadelle (*roc*). D'où : vieillard (nuance méprisante).

Page 188.

1. Dans *La Mode* les chapitres II et III forment ensemble la seconde livraison, beaucoup plus longue que la première.

Page 189.

1. Esquisse frappante, en dix lignes, de l'aventure de Chabert, et qui prouve, si besoin est, l'origine en partie commune des deux œuvres

Page 190.

1. Toutes les éditions antérieures à Furne donnent ici son nom. Fanjat.

Page 193.

1. Dans l'édition Furne le lecteur n'a pas de raison de savoir que tel est le nom de l'oncle de Stéphanie (cf. la note précédente).

Page 194.

1. Nom vulgaire du cytise.

Page 197.

1. Cf. le témoignage cité p. 162, n. 1 (art. cit., p. 381).
2. Balzac emploie ce mot au sens, déjà vieilli à son époque (d'où les italiques), d' « apprivoisée, familiarisée ».

Page 198.

1. Chanson « dans le style troubadour », paroles du comte de Laborde, musique de la reine Hortense de Beauharnais (1810). Cet air, véritable « tube » du temps, était réputé séditieux sous la Restauration parce qu'il servait de ralliement aux bonapartistes.

Page 203.

1. On lit « Satout » dans Furne, « Vatout » en 1835 ; aucun village de l'un ou l'autre nom ne se trouve près de Saint-Germain-en-Laye. Il faut probablement lire « Satout », qui est une des orthographes anciennes de Chatou (4 km à l'est de Saint-Germain, sur la N. 190). Il y a environ 35 km des Bons-Hommes à Chatou.

Page 205.

1. Ces quatre lignes sont ajoutées en 1835 : toujours le souci de donner au récit l'allure d'une expérience scientifique, ici par l'appel aux témoignages extérieurs, réputés objectifs.

Page 206.

1. Petit cylindre de fer chargé de poudre (terme de pyrotechnie).

Page 209.

1. La brusquerie de ce suicide inattendu se retrouve deux ans plus tard dans le dénouement de *La Femme abandonnée*.

LE RÉQUISITIONNAIRE

Page 211.

1. Albert Marchant (ou Marchand) de la Ribellerie, né en 1800, avait été condisciple du romancier au collège de Vendôme et le reçut souvent chez lui à Tours. Bien que la dédicace n'ait été ajoutée qu'en 1846, Balzac la date de dix ans auparavant, car Marchant était mort en 1840.

2. Cette citation d'une autre œuvre de Balzac est ajoutée en 1835 : cette année-là *Louis Lambert*, fortement remanié, s'augmente notamment de la « lettre à l'oncle ». On voit ici le souci de l'écrivain de faire du *Réquisitionnaire* le type de l' « exemple à l'appui d'une théorie ».

Page 213.

1. On lisait « madame de D... » dans la *Revue de Paris*, indice probable, entre autres, d'une source réelle de l'anecdote. Carentan (environ 2'000 habitants à l'époque de ce récit) se trouve à mi-chemin de Bayeux et de Cherbourg, sur la route de Paris, mais n'est ici, semble-t-il, qu'un cadre de convention . cf. la notice, p. 261.

2. Cf. *El Verdugo*, p. 134, n. 1.

3. Le mot relâche, au sens de « fermeture momentanée d'une salle de spectacle », est bien du masculin, quoique l'usage moderne hésite sur son genre.

Page 214.

1. *Lieutenants généraux* : sous l'ancien régime, soit l'équivalent des généraux de division d'aujourd'hui, soit les officiers chargés de commander militairement une province sous les ordres de son gouverneur civil. *Chevalier des ordres :*

membre des deux ordres militaires de Saint-Michel et du Saint-Esprit.

Page 216.

1. Cf. *Le Colonel Chabert*, p. 80, n. 2.

Page 217.

1. La terreur avait officiellement été mise à l'ordre du jour par la Convention le 5 septembre 1793 (d'où le nom propre de Terreur donnée à la période qui va jusqu'au 9 Thermidor).

Page 218.

1. Fonctionnaire communal créé par décret le 14 décembre 1789, et chargé de défendre les intérêts et de poursuivre les affaires des citoyens de la commune ; fonction supprimée le 4 décembre 1793.

2. Le district, subdivision territoriale créée en 1789, correspondait à peu près aux arrondissements actuels. Son président était donc une sorte de sous-préfet. Mais Carentan n'a jamais été que chef-lieu de canton, alors que Bayeux et Fougères (cf. la notice) sont chefs-lieux d'arrondissement.

Page 220.

1. L'expression n'est pas très claire ; Balzac l'emploie-t-il comme nous dirions : « mes comptes sont à jour » ? Ou veut-il dire qu'en province la vie commence *dès le jour ?* Ou enfin — hypothèse qui nous paraît la plus probable —, suggère-t-il que « tout se voit », que le secret est impossible à garder ? L'idée générale est claire, s'il y a doute sur le sens précis.

2. Orthographe de l'édition Furne ; elle est grammaticalement correcte, selon Grevisse, *Le Bon Usage,* § 459, A, 2° et B, rem. 2.

Page 221.

1. C'est-à-dire qui avait refusé de prêter serment de fidélité à la Constitution civile du clergé promulguée le 12 juillet 1790.

2. Faut-il rappeler que l'obligation de faire maigre le vendredi a fait partie des commandements de l'Église catholique jusqu'en 1969 ?

Page 222.

1. Fonctionnaire communal créé par décret du 22 décembre 1789, sorte d'adjoint au procureur de la commune (cf. p. 218, n. 1) ; fonction supprimée également par décret du 4 décembre 1793.

Page 223.

1. La Rochejaquelein, généralissime, à 21 ans, des forces vendéennes insurgées, s'était rendu maître de Laval, puis de Fougères, mais n'avait pas réussi à s'emparer de Granville (14 novembre 1793).

Page 224.

1. Il s'agit du célèbre médecin suisse ami des philosophes, Théodore Tronchin (Genève 1709-Paris 1781) ; devenu premier médecin du duc d'Orléans en 1766, il avait joui d'une vogue extraordinaire jusqu'à sa mort. Ne pas le confondre avec son cousin Jean-Robert Tronchin le jurisconsulte, adversaire de Jean-Jacques Rousseau.

Page 225.

1. Expression italienne (litt. « dans la poitrine », c'est-à-dire en secret) utilisée en France depuis le XVIIᵉ siècle ; à l'origine elle désignait à Rome les cardinaux dont la nomination était décidée mais non proclamée. Balzac l'emploie donc ici avec une grande exactitude.

2. Terme médical désignant le remède destiné à la guérison d'une maladie particulière.

3. Moins chère que la bougie, surtout en période de disette.

Page 227.

1. Balzac écrit « wisth » ; nous restituons la graphie habituelle. Le boston (inventé dans cette ville en 1775) se

jouait avec 52 cartes mais ressemblait assez aux actuels tarots ; au reversis (ou reversi), venu d'Espagne, le gagnant était celui qui, au *revers* des autres jeux, faisait le moins de plis ; le whist, emprunté à l'Angleterre au début du XVIIIe siècle, a disparu au profit du bridge, dont il est l'ancêtre.

2. Esquisse très légère d'un thème important du *Lys dans la vallée* (1835 ; Folio n° 112) : la correspondance entre les sentiments de l'amour et les couleurs ou les parfums des fleurs.

Page 229.

1. Cf. *Le Colonel Chabert*, p 80, n. 2

2. De rigueur si l'on ne voulait pas être inquiété : la carmagnole, veste à basques très courtes, à grand collet et à plusieurs rangées de boutons métalliques, était l' « uniforme » des républicains les plus ardents pendant la Terreur.

3. La Convention avait déclaré la patrie en danger le 23 août 1793, et décrété le même jour la réquisition permanente de tous les Français non mariés âgés de 18 à 25 ans, sauf les fonctionnaires ; les manuels scolaires appellent souvent cette opération la « levée en masse ».

Page 230.

1. Sens aujourd'hui vieilli de ce mot : propriété terrienne, domaine.

Page 232.

1. Furne imprime « fallots » ; nous corrigeons

Page 236.

1. Cf. *El Verdugo*, p. 138, n 1

2. Détail curieusement choisi : pourquoi incarcérer Auguste de Dey si loin de l'endroit où il a été pris ? Et la défaite de l'armée vendéenne en novembre-décembre 1793 est bien concentrée sur la Mayenne et la Sarthe, non sur la Bretagne.

APPENDICES

I. *Extrait du manuscrit du* Colonel Chabert (cf la notice, p. 256 et p 108, n. 3)[a]

Le colonel jeta un regard foudroyant au coquin émérite, demanda la minute, et signa

— allons ! dit-il c'est comme si j'étais mort à (Eyleau) Eylau... au fait, si j'y étais réellement mort...

Néanmoins, malgré sa gaîté apparente, le pauvre Chabert (rentra) revint pensif et triste.

(La comtesse vint) Sa femme venait au devant de lui.

Allons, ma chère, lui dit-il à voix basse, en lui pressant la main, soyez heureuse !

La comtesse regarda Delbecq, comme pour lui demander : « a-t il signé !...

L'intendant cligna des yeux, et qui aurait vu ce signe de chat-tigre en eut frissonné. La Comtesse ne laissa paraître aucune émotion ; dans tout ce que font les femmes, il y a toujours une certaine perfection à laquelle les hommes ne sauraient atteindre.

Elle s'appuya sur le bras du colonel et (rentra lentement) se promena longtemps avec lui dans le parc, en en[b] partageant, pour ainsi dire, les pensées et la tristesse. Elle

---

a. Nous respectons strictement l'orthographe et la disposition graphique du manuscrit. Les parenthèses signalent les mots rayés

b. Cf. p. 80, n. 2.

semblait lui adresser de ces remerciements muets, qui vont à l'âme par un regard, par un soupir, par une pression de main...

L'acte n'était pas encore enregistré !...

Deux jours après, Madame la Comtesse Ferraud rappelée à Paris par (des) son mari, reçut sur le front un baiser de son (vieux) vieil[a] époux qui ne put s'empêcher de lui répéter encore —

Sois heureuse !...

Elle lui répondit par un signe de tête enfantin, et par un gai sourire, puis, le (bonhom) sublime bonhomme (l'ayant vu monter) suivit la voiture jusqu'à la porte, et la regarda longtemps volant à travers le chemin. Enfin, le bruit du roulement des roues se perdit dans le lointain. Le soldat n'était pas assez profond pour savoir qu'il n'y a rien de si féroce qu'un égoïsme appuyé sur l'amour (et si) ni rien de si froidement cruel qu'une vengeance de femme !...

Le lendemain matin il alla pour la première fois, se promener dans la forêt de Montmorency et (revint) ne revint guère qu'à l'heure du dîner. Pendant son absence, Delbecq avait fait partir le concierge, les gens du château, les remplaçant (par des serviteurs venus d'un) par de nouveaux serviteurs venus de province ; puis il était parti lui-même après leur avoir donné (des ordres sévères) une consigne sévère.

Lorsque le colonel eut sonné à la grille, le concierge (lui) montrant un visage (incon) étranger, (dit) lui demanda

— Que voulez-vous ?...

— Entrer !...

— Pourquoi !...

— je suis de la maison !...

— ah ! c'te farce !... tous les maîtres sont partis et moi je vous connais pas...

Là-dessus, l'homme s'en alla. Tout à coup, l'affreuse vérité (craqua dans) tomba dans l'âme du vieux soldat, en

---

a Cf. p. 67, n. 2 (mais ici Balzac corrige).

craquant comme un coup de tonnerre; et le coup fut si
violent qu'il chancela, et fut trouvé presque mort étendu
(dans le) en travers du chemin. Dès ce moment, Madame
Ferraud (fut) put seule savoir ce que devint le *prétendu
colonel Chabert;* car elle seule avait intérêt à en [a] suivre les
traces. Il (devint) devint (moitié) idiot, (moitié) à moitié; il
mendia, fut enfermé au dépôt de Saint-Denis [b], il en sortit;
et, semblable à une pierre lancée dans un gouffre, il alla de
cascade en cascade s'abymer parmi cette (nation par) boue
(humaine) de haillons qui circule (dans) à travers les rues de
Paris [c]...

---

a. Cf. p. 80, n. 2.

b. Ce détail sera transposé dans le développement que Balzac ajoute sur
épreuves en même temps qu'il renonce à maintenir le présent texte (cf. p. 113,
n. 1 et 2).

c. On mesure combien la hâte pouvait donner chez Balzac des premiers jets
aussi invraisemblables que décousus... Le cas est très fréquent. Les épreuves
ne sont pas tant le lieu des corrections que celui de la véritable *écriture*.

II. *Note sur la géographie du chapitre I d'*Adieu.

Nous avons cru d'autant plus intéressant de proposer au lecteur la petite carte ci-contre que la forêt de L'Isle-Adam apparaît comme l'un des cadres géographiques les plus abondamment utilisés dans *La Comédie humaine* et même, avant elle, dans les œuvres de jeunesse de Balzac.

Un article ancien d'Eugène Darras, « Honoré de Balzac et ses deux amis de L'Isle-Adam » (*Mémoires de la Société historique et archéologique de l'arrondissement de Pontoise et du Vexin*, t. XL, 1930), réunit la plupart des renseignements utiles sur les visites de Balzac dans la région ; nous avons signalé dans les notices d'*El Verdugo* et d'*Adieu* l'influence de l'abbé de Villers-La Faye, et l'importance des relations de Balzac avec la duchesse d'Abrantès, à qui il rendit visite en octobre 1829, alors qu'elle était l'invitée des Talleyrand-Périgord au château de Maffliers.

C'est probablement à cette occasion qu'il eut la possibilité de rafraîchir ses souvenirs de promenade dans la partie est de la forêt. Il connaissait beaucoup mieux la partie ouest, aux portes de L'Isle-Adam, et notamment le château de Cassan, dont le site vient d'être détruit pour faire place à un lotissement ; situé à 200 mètres du domicile de M. de Villers-La Faye (aujourd'hui 11 *bis*, rue de Nogent), il est cité dans cinq œuvres de Balzac : *Wann-Chlore* (1825), *Physiologie du mariage* (1829), *Adieu* (1830), *Les Paysans* (1844) et

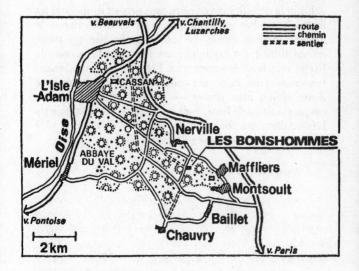

Splendeurs et Misères des courtisanes (1838-1847). Mais
l'édifice placé ici au centre des premier et troisième chapitres
est l'ancien prieuré grandmontin des Bons-Hommes, propriété isolée, située à deux kilomètres à peine du château de
Maffliers. L'ordre des Grandmontins, fondé en 1046 par
saint Étienne de Murete, avait disparu en 1769. L'Abbaye
du Val (beaucoup plus à l'ouest), qui appartenait à Regnault
de Saint-Jean-d'Angély, ami de Villers-La Faye, a donné
quelques éléments d'architecture plus typiquement religieuse ; le parc de Cassan, quelques autres détails (les
pelouses, les fausses grottes, etc.) ; mais l'ensemble du cadre
et sa végétation foisonnante sont ceux des Bons-Hommes. On
aura une idée du bâtiment actuel et de son délabrement, qui
a remplacé le couvent au XIXe siècle, par une photo publiée
dans *Balzac à l'Isle-Adam*, p. 9 (brochure éditée par le
Bulletin d'information de la Préfecture du Val-d'Oise en
1971, texte de M. Pierre Laverny)

Enfin la consultation de cette carte permet de mesurer les limites (peut-être volontaires) de la précision descriptive de Balzac ; certains détails du texte, signalés par des notes, restent difficiles à expliquer, que l'on situe la maison de Fanjat aux Bons-Hommes ou à l'Abbaye du Val. Contentons-nous d'une évidence : celle de la richesse inspiratrice d'une région bien limitée — ce sont en effet près de cinquante noms de lieux, dans un rayon de 15 km autour de L'Isle-Adam, qui sont devenus des noms de lieux, et plus souvent de personnes, dans l'œuvre de Balzac.

DU MÊME AUTEUR

Dans la même collection

MÉMOIRES DE DEUX JEUNES MARIÉES. *Préface de Bernard Pingaud. Édition établie par Samuel S. de Sacy.*

URSULE MIROUËT. *Édition présentée et établie par Madeleine Ambrière-Fargeaud.*

MODESTE MIGNON. *Édition présentée et établie par Anne-Marie Meininger.*

LA MAISON DU CHAT-QUI-PELOTE, suivi de LE BAL DE SCEAUX, LA VENDETTA, LA BOURSE. *Préface d'Hubert Juin. Édition établie par Samuel S. de Sacy.*

LA MUSE DU DÉPARTEMENT, suivi de UN PRINCE DE LA BOHÈME. *Édition présentée et établie par Patrick Berthier.*

LES EMPLOYÉS. *Édition présentée et établie par Anne-Marie Meininger.*

PHYSIOLOGIE DU MARIAGE. *Édition présentée et établie par Samuel S. de Sacy.*

LA MAISON NUCINGEN précédé de MELMOTH RÉCONCILIÉ. *Édition présentée et établie par Anne-Marie Meininger.*

LE CHEF-D'ŒUVRE INCONNU, PIERRE GRASSOU et autres nouvelles. *Édition présentée et établie par Adrien Goetz.*

SARRASINE, GAMBARA, MASSIMILLA DONI. *Édition présentée et établie par Pierre Brunel.*

LE CABINET DES ANTIQUES. *Édition présentée et établie par Nadine Satiat.*

UN DÉBUT DANS LA VIE. *Préface de Gérard Macé. Édition établie par Pierre Barbéris.*

COLLECTION FOLIO

Dernières parutions

Impression Novoprint
à Barcelone, le 3 novembre 2009
Dépôt légal : novembre 2009
Premier dépôt légal dans la collection: septembre 1974

ISBN 978-2-07-036593-7./Imprimé en Espagne.